文库

神话与诗

闻一多 著

江西教育出版社
JIANGXI EDUCATION PUBLISHING HOUSE

图书在版编目（CIP）数据

神话与诗 / 闻一多著. -- 南昌 : 江西教育出版社, 2018.3（2019.7 重印）
（大家学术文库）
ISBN 978-7-5705-0177-9

Ⅰ. ①神… Ⅱ. ①闻… Ⅲ. ①神话－研究－中国②古典诗歌－诗歌研究－中国 Ⅳ. ①B932.2②I207.22

中国版本图书馆 CIP 数据核字(2018)第 036369 号

神话与诗
SHENGHUA YU SHI
闻一多 著

江西教育出版社出版
(南昌市抚河北路 291 号　邮编：330008)
各地新华书店经销
三河市三佳印刷装订有限公司印刷
635 毫米×960 毫米　16 开本　15.25 印张　字数 219.5 千字
2018 年 3 月第 1 版　2019 年 7 月第 2 次印刷
ISBN 978-7-5705-0177-9
定价：36.00 元

赣教版图书如有印装质量问题，请向我社调换　电话：0791-86706047
投稿邮箱：JXJYCBS@163.com　电话：0791-86705643
网址：http://www.jxeph.com

赣版权登字-02-2018-125

“大家学术文库”编者按

中国学术，昉自伏羲画卦，至周公制礼作乐而规模始备。其后，王官失守，孔子删述六经，创为私学，是为诸子百家之始。《庄子》曰：“道术将为天下裂。”孔子殁后，儒分为八；墨子殁后，墨分为三。诸子周游天下，游说诸侯，皆以起衰救弊、发明学术为务，各国亦以奖励学术、招徕人才为务，遂有田齐稷下学宫之设。商鞅变法，诗书燔而法令明；始皇一统，儒士坑而黔首愚，当此之时，学在官府，以吏为师，先王之学，不绝如缕。至汉高以匹夫起自草泽，诛暴秦，解倒悬，中国学术始获一线生机。其后，汉惠废挟书之律，民间藏书重见天日。孝武之世，董子献“罢黜百家，表彰六经”之策，定六经于一尊。其后，虽有今古之分、儒释之争、汉宋之异、道学心学之别、义理考据之殊，而六经独尊之势，未曾移也。

及鸦片战起，国门洞开，欧风美雨，遍于中夏，诚“三千年未有之变局”。当此之时，国人震于列强之船坚炮利，思有以自强；又羡于西人之政教修明，思有以自效。于是有“变法守旧之争”“革命改良之争”“排满保皇之争”，而我国固有之学术传统，亦因之而起变化。清季罢科举而六经独尊之势蹙，蔡孑民废读经而六经独尊之势丧。当此之时，立论有疑古、信古、释古之别，学派有“古史辩”与“学衡”之争，学说有“文学革命”“思想革命”“文字革命”“伦理革命”诸说，师法有“师俄”“师日”“师西”之分，众说纷纭，莫衷一是，百家争鸣，复见于近代。

民国诸家，为阐明道术、解救时弊，著书立说、授课讲学，其学术思想，历久弥新，至今熠熠生辉，予人启迪。然近人著作，汗牛充栋，多如恒河之沙，使人难免望书兴叹，不知从何下手，穷其一生，亦难以卒读。因此之故，我社特精选最具代表性之近人著作62种，分为6辑，依次出版，俾读者略窥学术门墙，得进学之阶。此次选辑出版，虽未能穷尽近人学术之精品，难免有遗珠之憾；然能示人以门径，使人借此以知近人学术规模之宏大、体系之完密，亦不失我社编辑出版“大家学术文库”之初衷。

此次出版，为适应今人阅读习惯，提升丛书品质，我社特对所选书籍做了必要之编辑加工。总体说来，约有如下诸端：

一、改繁体竖排为简体横排；

二、核查各书引文，改讹正误；

三、规范各书之标点符号用法，为一些书加新式标点；

四、校改原稿印刷产生之错字、别字、衍字、脱字；

五、凡遇同一书稿中同一人名有两种及以上不同写法者，一律统改为常用写法。

除以上所举五点之外，其余一仍其旧，力求完整保持各书原貌。

然限于编者之有限学力，书中疏漏之处，在所难免，尚祈广大方家、读者诸君不吝批评斧正。

编者

2017年6月（农历丁酉郁蒸）

目 录

伏羲考

一、引论

伏羲与女娲的名字，都是战国时才开始出现于记载中的。伏羲见于《易·系辞下传》，《管子·封禅》篇、《轻重戊》篇，《庄子·人间世》篇、《大宗师》篇、《胠箧》篇、《缮性》篇、《田子方》篇，《尸子·君治》篇，《荀子·成相》篇，《楚辞·大招》，《战国策·赵策二》。女娲见于《楚辞·天问》，《礼记·明堂位》篇，《山海经·大荒西经》，但后二者只能算作汉代的典籍，虽则其中容有先秦的材料。二名并称者则始见于《淮南子·览冥》篇，也是汉代的书。关于二人的亲属关系，有种种说法。最无理由，然而截至最近以前最为学者们乐于拥护的一说，便是兄弟说。《世本·姓氏》篇曰：

> 女氏：天皇封弟埚于汝水之阳，后为天子，因称女皇。

此说之出于学者们的有意歪曲事实，不待证明。罗泌《路史·后纪》二和梁玉绳《汉书人表考》中的论调，不啻坦白地供认了他们所以不能不如此歪曲的苦衷，所以关于这一说，我们没有再去根究的必要。此外，较早而又确能代表传说真相的一说，是兄妹说。《路史·后纪》二注引《风俗通》曰：

女娲，伏希（羲）之妹。

《通志·三皇考》引《春秋世谱》,《广韵·十三佳》,《路史·后纪》二，马缟《中华古今注》等说同。次之是夫妇说。《唐书·乐志》载张说《享太庙乐章·钧天舞》曰：

合位娲后，同称伏羲。

据《乐志》,《钧天舞》是高宗时所用的乐章。这里以伏羲、女娲比高宗、武后，正表示他们二人的夫妇关系。稍后卢仝《与马异结交诗》说得更明显：

女娲本是伏羲妇。

此后同类的记载有宋人伪撰的《三坟》书，元杜道坚《玄经原旨发挥》，和一些通俗小说之类。夫妇说见于记载最晚，因此在学者心目中也最可怀疑。直至近世，一些画像被发现与研究后，这说才稍得确定。这些图像均作人首蛇身的男女二人两尾相交之状，据清代及近代中外诸考古学者的考证，确即伏羲、女娲，两尾相交正是夫妇的象征。但是，依文明社会的伦理观念，既是夫妇，就不能是兄妹，而且文献中关于二人的记载，说他们是夫妇的，也从未同时说是兄妹，所以二人究竟是兄妹，或是夫妇，在旧式学者的观念里，还是一个可以争辩的问题。直至最近，人类学报告了一个惊人的消息，说在许多边疆和邻近民族的传说中，伏羲、女娲原是以兄妹为夫妇的一对人类的始祖，于是上面所谓可以争辩的问题，才因根本失却争辩价值而告解决了。总之，“兄妹配偶”是伏羲、女娲传说的最基本的轮廓，而这轮廓在文献中早被拆毁，它的复原是靠新兴的考古学，尤其是人类学的努力才得完成的。现在将这两方面关于这题目的贡献略加介绍如下：

关于伏羲、女娲，考古学曾经发现过些石刻和绢画两类的图像。属于石刻类者有五种。

武梁祠石室画像第一石第二层第一图
同上左石室第四石各图
东汉石刻画像
山东鱼台西塞里伏羲陵前石刻画像
兰山古墓石柱刻像（以上二种均马邦玉《汉碑录文》所述）

属于绢画类者有二种。

隋高昌故址阿斯塔那（Astana）墓室彩色绢画（史坦因得）
吐鲁番古冢出土彩色绡画（黄文弼得）

中以武梁祠画像尤其著名，诸家考释亦皆以此为根据。其中讨论得比较详细的，计有瞿中溶《武梁祠堂画像考》，马邦玉《汉碑录文》，容庚《武梁祠画像考释》。“伏羲仓精”之语，既明见于画像的题识，则二人中之一人为伏羲，自不成问题，因而诸家考释的重心大都皆在证明其另一人为女娲。他们所用的证据，最主要的是诸书所屡见提到的伏羲、女娲人首龙身（或蛇身）之说，与画像正合。总之，考古家对本题的贡献，是由确定图中另一人为伏羲的配偶女娲，因而证实了二人的夫妇关系。

人类学可供给我们的材料，似乎是无限度的。我并不曾有计划地收集这些材料。目前我所有的材料仅仅是两篇可说偶尔闯进我视线来的文章。

1. 芮逸夫《苗族的洪水故事与伏羲女娲的传说》（中央研究院历史语言所《人类学集刊》第一卷第一期）

2. 常任侠《沙坪坝出土之石棺画像研究》（《时事新报》渝版《学灯》第四十一、四十二期，又《说文月刊》第一卷第十、十一期合刊）

前者搜罗材料，范围甚广。记录着芮氏自己所采集和转引中外书籍里的洪水故事，凡二十余则，是研究伏羲、女娲必不可少的材料。后者论材料的数量，虽远非前者之比，论其性质，却也相当重要。所载瑶族洪水故事，和汉译苗文《盘王歌》一部分，也极有用。现在合并二文所记，依地理分布，由近而远，列号标目如下：

1. 湘西凤凰苗人吴文祥述洪水故事（芮文——《人类学集刊》一卷一期 156—158 页）

2. 湘西凤凰苗人吴佐良述洪水故事（同上 158—160 页）

3. 湘西凤凰苗人《傩公傩母歌》（同上 160—161 页）

4. 湘西乾城苗人《傩神起源歌》（同上 161—163 页）

5. 葛维汉（D.C.Graham）述川南苗人洪水故事（同上 174 页）

6. 贵州贵阳南部鸦雀苗洪水故事〔同上 174 页引克拉克（Samuel R. Clarke）《中国西南夷地旅居记》（*Among the Tribes in Southwest China*）PP.54—55〕

7. 贵州安顺青苗故事（同上 169—170 页引鸟居龙藏《苗族调查报告》——国立编译馆本 49 页）

8. 同上又一故事（同上 170 页引前书 48 页）

9. 苗人洪水故事〔同上 170—171 页引萨费那（F. M. Savina）《苗族史》（*Histoire des Miao*）PP.245—246〕

10. 黑苗《洪水歌》本事（同上 173—174 页引克拉克《中国西南夷地旅居记》PP.43—46）

11. 赫微特（H.J. Hewitt）述花苗洪水故事（同上 171 — 173 页引前书 PP.50—54）

12. 广西融县罗城傜人洪水故事（常文——《说文月刊》一卷十、十一期合刊 714—715 页）

13. 广西武宣修仁傜人洪水故事（同上 717 页）

14. 汉译苗文《盘王歌书葫芦晓歌》（同上 715—716 页）

15. 云南倮㑩洪水故事〔芮文——《人类学集刊》一卷一期 189 页引维亚尔（PaulVial）《倮㑩族》（*Les Lolos*）PP.8—9〕

16. 云南耿马大平石头寨栗粟人洪水故事（同上 189 页）

17. 云南耿马蚌隆寨老亢人洪水故事（同上 189 页）

18. 拉崇几哀（Lunnet de Lajonguiere）记法领东京蛮族（Man）洪水故事（同上 190 页引萨维那《苗族史》P.105）

19. 交趾支那巴那族（Ba-hnars）洪水故事〔同上引盖拉希（Guerlach）《巴那蛮族的生活与迷信》（*Moeuts et sperstitions de Souvages Ba-hnars, Les Mission Catholigue* xix）P.479〕

20. 印度中部比尔族（Bhils）洪水故事〔同上 190 页引鲁阿特（C. E. Luard）《马尔瓦森林部族》（*The Iungles Tribes of Malwa*）p.17〕

21. 印度中部坎马尔族（Kammars）洪水故事〔同上 190—191 页引罗塞尔（R.V.Russell）《印度中部的土族与社会阶级（*Tribes and Casts of the Central Provinces of India*）iii PP.326—327〕

22. 北婆罗洲配甘族（Pagans）洪水故事〔同上 190 页引勃特（Owen Butter）《北婆罗洲的配甘族》（*The pagans of the North Borneo*）PP.248—249〕

23. 同上又一故事（同上 190 页引前书同页）

24. 海南岛加钗峒黎人洪水故事（同上 189 页引刘咸《海南岛黎人文身之研究》《民族学研究集刊》一期 201 页）

25. 台湾岛阿眉族（Ami）洪水故事〔同上 189—190 页引石井信次（Shinji Ishii）《台湾岛及其原始住民》（*The Island of Formosa and its Primitive Inbabitants*）P.13〕

以上这些故事，记载得虽有详有略，但其中心母题总是洪水来时，只兄妹（或姊弟）二人得救，后结为夫妇，遂为人类的始祖。3, 12, 兄名皆作伏羲，13 作伏儀，也即伏羲。18 兄名 Phn-Hay，妹名 Phu-Hay-Mni，显即伏羲与伏羲妹的译音。6 兄名 Bu-i，据调查人克拉克氏说，用汉语则曰 Fu-hsi，也是伏羲的译音。同故事中的妹曰 Kueh，芮氏以为即娲的对音，那也是可信的。除上述兄妹的名字与伏羲、女娲的名字相合外，芮氏又指出了故事中创造人类与洪水二点，也与文献中的伏羲、女娲传说相合。这类故事中的兄妹即汉籍中的伏羲、女娲，便可完全肯定了。但人类学对这问题的贡献，不仅是因那些故事的发现，而使文献中有关二人的传说得了印证，最要紧的还是以前七零八落的传说或传说的痕迹，现在可以连贯成一个完整的有机体了。从前是兄妹，是夫妇，是人类的创造，是洪水等等隔离的，有时还是矛盾的个别事件，现在则是一个整个兄妹配偶兼洪水遗民型的人类推源故事。从传统观念看来，这件事太新奇，太有趣了。

以上介绍的芮、常二文，芮文以洪水遗民故事为重心，而旁及于人首蛇身画像，常文则以人首蛇身画像为主题，而附论及洪水遗民故事。前者的立场是人类学的，后者是考古学的。而前者论列的尤其精细，创见亦较多。本文的材料既多数根据于二文，则在性质上亦可视为二文的继续。不过作者于神话有癖好，而对于广义的语言学（Philology）与历史兴味也浓，故本文若有立场，其立场显与二家不同。就这观点说，则本文又可视为对二文的一种补充。总之，二君都是我的先导，这是我应该声明的。

二、从人首蛇身像谈到龙与图腾

（一）人首蛇身神

人首蛇身像实有两种。一种是单人像，可用上名。一种是双人像，可称为人首蛇身交尾像。后者在我们研究的范围里尤其重要。目前我们所知道的交尾像计有七件，如前所列。今就画像的质地分为二类，一是石刻类，二是绢画类。画像中的人物即伏羲、女娲夫妇二人，早有定论。但那人首蛇身式的超自然的形体，究竟代表着一种什么意义？ 它的起源与流变又如何？这些似乎从未被探讨过的问题，正是本文所要试求解答的。

文献中关于伏羲、女娲蛇身的明文记载，至早不能超过东汉。

> 王逸《楚辞·天问》注："女娲人头蛇身。"
> 王延寿《鲁灵光殿赋》："伏羲鳞身，女娲蛇躯。"
> 曹植《女娲画赞》："或云二皇，人首蛇形。"
> 伪《列子·黄帝篇》："庖牺氏，女娲氏……蛇身人面。"

《帝王世纪》："庖牺氏……蛇身人首"，"女娲氏……亦蛇身人首"。(《类聚》二引)

《拾遗记》："又见一神，蛇身人面……示禹八卦之图，列于金版之上。……蛇身之神，即羲皇也。"

《玄中记》："伏羲龙身，女娲蛇躯。"(《文选·鲁灵光殿赋》注引)

不过《鲁灵光殿赋》虽是东汉的作品，所描写的则确乎是西汉的遗物。

灵光殿是鲁恭王余（前154—前127）的建筑物。赋中所描写的是殿内类似武梁祠刻石的壁画。从恭王余到王延寿约三百年间，殿宇可以几经修葺，壁外层的彩色可以几经刷新，但那基本部分的石刻是不会有变动的。人首蛇身的伏羲、女娲像，在西汉初期既已成为建筑装饰的题材，则其传说渊源之古，可想而知。有了这种保证，我们不妨再向稍早的文献中探探它的消息。

《山海经·海内经》曰：

南方……有人曰苗民。有神焉，人首蛇身，长如辕，左右有首，衣紫衣，冠旃冠，名曰延维。人主得而飨之，伯天下。

郭璞注说延维即《庄子》所谓委蛇，是对的。委蛇的故事见于《庄子·达生》篇：

桓公田于泽，管仲御，见鬼焉。公抚管仲之手曰："仲父何见？"对曰："臣无所见。"公反，诶诒为病，数日不出。

齐士有皇子告敖者，曰"公则自伤，鬼恶能伤公？……"

桓公曰："然则有鬼乎？"曰："有。沈（湛，《释文》，水污泥也）有履，灶有髻。户内之烦壤，雷霆处之。东北方之下者，倍阿鲑蠪跃之。西北方之下者，则泆阳处之。水有罔象，丘有莘，山有夔，野有彷徨，泽有委蛇。"公曰："请问委蛇之状何如？"皇子曰："委蛇，其大如毂，其长如辕，紫衣而朱冠。其为物也恶雷，[1] 闻雷车

① 原脱此雷字，今依文义补。

之声，则捧其首而立。见之者殆乎霸。”桓公辴然而笑曰：“此寡人之所见者也。”于是正衣冠与之坐，不终日而不知病之去也。

关于“左右有首”，也许需要一点解释。《山海经》等书里凡讲到左右有首，或前后有首，或一身二首的生物时，实有雌雄交配状态之误解或曲解。（正看为前后有首，侧看为左右有首，混言之则为一身二首。详下。）综合以上《山海经》和《庄子》二记载，就神的形貌说，那人首蛇身，左右有首，和紫衣旃冠三点，可说完全与画像所表现的相合。然而我们相信延维或委蛇，即伏羲、女娲，其理尚不只此。相传伏羲本是“为百王先首”的帝王，故飨之或见之者可以霸天下。上揭洪水故事 1，2，3，4，12，13, 18, 都以雷神为代表恶势力的魔王，他与兄妹的父亲（即老伏羲）结了仇怨，时时企图着伤害老伏羲，最后竟发动洪水，几乎将全人类灭绝。这来，伏羲怕雷不是很自然的么？所以在《庄子》里，委蛇“闻雷车之声，则捧其首而立”，是不为无因的。最后，也最重要的，是那以伏羲、女娲为中心的洪水遗民故事，本在苗族中流传最盛，因此芮氏疑心它即起源于该族。依芮氏的意想，伏羲、女娲本当是苗族的祖神。现在我既考定了所谓“延维”或“委蛇”者即伏羲、女娲，而《山海经》却明说他们是南方苗民之神。这与芮氏的推测，不完全相合了吗？

《海内经》据说是《山海经》里最晚出的一部分，甚至有晚到东汉的嫌疑。但传说同时又见于《庄子·达生》篇。属于《庄子·外》篇的《达生》篇，想来再晚也不能晚过西汉，早则自然可以到战国年。总观上揭所有的人首蛇身神的图像与文字记载，考其年代，大致上起战国末叶，下至魏晋之间。这是一个极有趣的现象，因为那也正是古帝王的伏羲、女娲传说在史乘中最活跃的时期。最初提到伏羲或伏羲氏的典籍，是《易经》(《系辞下传》),《管子》(《封禅》篇，《轻重戊》篇),《庄子》(《人间世》篇,《大宗师》篇,《胠箧》篇，《缮性》篇,《田子方》篇),《尸子》(《君治》篇，又《北堂书钞》一五三引佚文),《荀子》(《成相》篇),《楚辞》(《大招》),《战国策》(《赵策·二》)。女娲则始见于《楚辞》(《天问》) 和《礼记》(《明堂位》篇)《山海经》(《大荒西经》)。二人名字并见的例，则始于《淮南子》(《览冥》篇)。他们在同书里又被称为二神(《精神》篇)，或二皇(《原道》篇《缪称》篇)。不久，在纬书中(《尚书中候》,《春秋元命苞》及《运斗枢》)，我们便开始看见他们被列为三皇中之首二皇。大概从西汉末到东汉末是伏羲、女娲在史乘上最煊赫的时期。到三国时徐整的《三五历记》，盘古传说开始出现，伏羲的地位便开始低落了。所以我们拟定魏晋之间为这个传说终止活跃的年代。史乘上伏羲、女娲传说最活跃的时期，也就是人首蛇身神的画像与记载出的时期，这现象也暗示着人首蛇身神即伏羲、女娲的极大可能性。

因左右有首的人首蛇身神而产生的二首人的传说，也是在这个时期中发现的。

> 睽孤，见豕负涂，厥妖人生两头。(京房《易传》)
>
> 平帝元始元年……六月，长安女子生儿，两头异颈，面相乡，四臂共匈，俱前乡。……(《汉书·五行志》下之上)
>
> 蒙双民。昔高阳氏同产而为夫妇，帝放之此野，相抱而死。神鸟以不死草覆之，七年男女皆活，同颈二头四手。是为蒙双民。(《博物志》二)

最后一故事说“同产而为夫妇”，与伏羲、女娲以兄妹为夫妇尤其类似。看来，不但人首蛇身像的流传很早，连兄妹配偶型的洪水故事，在汉族中恐怕也早就有了。

(二)二龙传说

揣想起来，在半人半兽型的人首蛇身神以前，必有一个全兽型的蛇神的阶段。《郑语》载史伯引《训语》说：

> 夏之衰也，褒人之神化为二龙，以同于王庭，而言曰：“余，褒之二君也。”夏后卜杀之，与去之，与止之，莫吉。卜请其漦而藏之，吉。乃布币焉，而策告之。龙亡而策在，椟而藏之，传郊之，

殷周莫之发也。及厉王之末，发而观之，漦流于庭，不可除也。王使妇人不帏而噪之，化为玄鼋。

“同”即交合之谓。《海内经》:“伯陵同吴权之妻阿女缘妇。”郭注曰:“同犹通淫之也”,《急就篇》亦有“沐浴揃搣寡合同”之语，“二龙同于王庭”使我们联想起那“左右有首”的人首蛇身交尾像。

“二君”韦注曰“二先君”,《史记·周本纪》集解引虞翻曰:“龙自号褒之二先君也”。由二龙为“同于王庭”的雌雄二龙推之，所谓“二君”自然是夫妇二人。夫妇二人有着共同为人“先君”的资格，并且是龙的化身，这太像伏羲、女娲了。伏羲本一作包羲，包褒同音，说不定伏羲氏与褒国果然有着极其密切的关系。至少我们以这二龙之神，与那人首蛇身的二神来代表一种传说在演变过程上的前后二阶段，是毫不牵强的。

在现存的文献中，像《郑语》所载的那样完整的故事，那样完好的保存着二龙传说的原型，不用说，是不易找到第二个的。不过关于这传说的零星的“一鳞半爪”，只要我们肯留心，却几乎到处都是。现在我们略举数例如下。

1. 交龙

交龙为旂。(《周礼·司常》)
昔黄帝驾象车，交龙毕方并辖。(《风俗通·声音篇》)
锦有大交龙，小交龙。(《邱中记》)

什么是交龙？郑玄注《周礼·司常》“诸侯建旂”，曰:“诸侯画交龙，一象其升朝，一象其下复也。”“升朝”、“下复”的解释很可笑，但注文的意思，以为交龙是两龙相交，一首向上，一首向下，却不错。他注《觐礼记》“天子载大旂，象日月，升龙降龙”曰:“大旂，大常也。王建大常，縿首画日月，其下及旒交画升龙降龙。”所谓“交画升龙降龙”，正是两龙相交，一首向上，一首向下之状。《释名·释兵》曰:“交龙为旂。旂，倚也，画作两龙相依倚。”刘熙的解释与郑玄略异，但以交龙为两条龙，则与郑同。

所谓交龙者既是二龙相交的图像，而绘着这种图像的旂又是天子诸侯的标识，则交龙与那“同于王庭”的褒之二龙是同一性质的东西，可无疑问了。《汉书·高帝纪》上说：

> 母刘媪，尝息大泽之陂，梦与神遇。是时雷电晦冥。父太公往视，则见交[①]龙于上。已而有娠，遂产高祖。

这交龙也是指相交的雌雄二龙——雄龙神，雌龙刘媪[②]代表神与刘媪的二龙，与代表褒之二君的二龙，仍然是同一性质的东西。我们在上文已经指出伏羲、女娲与褒之二君的类似处，再看《路史·后纪》一注引《宝椟记》：

> 帝女游于华胥之渊，感蛇而孕，十三年生庖牺。

这和“赤龙感女媪”（《太平御览》八七引《诗含神雾》）而生刘邦的故事，又何其相似！

2.螣蛇　古书有所谓“螣蛇”者，或作“腾蛇”。

> 飞龙乘云，腾蛇游雾。（《韩非子·难势》篇引《慎子》）
> 螣蛇无足而飞。（《荀子·劝学》篇）
> 螣蛇伏地，凤皇覆上。（《韩非子·十过》篇）
> 腾蛇游雾而殆于蝍蛆。（《淮南子·说林》篇）
> 腾蛇游于雾露，乘于风雨而行，非千里不止。（《说苑·杂言》篇）

许慎说螣是一种神蛇，郭璞说它是龙类。看它“能兴云雾而游其中”（《尔雅》郭《注》），又有鳞甲（《后汉书》注引《尔雅》旧

① 《史记》作“蛟”，误。说详下注。

② 下文说高祖“醉卧，武负王媪见其上常有龙”。高祖自己是龙，他母亲也当是龙。《正义》引《陈留风俗传》曰：“沛公起兵野战，丧皇妣于黄乡，天下平定，使使者以梓宫招幽魂，于是丹蛇在水，自洒跃入梓宫。”可证刘媪也原是龙。这里刘媪一龙，神一龙，正是二龙。

注），说它是属于龙类的一种神蛇，是可信的。《汉书·天文志》“权，轩辕，黄龙体”，《注》引孟康曰：“形如腾龙。”如果这所谓腾龙即腾蛇，则螣蛇之为龙类，更无问题了。但螣字的含义，似乎从未被说明过。我们则以为螣蛇之“螣”与交龙之“交”的意义一样。“螣”从“朕”声。“朕”声字多有“二”义，最明显的，如“滕”（从朕省声）训双（《方言》二），“賸”训二（《广雅·释诂》四），“幐”训儋，两头有物（《方言》七郭《注》），皆是。引申起来，物相增加则谓之“賸”（《说文》），牝牡相交谓之“腾”。相交与相加之义极近。《月令》：“乃合累牛腾马，游牝于牧。”郑注曰：“累腾皆乘匹之名。”“乘匹”即《周礼·牧师》“仲春通淫”及《校人》“春执驹”之谓，故郑注《校人》曰：“春通淫之时，驹弱，为其乘匹伤之也。”螣蛇之“螣”本一作“腾”，“螣蛇”的本义应是“乘匹之蛇”。《淮南子·泰族》篇曰：

腾蛇雄鸣于上风，雌鸣于下风，而化成形，精之至也。

刘勰《新论·类感》篇作“螣”①。“雄鸣于上风，雌鸣于下风，而化成形”，正是由二蛇相交的观念演化出来的一种传说。螣蛇又名奔蛇，见《淮南子·览冥》篇高注，及《尔雅·释鱼》郭注。“奔”亦有乘匹之义。《鄘风·鹑之奔奔》篇“鹑之奔奔，鹊之彊彊。”《释文》引《韩诗》曰：“奔奔彊彊，乘匹之貌。”《左传·襄二十七年》，伯有赋《鹑之贲贲》，赵孟斥之为“床笫之言”，可作韩义的佳证。螣蛇又名奔蛇，而“螣”（腾）“奔”皆训乘匹，可见“螣蛇”的本义确与上文所解说的交龙一样。并且“螣”之言“縢”也，“交”之言“绞”也。若舍用而言体，则螣蛇亦可谓之縢蛇，交龙亦可谓之绞龙。“縢”“缠”一声之转，《杂记》《疏》曰：“〔绳〕两股相交谓之绞。”“缠”与“绞”同义，正如“螣”（腾）与“交”同义一样。又《方言》五“槌，其横关西曰㮳”，郭注曰“亦名校”。钱绎《笺疏》曰：

① 《庄子·天运》篇作“虫雄鸣于上风，雌鸣于下风而风化”。虫即螣之声转。螣从朕声，侵部，虫冬部，二部古音最近，故章炳麟合为一部。《韩非子·十过篇》“螣蛇伏地”，《事类赋》注十一引螣亦作虫。

“栿（檵）亦名校者，犹机持会者谓之交也。《说文》：‘榎，机持会者。’又鲁季敬姜说织曰：‘持交而不失，出入不绝者，梱也。’持交即持会也。”螣蛇一名交龙，与檵一名校，又属同例。校既是取义于“交会”，则檵之取义于“縢缠”可知。交龙与螣蛇之名，即取交合与縢缠之义，也同校与檵之取义于交会与縢缠一样。总之“螣蛇”与“交龙”，不拘就那种观点说，都是同义语。交龙和那“同于王庭”的褒之二龙，是同一性质的东西，我们在上文已经讲过。如今又证明了螣蛇与交龙为同义语，则螣蛇与褒之二龙的关系可以不言而喻了。

3. 两头蛇　又有种种异名。现在将传说中凡具有这种异状的蛇，都为一类。

> 中央有枳首蛇焉。(《尔雅·释地》)
> 楚相孙叔敖为儿之时，见两头蛇，杀而埋之。(《论衡·福虚》篇）
> 今江东呼两头蛇为越王约发。(《尔雅·释地》郭璞《注》)
> 重重在其（君子国）北，各有两首。(《海外东经》)
> 螝（虺）二首。(《颜氏家训·勉学》篇引《庄子》佚文）
> 虫有螝者，一身两口。(《韩非子·说林》下篇）
> 方皇状如蛇，两头，五采文。(《庄子·达生》篇司马彪注）

谓之“两头”者，无论是左右两头，或前后两头，不用讲，都是两蛇交尾状态的误解或曲解。这可以由参考关于两头鸟和两头兽的几种记载而得到证明。(1) 鸟名鸓者两首四足，牛状的天神八足二首，均见《西山经》。神鹿一身八足两头，见《楚辞·天问》王注。鸟有两头，同时也有四足，可见原是两鸟。兽有两头，同时也有八足，可见原是两兽。(2)《公羊传·宣五年》杨《疏》引旧说曰：“双双之鸟，一身二首，尾有雌雄，常不离散。”既雌雄备具，又常不离散，其为两鸟交配之状，尤为明显。(3) 两头兽名曰并封（《海外西经》），一作屏蓬（《大荒西经》）。一种名骄虫的两首神所居的山，名曰“平逢之山”(《中山经》)。“并封”、“屏蓬”、“平逢”等名的本字当作“并逢”。“并”与“逢”都有合义。兽牝牡相合名曰“并逢”，犹如人男女私合曰“姘”(《苍颉篇》)。《周颂·小毖》“予其惩而毖后患，莫予荓蜂"，毛《传》曰："荓峰，麖曳也。"荓蜂字一作甹夆。《尔雅·释训》"甹夆，掣曳也"，郭《注》曰："谓牵拖。"荓蜂（甹夆）亦即并逢。交合与牵掣，只是一种行为中向心与离心两种动作罢了。盛弘之《荆州记》描写武陵郡西的两头鹿为"前后有头，常以一头食，一头行"，正是"并逢"所含的"掣曳牵拖"之意的具体说明。（4）《西山经》"其鸟多鸓……赤黑而两首四足"，"鸓"当与《月令》"累牛腾马"之"累"通，郑《注》训为"乘匹之名"。"乘匹"的解释，已详上文。"累""腾"同义，而"累"与"鸓"，"腾"与"螣"字并通，然则乘匹之鸟谓之鸓，亦犹乘匹之蛇谓之螣。以上我们由分析几种两头鸟和两头兽的名称与形状，判定了那些都是关于鸟兽的性的行为的一种歪曲记录。

两头蛇可以由此类推。我们又注意到鸓鸟与螣蛇的命名完全同义。若许由这一点再推论下去，两头鸟既名曰鸓鸟，则所谓两头蛇者莫非就是螣蛇罢！这不是不可能的，如果我们明了由交龙到螣蛇，由螣蛇到两头蛇，是传说演变过程中三个必然的步骤。

在"交龙"一词中，其龙之必为雌雄二龙，是显而易见的。"螣蛇"则不然。若非上揭《淮南子》"雄鸣于上风，雌鸣于下风"那两句话，这蛇之为雌雄二蛇，便毫无具体的对证。然而在这里，"二蛇"的涵义，毕竟只是被隐瞒了，充其量，也只是对那一层消极的保持缄默。说到"两头蛇"，那便居然积极的肯定了只有一条蛇。三种名称正代表着去神话的真相愈来愈远的三种观念。然而即在讹变最甚的两头蛇传说中，有时也不免透露一点最真实的、最正确的消息。江东呼两头蛇为"越王约发"。"约发"虽不甚可解，"越王"二字所显示的身分，不与那身为"褒之二君"的二龙相埒吗？孙叔敖杀死两头蛇的故事，经过较缜密的分析，也可透露同类的消息。不过这问题太复杂，这里无法讨论。

4. 一般的二龙　古书讲到龙的故事，往往说是二龙。

> 帝赐之（孔甲）乘龙，河汉各二，各有雌雄。（《左传·昭二十九年》）

今王（魏安釐王）四年，碧阳君之诸御产二龙。(《开元占经·人及鬼神占》篇引《纪年》)

秦犯夷，输黄龙一双。(《后汉书·南蛮传》载秦昭王与板楯蛮夷盟)

惠帝二年正月癸酉旦，有两龙见于兰陵廷东里温陵井中。(《汉书·五行志》下之上)孔子生之夜，有二苍龙自天而下。(《伏侯古今注》)

（甘露）四年春正月，黄龙二见宁陵县界井中。(《魏志·高贵乡公传》)

孙楚上书曰："顷闻武库井中有二龙。"(《开元占经·龙鱼虫蛇占篇》引《晋阳秋》)

谢晦家室□宅南路上有古井，以元嘉二年，汲者忽见二龙，甚分明。(同上引《异苑》)

神人乘驾二龙，尤其数见不鲜。

驾两龙兮骖螭。(《九歌·河伯》)

禹平天下，二龙降之，禹御龙行域外[1]，既周而还。(敦煌旧抄《瑞应图》残卷引《括地图》)

大乐之野，夏后启于此儛九代，乘两龙。(《海外西经》)

南方祝融，兽身人面，乘两龙。(《海外南经》)

西方蓐收，左耳有蛇，乘两龙。(《海外西经》)

北方禺彊，人面鸟身，黑身手足，乘两龙。[2](《海外北经》)

东方句芒，马身人面，乘两龙。(《海外东经》)

在传说里，五灵中凤麟虎龟等四灵，差不多从不听见成双的出现过，惟独龙则不然。除非承认这里有着某种悠久的神话背景，这现象恐怕是难以解释的，与这等情形相似的，是古器物上那些双龙（或蛇）相交型的平面的花纹或立体的附加部分，如提梁、耳环、纽、足等[3]。这

① 原缺"外"字，依《博物志》二补。

② 今本"黑身手足乘两龙"作"珥两青蛇，践两青蛇"。此从郭《注》引一本改。

③ 参看附图。（编案：附图今略）

些或为写实式的图像，或为“便化”的几何式图案，其渊源于某种神话的“母题”，也是相当明显的。上揭《邺中记》“锦有大交龙，小交龙”，本指锦的图案而言，所以也可归入这一类。以上这些见于文字记载和造型艺术的二龙，在应用的实际意义上，诚然多半已与原始的二龙神话失去连系，但其应用范围之普遍与夫时间之长久，则适足以反应那神话在我们文化中所占势力之雄厚。这神话不但是褒之二龙以及散见于古籍中的交龙、螣蛇、两头蛇等传说的共同来源，同时它也是那人首蛇身的二皇——伏羲、女娲，和他们的化身——延维或委蛇的来源。神话本身又是怎样来的呢？我们确信，它是荒古时代的图腾主义（Totemism）的遗迹。

（三）图腾的演变

我们在上文时而说龙，时而又说蛇。龙蛇的关系究竟怎样？它们是一种生物呢，还是两种？读者们心中恐怕早已在为这些问题纳闷。在解答这些问题之前，我们先要问究竟什么是龙？是的，什么是龙，确乎是一个谜。天文房星为龙，又为马。《尚书·中候握河纪》说：“龙马衔甲……自河而出。”《论衡·龙虚》篇说：“世俗画龙之象，马头蛇尾。”可见龙确像马。龙像马，所以马往往被呼为龙。《月令》“驾苍龙”，《尸子：君治》篇“人之言君天下者……骐鳞青龙，而尧素车白马”，《吕氏春秋·本味》篇“马之美者，青龙之匹”，《周礼·庾人》“马八尺以上为龙”，皆其例。龙有时又像狗。《后汉书·孔僖传》“画龙不成反类狗”，《列仙传·呼子先传》“有仙人持二茅狗来……子先与酒媪各骑其一，乃龙也”，《博物志》八引《徐偃王志》“有犬名鹄仓……临死生角而九尾，实黄龙也”，《陈书》“正元元年有黑龙如狗走宣阳门”。龙像狗，所以狗也被呼为龙。《搜神后记》九：“会稽句章民张然……在都养一狗，甚快，名曰乌龙。”此外还有一种有鳞的龙像鱼，一种有翼的又像鸟，一种有角的又像鹿。至于与龙最容易相混的各种爬虫类的生物，更不必列举了。然则龙究竟是个什么东西呢？我们的答案是：

它是一种图腾（Totem），并且是只存在于图腾中而不存在于生物界中的一种虚拟的生物，因为它是由许多不同的图腾糅合成的一种综合体。因部落的兼并而产生的混合的图腾，古埃及是一个最显著的例。在我们历史上，五方兽中的北方玄武本是龟蛇二兽，也是一个好例。不同的是，这些是几个图腾单位并存着，各单位的个别形态依然未变，而龙则是许多单位经过融化作用，形成了一个新的大单位，其各小单位已经是不复个别的存在罢了。前者可称为混合式的图腾，后者化合式的图腾。部落既总是强的兼并弱的，大的兼并小的，所以在混合式的图腾中总有一种主要的生物或无生物，作为它的基本的中心单位，同样的在化合式的图腾中，也必然是以一种生物或无生物的形态为其主干，而以其他若干生物或无生物的形态为附加部分。龙图腾，不拘它局部的像马也好，像狗也好，或像鱼，像鸟，像鹿都好，它的主干部分和基本形态即是蛇。这表明在当初那众图腾单位林立的时代，内中以蛇图腾为最强大，众图腾的合并与融化，便是这蛇图腾兼并与同化了许多弱小单位的结果。金文龙字（《邵钟》，《王孙钟》）和龚字（《颂鼎》，《颂毁》，《禾毁》，《秦公毁》，《陈侯因資鐔》）的偏旁皆从巳，而巳即蛇[①]，可见龙的基调还是蛇。大概图腾未合并以前，所谓龙者只是一种大蛇。这种蛇的名字便叫做“龙”。后来有一个以这种大蛇为图腾的团族（Klan）兼并了，吸收了许多别的形形色色的图腾团族，大蛇这才接受了兽类的四脚，马的头，鬣的尾，鹿的角，狗的爪，鱼的鳞和须……于是便成为我们现在所知道的龙了。这样看来，龙与蛇实在可分而又不可分。说是一种东西，它们的形状看来相差很远，说是两种，龙的基调还是蛇。并且既称之为龙，就已经承认了它是蛇类，因为上文已经说过，“龙”在最初本是一种大蛇的名字。总之，蛇与龙二名从来就纠缠不清，所以我们在引用古书中关于龙蛇的传说时，就无法，也不必将它们分清。甚至正因其分不清，这问题对于我们才

① 王充、郑玄、许慎都以巳为蛇，不误。不但古字2象蛇形，上古声母巳（*dz——）蛇（*dé——）亦相近

特别有意义。不错，惟其龙蛇分不清，我们才更能确定龙是古代图腾社会的遗迹，因为我们知道，图腾的合并，是图腾式的社会发展必循的途径。

图腾有动物，有植物，也有无生物，但最习见的还是动物。同一图腾的分子都自认为这图腾的子孙。如果图腾是一种动物，他们就认定那动物为他们的祖先。于是他们自己全团族的男男女女，老老少少也都是那种动物了。在中国的落后民族中，曾奉狗为图腾的瑶族，如今还很鲜明地保存着这种意识。陆次云《峒溪纤志》说他们“岁首祭盘瓠，揉鱼肉于木槽，扣槽群号以为礼”。刘锡蕃《岭表纪蛮》也说：“狗王惟狗瑶祀之。每值正朔，家人负狗环行炉灶三匝，然后举家男女向狗膜拜。是日就餐，必扣槽蹲地而食，以为尽礼。”这种风俗与现代世界各处的图腾团族举行舞会，装扮并摹仿其图腾的特性与动作，是同样性质的。我国古代所谓“禹步”的一种独脚跳舞，本是仿效蛇跳，也属于这类。他们之所以要这样做，确有其绝对的实际作用。凡图腾都是那一图腾团族的老祖宗，也是他们的监护神和防卫者，它给他们供给食物，驱除灾祸，给他们降示预言以指导他们趋吉避凶。如果它是一种毒虫或猛兽，那更好，因为那样它更能为儿孙们尽防卫之责。每个老祖宗当然知道谁是它的儿孙，认识他们的相貌和声音。但儿孙太多时，老祖宗一时疏忽，认错了人，那是谁也不能担保的。所以为保证老祖宗的注意，儿孙们最好是不时在老祖宗面前演习他们本图腾的特殊姿态、动作与声调，以便提醒老祖宗的记忆。这便是前面所讲的瑶族祭狗王时“扣槽群号”而食和“禹步”的目的。另一种保证老祖宗注意的方法，是经常的在装饰上表现着本图腾的特殊形相，以便老祖宗随时随地见面就认识。代表这一种手段的实例，便是我们马上就要讨论的龙图腾的“断发文身”的风俗。

“阿玛巴人（Omabas）的‘龟’部族，把头发剪成和龟的甲壳同样的形式，在四边分成六条小辫，代表龟的四足与头尾。小鸟的部族，则在额上梳成鸟的喙，有的又在脑后留小辫，以代表鸟的尾，在两耳上梳成两簇头发，以代表鸟的两翼。有时更在身上刺画种种花纹，力求与其图腾的形态相类似。”（胡愈之译《图腾主义》30页）在我国古代，有几个著名的修剪头发（断发），刺画身体（文身）的民族，其装饰的目的则在摹拟龙的形状。

> 九疑之南，陆事寡而水事众，于是民人劗[①]发文身，以像鳞虫。（《淮南子·原道》篇。高诱《注》曰：“文身，刻画其体，内墨其中，为蛟龙之状。以入水，蛟龙不害也，故曰以像鳞虫也。”）
>
> 诸发曰：“彼越……处海垂之际，屏外蕃以为居，而蛟龙又与我争焉。是以剪发文身，烂然成章，以像龙子者，将避水神也。”（《说苑·奉使》篇）
>
> （粤人）文身断发，以避蛟龙之害。（《汉书·地理志》下）
>
> 越人以针刺皮为龙文，所以为尊荣之也。（《淮南子·泰族》篇许慎《注》）
>
> （越人）常在水中，故断其发，文其身，以象龙子。故不见伤害也。（《汉书·地理志》下应劭注）
>
> （哀牢）种人皆刻画其身，像龙文。（《后汉书·南蛮西南夷传》）

《淮南子》、《说苑》和班固、高诱、应劭等一致都认为文身的动机是要避蛟龙之害。内中《说苑》所载越人诸发的故事又见于《韩诗外传》八（《外传》里“诸发”作“廉稽”）。《韩诗外传》和《说苑》都是典型的抄撮古书的书，这故事必出自先秦古籍。避害之说可能就是实行文身的越人自己的解释，所以这点材料特别宝贵，我们得将它仔细分析一下。为什么装扮得像龙，就不为蚊龙所害呢？人所伪装的龙，其像真龙能像到什么程度？龙果真那样容易被骗吗？并且水里可以伤害人的东西，不见得只有龙一种。越人纵然“常在水中”，也不能一辈子不登陆，对陆上害人的虎豹之类，何以又毫无戒心呢？然则断发文身似乎还当有一层更曲折、更深远的意义。龙之不加害于越人，恐怕不是受了越人化装的蒙蔽，而是它甘心情愿如此。越人之化装，也不是存心欺骗，而是一种虔诚心情的表现。换言之，“断发文身”是一种图腾主义的原始宗教行为（图腾崇拜依然是一种幼稚的宗教）。他们断发文身以像龙，是因为龙是他们的图腾。换言之，因为相信自己为“龙种”，赋有“龙性”，他们才断发文身以像“龙形”。诸发所谓“以像龙子”者，本意是说实质是“龙子”，所差的只是形貌不大像，所以要“断其发，文其身”以像之。既然“断发文身”只是完成形式的一种手续，严格说来，那件事就并不太重要。如果一个人本非“龙子，即使断发文身，还是不能避害的。反之，一个人本是“龙子”，即使不断发，不文身，龙也不致伤害他。不过这是纯理论的说法。实际上，还是把“龙子”的身份明白地披露出来妥当点，理由上文已经说过。还有龙既是他们的图腾，而他们又确信图腾便是他们的祖宗，何以他们又那样担心蛟龙害他们呢？世间岂有祖宗会伤害自己的儿孙的道理？讲到这里，我们又疑心断发文身的目的，固然是避免祖宗本人误加伤害，同时恐怕也是给祖宗便于保护，以免被旁人伤害。最初，后一种意义也许比前一种还重要些。以上所批评的一种“断发文身”的解释，可称为“避害说”。这样还不能完全说明断发文身的真实动机和起源，但其中所显示的图腾崇拜的背景却是清清楚楚的。例如说“常在水中”，“蛟龙又与我争焉”，等于说自己是水居的生物。说“龙子”更坦白地承认了是“龙的儿子”。说“将避水神”，也可见那龙不是寻常的生物，而是有神性的东西。

至于许慎所谓“刺皮为龙文，所以为尊荣之也”，可称为“尊荣说”。这一说似乎与图腾无关，其实不然。就现代人观点看来，人决不以像爬虫为尊荣。这完全是图腾主义的心理。图腾既是祖宗，又是神，人哪有比像祖宗、像神更值得骄傲的事呢！龙之所以有资格被奉为图腾，当然有个先决条件。一定是假定了龙有一种广大无边的超自然的法力，即所谓“魔那”（Manan）者，然后才肯奉它为图腾，崇拜它，信任它，皈依它，把整个身体和心灵都交付给它。如果有方法使自己也变得和它一样，那岂不更妙？在这里，巫术—— 模拟巫术便是野蛮人的如意算盘。“断其发，文其身”——人一像龙，人便是龙了。人是龙，当然也有龙的法力或“魔那”，这一来，一个人便不待老祖宗的呵护，而自然没有谁敢伤害、能伤害他了。 依“避害说”的观点，是一个人要老祖宗相信他是龙，依“尊荣说”的观点，是要他自己相信自己是龙。前者如果是“欺人”，后者便是“自欺”了。“自欺”果然成功了，那成就便太大了。从此一个人不但不怕灾害的袭击，因而有了“安全感”，并且也因自尊心之满足而有了“尊荣感”了。人从此可以神自居了！《桂海虞衡志·志蛮》篇曰：“女及并，即黥颊为细花纹，谓之绣面女。既黥，集亲客相庆贺。惟婢获则不刺面。”这也是尊荣说的一个实例。

先假定龙是自己的祖宗，自己便是“龙子”，是“龙子”便赋有“龙性”，等装扮成“龙形”，愈看愈像龙，愈想愈是龙，于是自己果然是龙了。这样一步步地推论下来，可称为“人的拟兽化”，正是典型的图腾主义的心理。这是第一个阶段，从第一阶段到第二阶段，便是从图腾变为始祖。杜尔干（Durkheim）说“始祖之名仍然是一种图腾”（宗教生活的初级形式），是对的。上文所讨论的人首蛇身神，正代表图腾开始蜕变为始祖的一种形态。我们疑心创造人首蛇身型的始祖的蓝本，便是断发文身的野蛮人自身。当初人要据图腾的模样来改造自己，那是我们所谓“人的拟兽化”。但在那拟兽化的企图中，实际上他只能做到人首蛇身的半人半兽的地步。因为身上可以加文饰，尽量地使其像龙，头上的发剪短了，也多少有点帮助，面部却无法改变，这样结果不正是人首蛇身了吗？如今知识进步，根据“同类产生同类”的原则，与自身同型的始祖观念产生了，便按自己的模样来拟想始祖，自己的模样既是半人半兽，当然始祖也是半人半兽了。这样由全的兽型图腾蜕变为半人半兽型的始祖，可称为“兽的拟人化”。这是第二个阶段。在这阶段中，大概文身的习俗还存在，否则也离那习俗被废弃时不久。等到文身的习俗完全绝迹，甚至连记忆也淡薄了，始祖的模样便也变作全人型的了。这是第三个阶段。

当然每一新阶段产生之后，前一阶段的观念并不完全死去。几个观念并存时，不免感觉矛盾，矛盾总是要设法调解的。调解的方式很多，这里只举一种较为巧妙的例。传说中禹本是龙。（详下）《天问》：“应龙何画？河海何历？”王注曰：“禹治洪水时，有神龙以尾画地，导水所注当决者，因而治之。”这里画地成河的龙实即禹自己，能画地成河就是禹疏凿江河。图腾的龙禹，与始祖的人禹并存而矛盾了，于是便派龙为禹的老师，说禹治水的方法是从龙学来的。洪水故事22说洪水退后，只剩姊弟二人。弟弟见蜥蜴交尾，告诉姊姊，二人便结为夫妇。后生双胎，即现代人类的始祖。这里交尾的蜥蜴实即姊弟二人。故事的产生，也为着调解图腾的蜥蜴与始祖的姊弟二说。这故事的格式与禹学龙治水正是同一类型。

图腾与“沓布”（taboo）是不能分离的。文献中关于龙蛇的传说与故事，可以“沓布”来解释的着实不少，如上文所引齐桓公见委蛇与孙叔敖杀两头蛇二故事都是。但是谈到沓布，似乎得起另端绪，而且说来话长，非本文篇幅所许，所以只好留待以后再讨论了。

（二）龙图腾的优势地位

假如我们承认中国古代有过图腾主义的社会形式，当时图腾团族必然很多，多到不计其数。我们已说过，现在所谓龙便是因原始的龙（一种蛇）图腾兼并了许多旁的图腾，而形成一种综合式的虚构的生物。这综合式的龙图腾团族所包括的单位，大概就是古代所谓“诸夏”和至少与他们同姓的若干夷狄。他们起初都住在黄河流域的上游，即古代中原的西部，后来也许因受东方一个以鸟为图腾的商民族的压迫，一部分向北迁徙的，即后来的匈奴，一部分向南边迁移的，即周初南方荆楚、吴越各蛮族，现在的苗族即其一部分的后裔。留在原地的一部分，虽一度被商人征服，政治势力暂时衰落，但其文化势力不但始终屹然未动，并且做了我国四千年文化的核心。东方商民族对我国古代文化的贡献虽大，但我们的文化究以龙图腾团族（下简称龙族）的诸夏为基础。龙族的诸夏文化才是我们真正的本位文化，所以数千年来我们自称为“华夏”，历代帝王都说是龙的化身，而以龙为其符应，他们的旗章、宫室、舆服、器用，一切都刻画着龙文。总之，龙是我们立国的象征。直到民国成立，随着帝制的消亡，这观念才被放弃。然而说放弃，实地里并未放弃。正如政体是民主代替了君主，从前作为帝王象征的龙，现在变为每个中国人的象征了。也许这现象我们并不自觉。但一出国门，假如你有意要强调你的生活的“中国风”，你必多用龙文的图案来点缀你的服饰和室内陈设。那时你简直以一个旧日的帝王自居了。

现在我们仍旧回到历史。究竟哪些古代民族或民族英雄是属于龙族的呢？风姓的伏羲氏，和古代有着人首蛇身神，近代奉伏羲、女娲为傩公傩母的苗族，不用讲了。与夏同姓的褒国，其先君二龙的故事，我们也引过，这也不成问题。越人“断发文身以像龙子”，又相传为禹后（详后），则与褒同出一源，其为龙族，也不用怀疑。此外还有几个龙图腾的大团族，可以考见的，分述之如下。

1.夏　夏为龙族，可用下列七事来证明。

（1）传说禹自身是龙。《海内经》注引《归藏·启筮》篇“鲧死，三岁不腐，剖之以吴刀，化为黄龙”，《初学记》二二，《路史·后纪》一二注并引末句作“是用出禹”。禹是龙，所以《列子·黄帝》篇说夏后氏也是“蛇身人面”。应龙画地成河实即禹疏凿江河，说已详上。

（2）传说多言夏后氏有龙瑞。《史记·封禅书》：“夏得木德，青龙止于郊。”《尚书大传》描写禹受禅时的情形，说“于是八风循[①]通，庆云丛聚，蟠龙奋迅于其藏，蛟鱼踊跃于其渊，龟鳖咸出于其穴，近虞而事夏”。（这大概就是后来的鱼龙漫衍之戏。）龙是水族之长，所以龙王受禅，蛟鱼龟鳖之属都那样欢欣鼓舞。

（3）夏人的器物多以龙为饰。《礼记·明堂位》“有虞氏之旂，夏后氏之绥”，郑注谓“有虞氏当言绥，夏后氏当言旂”，甚确。《周礼·司常》：“交龙为旂”。《明堂位》又曰：“夏后氏以龙勺”，“夏后氏之龙簨虡”。要晓得原始人器物上的装潢，往往是实用的图腾标记，并无纯粹的审美意义。

（4）传说夏后氏诸王多乘龙。《括地图》说禹乘二龙，引见上文。《大荒西经》注引《归藏·郑母经》曰：“夏后启筮御飞龙登于天。”《海外西经》、《大荒西经》都说启乘两龙，《左传》说帝赐孔甲乘龙，

①“循”原误作“修”

亦均见上文。

（5）夏人的姓和禹的名，其字都与龙有关。刘师培《姒姓释》说“姒”“巳”同文，姒姓即巳姓（《左庵集》五）。实则“巳”“蛇”古同字，金文龙字多从“巳”，已详上文。“禹”字从“虫”，“虫”与“虫”同。“虫”在卜辞里又与“巳”同字，并即虺蛇等字所从出。再则“巳”向来读如“辰巳”之巳，其实现在的“辰巳”之巳字，在金甲文里是“已然”之已字。“已然”之“已”与“禹”双声。声近则义近，所以禹巳都是蛇名。

（6）禹的后裔多属龙族。《史记·夏本纪》曰：“禹为姒姓，其后分封，用国为姓……有褒氏……”《越世家》曰：“越王句践，其先禹之苗裔，而夏后帝少康之庶子也。封于会稽，以奉守禹之祀。”褒越都是龙族，已详上文。又《匈奴列传》曰：“匈奴，其先祖夏后氏之苗裔也。”匈奴也是龙族，详下。

（7）禹与伏羲同姓。禹妻涂山氏，《史记·夏本纪》《索隐》引《世本》曰：“涂山氏名女娲。”《淮南子·览冥》篇有女娲“积芦灰以止淫水”之语，而《墉城集仙录》述涂山氏助禹治水之事甚详。看来，《世本》的“娲”字未必是传本之误，当初或许真有此一说。上文节引过《拾遗记》里禹遇伏羲的故事，其详情如下：

> 禹凿龙关之山——亦谓之龙门——至一空岩，深数十里，幽暗不可复行。禹乃负火而进……见一神，蛇身人面。禹因与语。神即示禹八针之图，列于金版之上。又有八神侍侧。禹曰：“华胥生圣（人）子，是汝耶？”答曰：“华胥是九河神女，以生余也。”乃探玉简授禹，长一尺二寸，以合十二时之度（数），使量度天地。禹即持（执）此简，以平定水土。蛇身之神即羲皇也。

据此，则禹平水土的方略乃是九河神女华胥的儿子——伏羲传授的。《封禅书》以夏为木德，有青龙之瑞（详上），木德青龙都是伏羲，所以《礼稽命征》曰：“禹建寅，宗伏羲。”（《开元占经·龙鱼虫蛇占篇》引）禹与伏羲，涂山氏与女娲的结合，或许因为两方都出于龙图腾吧？《史记》分明说褒国是禹后，而《潜夫论》又说是伏羲之后。褒国的“褒”本一作“庖”。(《春秋世族谱》，又《路史·国名纪》丁引《盟会图》一作“苞”。)《路史·后纪》一注引《潜夫论》曰：“太昊之后有庖国，姒姓。”《国名纪》甲《注》又引曰：“夏封伏羲之后。”《潜夫论》所谓庖国即褒国，毫无问题。但伏羲本是风姓，以“夏封伏羲之后”来解释伏羲之后所以为姒姓，实在牵强得很。其实姒与风本是一姓，禹与伏羲原是一家人。姒姓即巳姓，已详上文。“风”字从“虫”，“虫”与“巳”在卜辞里是一字。原来古人说“风姓”或“巳姓”，译成今声，都是“蛇生的”(“生”“姓”古今字)。这里有一个重要的观念，非辨清楚不可。古代所谓姓，其功用只在说明一个人的来历，略等于后世的谱系，有必要时才提到它，并不像现在一开口喊人，就非“王先生”、“李先生”不可。既然不是常在口头上用的一种称谓，便只要意义对就行，字音毫无关系。譬如我说某人是蛇生的，你说他是长虫生的，我们并不冲突，在第三者听来也决不会发生任何误会。总之，风与巳（姒）是同义字，伏羲与禹是同姓，所以庖国是姒姓，也是风姓，是禹后，也是伏羲之后了。所谓同姓实即同图腾，知道伏羲的图腾是龙，则禹的图腾是什么也就解决了。

2. 共工　相传共工也是人面蛇身，其证如下：

> 共工人面蛇身朱发。(《大荒西经》注引《归藏·启筮》篇）
>
> 共工，天神，人面蛇身。(《淮南子·地形》篇高《注》)
>
> 西北荒有人焉，人面朱鬚（发），蛇身人手足，而食五谷，禽兽顽愚，名曰共工。(《神异经》)

此外又有三个旁证。(1）共工氏之子曰句龙。《左传·昭二十九年》蔡墨曰：“共工氏有子曰句龙，为后土。”(2）共工氏之臣人面蛇身。《海外北经》曰：“共工之臣曰相柳氏……九首人面蛇身而青。”《大荒北经》曰“共工臣名曰相繇，九首蛇身自环。”郭璞说相繇即相柳。《广雅·释地》曰：“北方有民焉，九首蛇身，其名曰相繇。”(3)

共工即雄虺。《天问》："康回冯怒，坠何[①]以东南倾？"王注曰："康回，共工名也。""康"与"庸"俱从"庚"声，古字通用，故《史记·楚世家》"熊渠……乃立其长子康为句亶王"，《索隐》引《世本》"康"作庸，《秦诅楚文》"今楚王熊相康回无道"，董逌释作"庸回"。《天问》之"康回"即《尧典》之"庸违"。不过《尧典》那一整段文字似乎从未被读懂过。原文如下：

> 帝曰："咨畴[②]若予采。"
>
> 驩兜曰："都！共工方鸠僝（栫）功。"
>
> 帝曰"吁！静言庸违（回），象（潒）恭（洪）滔天。"帝曰："咨四岳。汤汤洪水方割（害）[③]，怀山襄（囊）陵，浩浩滔天。下民其咨，有能俾乂？"
>
> 佥曰："於！鲧哉。"

《周语下》灵王太子晋说："昔共工氏……壅防百川，堕高堙庳，以害天下，祸乱并兴，共工用灭。其在有虞，有崇伯鲧，播其淫心，称遂共工之过。"《尧典》的话完全可与《周语》相印证。"僝"当读为栫，《说文》曰："以柴木壅水也。""方鸠栫功"即《周语》之"壅防百川"[④]。"象"是"潒"之省，"潒"即"荡"字。"恭"当从"水"作"洚"，即"洪"之别体。"滔天"即下文之"浩浩滔天"，指洪水。"潒洪滔天"即《淮南子·本经》篇所谓"共工振滔洪水，以薄空桑。"《周语》之"害天下"亦指此而言[⑤]。"庸违"当从《左传·文十八年》、《论衡·恢国》篇、《潜夫论·明暗》篇、《吴志·陆抗传》作"庸回"。但自《左传》以来，都将"庸回"解为"用邪"，《史记·五帝本纪》也译为"用僻"，实在是大错。（向来解释下句"象恭滔天"的各种说法，也

① "何"下原衍"故"字，从《御览》三六，《事类赋》注四引删。

② "咨畴"二字原倒，从段玉裁乙正。

③ "怀"上原衍"荡荡"二字，从臧琳删。

④ 《广雅·释器》："漫，涔，栫也。"《天问》问鲧事曰："佥曰可（原误何）忧，何不课而行之？"忧即漫字。共工壅水曰栫，鲧雍水曰漫，栫漫字异而义同，可以互证。

⑤ 徐文靖已疑"滔天"即下文之"浩浩滔天"，但仍未解"象恭"二字。

极可笑。）实则“庸回”是“潒洪滔天”的主词，正如“共工”是“方鸠榜功”的主词，庸回与共工是一个人。《天问·招魂》都有“雄虺九首”之语，郝懿行说就是《山海经》“九首蛇身”的相柳，很对。其实共工之臣与共工还是一样，相柳九首，共工也可以九首。“雄虺”与“庸回”声近，“雄虺九首”就是共工。共工人面蛇身，所以又称雄虺。“庸回”是“雄虺”的声假字，“康回”则“庸回”的异文。

3. 祝融　据《郑语》，祝融之后八姓，《世本》(《史记·楚世家》《索隐》引）及《大戴礼记·帝系姓》篇，均作六姓。据《郑语》韦昭注，八姓又可归并为五姓。现在对照各说，列表如下：

郑语	世本	帝系姓	楚世家	韦注
巳（昆吾，苏，顾，温，董）	樊（是为昆吾）	樊（是为昆吾）	昆吾	巳（董为巳之别封）
董（鬷夷，豢龙）				
彭（彭祖，豕韦，诸稽）	篯铿（是为彭祖）	篯（是为彭祖）	彭祖	彭（秃为彭之别封）
秃（舟人）				
妘（邬，郐，路，偪阳）	求言（是为郐人）	莱言（是为云郐人）	会人	妘
曹（邹，莒）	安（是为曹姓）	安（是为曹姓）	曹姓	曹（斟为曹之别封）
斟（无后）	惠连（是为参胡——宋忠注云斟姓）	惠连（是为参胡）	参胡	
芈（夔，越，蛮芈，荆）	季连（是为芈姓）	季连（是为芈姓）	季连	芈

巳姓是龙族（详上），所以巳的别封董姓中有豢龙氏。芈姓的越也是龙族（亦详上），而夔也有说是龙类的。《说文》曰：“夔，神魖也，如龙一足。从夊。象有角手人面之形。”《文选·东京赋》薛综《注》曰：“夔，木石之怪。如龙有角，鳞甲光如日月。见则其邑大旱。”小篆“夔”亦从“巳”，与金文“龙”从“巳”同意，所以《尚书》夔龙通称。芈姓又有蛮芈，而荆本在荆蛮。其实古代南方诸侯都称蛮，所以夔越也还是蛮。芈姓四支都是蛮，“芈”也许就是“蛮”

之声转。“蛮”字从“虫”，《说文》曰：“南蛮蛇种”，尤为芈姓是龙族的确证。巳、芈二姓都是龙族，而都出于祝融，则祝融可能也是龙子。“融”字从“虫”，本义当是一种蛇的名字。《东山经》曰：

独山涂末之水，东南流注于沔。其中多偹蛹，其状如黄蛇，鱼翼，出入有光，见则其邑大旱。

“偹蛹”郭《注》曰：“条容二音。”金文《邾公釸钟》“陆𩡧之孙邾公釸”，王国维说“陆𩡧”即“陆终”（《观堂集林》一八《邾公钟跋》），郭沫若说亦即“祝融”（《金文丛考·金文所无考》）。两说都对。其实“㐭”“享”古同字，“𩡧”亦可释“蜳”。《庄子·外物》篇“螴蜳不得成”，司马彪《注》曰：“‘螴蜳’读曰‘忡融’。”𩡧读曰融，是陆𩡧即祝融的佳证。但是“𩡧”所从的“㐭”又是古文“墉”字；所以“𩡧”又可释为“墉”，而“祝”、“偹”声亦近，“陆𩡧”“祝融”实在都是《山海经》的“偹蛹”。《郑语》史伯曰：“夫黎为高辛氏火正，以淳（焞）耀敦大天明地德，光照四海，故命之曰‘祝融’。又曰：“祝融亦能昭显天地之光明。”“光照四海”与“出入有光”合，火正与“见则其邑大旱”合，祝融即偹蛹，是没有问题的。祝融即偹蛹，偹蛹“见则其邑大旱”，夔是祝融之后，所以也是“见则其邑大旱”。祝融是一条火龙，所以又与火山粘合而成为火山的神。

西北海之外，赤水之北，有章尾（焜）山。有神人面蛇身而赤，身长千里①。直目正乘，其瞑乃晦，其视乃明。不食，不寝，不息。风雨是谒。是烛九阴，是谓烛龙。（《大荒北经》）

钟山之神，名曰烛阴。视为昼，瞑为夜，吹为冬，呼为夏。不饮不食，不息，息为风。身长千里。……其为物，人面蛇身，赤色，居钟山下。（《海外北经》）

烛龙在雁门北，蔽于委羽之山，不见日。其神人面龙身而无足。

① “身长千里”原误作注文四字，从《类聚》七九《楚辞补注》一〇引补。

（《淮南子·地形》篇）

烛龙即祝融，杨宽已讲过（《中国上古史导论》——《古史辨》第七册上编），那是对的，但说是日神，却不然。《淮南子》分明说："不见日"。"钟""章"一声之转（《汉书·广川惠王越传》"尊章"《注》曰："今关中妇呼舅为钟，钟者章声之转。"）。"尾"当读为"娓"，《说文》："娓，火也。"《洞冥记》曰："东方朔北游钟火山，日月不照，有青龙衔烛，照山四极。"章娓山即钟火山，钟山又是钟火山之省。

上揭各书所描写的情形，显然都是由火山的性能傅会出来的。但说钟山之神烛龙即祝融，确乎可信。《周语》上内史过曰："昔夏之兴也，融降于崇山。"融即祝融，崇山即钟山，韦昭说是阳城附近的崇（嵩）高山，恐怕不对。

《西次三经》又说：

> 钟山（之神）其子曰鼓，其状如人面而龙身。是与钦䲹杀葆江于昆仑之阳。帝乃戮之钟山之东曰瑶崖。钦䲹化为大鹗。其状如雕而黑文，白首赤喙而虎爪，其音如晨鹄。见则有大兵。鼓亦化为鵕鸟，其状如鸱，赤足而直喙，黄文而白首，其音如鹄。见即其邑大旱。

钟山本在北方，祝融是颛顼的孙子，颛顼是北方之神，所以祝融本当在北方。钟山之神烛龙的儿子——鼓化为鵕鸟，大概即祝融的后裔迁到南方，征服了南方的淮夷而占其地的故事。淮夷是鸟图腾的团族，帝俊之后，所以说"化为鵕鸟"。帝俊即帝喾。《郑语》曰："黎为高辛氏火正。"《楚世家》曰"重黎为帝喾高辛氏居火正，甚有功，能光融天下，帝喾命曰祝融。"大概是同一故事的另一种传说。鼓"见则其邑大旱"与倐蝻的传说相同。倐蝻即祝融，鼓是祝融之子，所以传说相同。楚的始祖祝融是赤龙，汉高祖是楚人，所以也是赤龙或赤蛇之精。祝融之子是龙化为鸟，又和《春秋握诚图》所记"刘媪梦赤鸟如龙戏己，生执嘉"（《史记·高祖本纪》《正义》引）的传说相合。

4. 黄帝　黄帝是龙的问题很简单。

轩辕之国……人面蛇身，尾交首上。(《海外西经》)

轩辕黄龙体。(《史记·天官书》)

中央土也，其帝黄帝，其佐后土……其兽黄龙。(《淮南子·天文》篇)

黄帝得土德，黄龙地螾见。(《史记·封禅书》)

黄帝将亡，则黄龙坠。(《开元占经·龙鱼虫蛇占》篇引《春秋握诚图》)

现在只举黄帝后十二姓中的僖巳二姓为例，来证明黄帝的别姓也是龙族。

(1)《晋语四》司空季子曰："凡黄帝之子二十五宗，其得姓者十四人，为十二姓：姬，酉，祁，巳，滕，箴，任，荀，僖，姞，嬛，依是也。"旧音曰："僖或为釐。"《潜夫论·志氏姓》篇亦作釐。《鲁语》下仲尼曰："(防风)汪芒氏之君也，守封嵎之山者也，为漆姓。在虞、夏、商为汪芒氏，于周为长狄，今为大人。"《史记·孔子世家》"漆"作"釐"(《说苑·辨物》篇同),《索隐》曰："釐音僖。"王引之说"漆"为"来"之误，"来"与"釐"通(《经义述闻》二〇)，甚确。据孔子说，防风氏春秋时为"大人"，《大荒北经》曰"有大人之国，釐姓"，这是王说很好的证据。王氏又据《晋语》黄帝之后有僖姓，即釐姓，来证明防风氏是黄帝之后，这说也确。《博物志》二曰："大人国，其人……能乘云而不能走，盖龙类。"《大荒东经》注引《河图玉版》曰："从昆仑山以北九万里，得龙伯国，人长三十丈。"《初学记》一九引《河图龙鱼》作"长三丈"，《列子·汤问》篇曰："龙伯之国有大人，举足不盈步而暨五山之所，一钓而连六鳌"。龙伯国即大人国，大人国是"龙类"，所以又名龙伯国。黄帝是龙，大人国是黄帝之后，所以也是龙类。

(2)黄帝十二姓中也有巳姓，巳是龙(见上)。黄帝之后的巳姓与祝融之后的巳姓，从图腾的立场看来，还是一姓，因为黄帝祝融都是龙。

5. 匈奴　匈奴的龙图腾的遗迹，可以下列各点来证明。

（1）每年祭龙三次，名曰“龙祠”。《后汉书・南匈奴传》：“匈奴岁有三龙祠。常以正月、五月、九月戊日祭天神。”

（2）举行龙祠时，首领们会议国家大事，名曰“龙会”。《南匈奴传》又曰：“单于每龙会议事，师子（左贤王）辄称病不往。”

（3）祭龙的地方名曰“龙城”，或“龙庭”。《史记・匈奴传》“五月大会龙城，祭其先、天地、鬼神”（龙城《汉书》作“龙庭”），《索引》引崔浩曰：“西方胡皆事龙神，故名大会处为龙城。”《文选》班固《封燕然山铭》“蹑冒顿之区落，焚老上之龙庭”，注曰：“龙庭，单于祭天所也。”

（4）习俗有“龙忌”。《淮南子・要略》篇“操合开塞，各有龙忌”，许《注》曰：“中国以鬼神之事曰忌，北胡南越皆谓‘请龙’。”《后汉书・周举传》“太原旧俗，以介子推焚骸，有龙忌之禁。至其亡月，咸言神灵不乐举火，由是士民每冬中辄一月寒食，莫敢烟爨。”晋染胡俗是深，故也有龙忌。《墨子・贵义》篇：“子墨子北之齐，遇日者。日者曰：‘帝以今日杀墨龙于北方，而先生之色黑，不可以北。’子墨子不听，遂北至淄水，不遂而反焉。日者曰：‘我谓先生不可以北。’子墨子曰：‘南之人不得北，北之人不得南，其色有黑者，有白者，何故皆不遂也？且帝以甲乙杀青龙于东方，以丙丁杀赤龙于南方，以庚辛杀白龙于西方，以壬癸杀黑龙于北方，若用子之言，则是禁天下之行者也。’”这大概也是龙忌。刘盼遂说墨翟是北狄种，这里所讲的是匈奴风俗（《燕京新闻》民国二十七年十一月十八日）。

（5）自认为龙类。《晏子春秋・谏下》篇曰：“维翟（狄）人与龙蛇比。”《吕氏春秋・介立》篇：“晋文公反，介子推不肯受赏，自为赋诗曰：‘有龙于飞，周遍天下，五蛇从之，为之丞辅。龙反其乡，得其处所，四蛇从之，得其露雨。一蛇羞之，槁死中野，悬书公门而伏于山下。”称君为龙，臣为蛇，也是胡俗，即所谓“维翟人与龙蛇比”（互参上条）。

（6）人面龙身。《开元占经・客星占六》篇引郗萌曰：“客星舍匈奴星，人面龙身留十余日不去，胡人内相贼，国家兵起，边人来降。”

由上观之，古代几个主要的华夏和夷狄民族，差不多都是龙图腾的团族，龙在我们历史与文化中的意义，真是太重大了。关于龙可说的话，还多得很，因为限于篇幅，我们只能将《山海经》里所见的人面蛇身或龙身的神（包括上文已讨论的和未讨论的），列一总表于下，以结束本文。请注意表中各神的方位分布。

<table>
<tr><td>中</td><td colspan="2">《中山经》（次十）</td><td>首山至丙山诸神</td><td>皆龙身人面</td></tr>
<tr><td rowspan="2">南</td><td colspan="2">《南山经》（次三）</td><td>天吴之山至南禺之山诸神</td><td>皆龙身而人面</td></tr>
<tr><td colspan="2">《海内经》（南方）</td><td>延维</td><td>人首蛇身</td></tr>
<tr><td rowspan="2">西</td><td colspan="2">《西山经》（次三）</td><td>鼓</td><td>人面龙身</td></tr>
<tr><td colspan="2">《海外西经》</td><td>轩辕</td><td>人面蛇身尾交首上</td></tr>
<tr><td rowspan="5">北</td><td rowspan="2">《北山经》</td><td>（首）</td><td>单狐之山至隄山诸神</td><td>皆人面蛇身</td></tr>
<tr><td>（次二）</td><td>管涔之山至敦题之山诸神</td><td>皆蛇身人面</td></tr>
<tr><td colspan="2" rowspan="2">《海外北经》又
《大荒北经》</td><td>烛龙（烛阴）</td><td>人面蛇身赤色</td></tr>
<tr><td>相柳（相繇）</td><td>九首人面蛇身自环色青</td></tr>
<tr><td colspan="2">《海内北经》</td><td>贰负①</td><td>人面蛇身</td></tr>
<tr><td>东</td><td colspan="2">《海内东经》</td><td>雷神</td><td>龙身而人头</td></tr>
</table>

民国三十一年，十一月，十五日，昆明

（三）战争与洪水

我们分析多数的洪水遗民故事，发现其中心母题总不外（一）兄妹之父与雷公斗争，（二）雷公发洪水，（三）全人类中惟兄妹二人得

① 《海内西经》“窫窳者蛇身人面贰负臣所杀也”，此“蛇身人面”四字形容贰负，非形容窫窳。《北山经》说窫窳“如牛而赤身人面马足”，《海内南经》说它“龙首”，《尔雅·释兽》作猰貐，说是“似貙虎爪”，可见窫窳不是蛇身。

救，（四）二人结为夫妇，（五）遗传人类。这些又可归纳为二个主要原素。洪水不过是一种战略，或战祸的顶点，所以（一）（二）可归并为A战争。兄妹配婚与遗传人类是祖宗崇拜的推源故事，所以（四）（五）可归并为B宗教。（三）兄妹从洪水中得救，是A与B间的连锁。这两个原素恰恰与那说明古代社会的名言“国之大事，在祀与戎”的原则相合。关于B项，即祖宗崇拜的宗教，上节已讲得很多了。在本节我们要专门讨论属于A项的战争故事了。

我们若要在汉籍中寻找这故事的痕迹，洪水是个好线索。《淮南子·览冥篇》曰：

……然犹未及虑羲氏之道也。往古之时，四极废，九州裂，天不兼覆，地不周载，火爁焱而不灭，水浩溔而不消，猛兽食颛民，鸷鸟攫老弱。于是女娲炼五色石以补苍天，断鳌足以立四极，杀黑龙以济冀州，积芦灰以止淫水。苍天补，四极正，淫水涸，冀州平，狡虫死，颛民生。

这故事与共工有关。可以由下列几点证明。（一）黑龙即共工，详上文论句龙。（二）“四极废，九州裂，天不兼覆，地不周载”，即所谓“天倾西北，地倾东南”，其事据《楚辞》《淮南子》，乃是共工触山的结果。《楚辞·天问》曰：“康回冯怒，地何以东南倾？”王《注》曰：“康回，共工名也。”《淮南子·原道》篇曰：“昔共工之力触不周之山，使地东南倾”；《天文篇》曰：“昔者共工与颛项争为帝，怒而触不周之山，天维绝，地柱折，天倾西北，故日月星辰移焉，地倾西南，故水潦尘埃归焉。”（三）所谓“淫水”即洪水，相传为共工所致。《书·尧典》曰：“静言庸违，象（潒）恭（洪）滔天。”庸违《论衡·恢国》篇，《潜夫论·明暗》篇作庸回，即天问之康回，亦即共工。“潒（同汤）洪滔天”即《淮南子·本经》篇所谓“共工振滔洪水”。又《周语》下曰：“昔共工氏……壅防百川，堕高堙庳，以害天下”，《荀子·成相》篇曰“禹有功，抑下鸿（洪），辟除民害逐共工”，《史记·律书》曰：“颛项有共工之阵，以平水土”，都暗示洪水与共工有关。《补史记·三皇本纪》直说女娲收拾的残局是共工造成的。

> 当其（女娲）末年也，诸侯有共工氏，任智刑以强霸而不王，以水乘木，乃与祝融战。不胜而怒，乃头触不周山崩，天柱折，地维缺。女娲乃炼五色石以补天，断鳌足以立四极，聚芦灰以止滔水，以济冀州。于是地平天成，不改旧物。

《路史·后记》二并说共工是女娲灭的。

> 太昊氏衰，共工惟始作乱，振滔洪水，以祸天下。隳天纲，绝地纪，覆中冀，人不堪命。于是女皇氏（即女娲）役其神力，以与共工氏较，灭共工氏而迁之。然后四极正，冀州宁，地平天成，万民复生。

司马贞将《淮南子·原道》篇与《天文》篇的共工争帝触山和《览冥》篇的女娲补天治水揉在一起说，罗泌又将《本经》篇的共工振滔洪水和《览冥》篇的女娲故事打成一片，确乎都是很有道理的。

在汉籍中发动洪水者是共工，在苗族传说中是雷公，莫非雷公就是共工吗？我们是否能找到一些旁证来支持这个假设呢？较早的载籍中讲到雷公形状的都说是龙身人头。

> 《海内东经》：“雷泽中有雷神，龙身而人头，鼓其腹则雷。”
> 《淮南子·地形》篇：“雷泽有神，龙身人头，鼓其腹而熙。”

共工亦人面蛇身。

> 《淮南子·地形》篇高《注》：“共工，天神，人面蛇身。”
> 《大荒西经》注引《归藏·启筮》：“共工人面蛇身朱发。”
> 《神异经》：“西北荒有人焉，人面朱髯，蛇身人手足，而食五谷，禽兽顽愚，名曰共工。”

而其子名曰句龙（见前），其臣亦人面蛇身。

《海外北经》："共工之臣曰相柳氏……九首人面蛇身而青。"

《大荒北经》："共工臣名相繇，九首蛇身自环。"

然则共工的形状实与雷神相似，这可算共工即雷神的一个有力的旁证。古字回与雷通，吴雷（《楚公镈》）一作吴回（《大戴礼记·帝系》篇，《史记·楚世家》，《大荒西经》），方雷（《晋语》四）一作方回（《淮南子·俶真》篇，《后汉书·周盘传》注引《列仙传》，四八目），雷水（《穆天子传》，《水经·河水》注）一作回水（《天问》、《汉书·武帝纪·瓠子歌》），是其例。共工，《论衡》、《潜夫论》引《尚书》作庸回，《天问》作康回，疑庸回、康回即庸雷、康雷。此说如其可靠，则共工即雷神完全证实了。

共工在历史上的声誉，可算坏极了。他的罪名，除了招致洪水以害天下之外，还有"作乱"和"自贤"两项。前者见《吕氏春秋·荡兵》篇和《史记·楚世家》，后者见《周书·史记》篇。在《左传》中则被称"四凶"之一。

少皞氏有不才子，毁信废忠，崇饰恶言，靖谮庸回，服谗搜慝，以诬盛德。天下之民谓之穷奇。

注家都说穷奇即共工，大概是没有问题的。因此许多有盛德的帝王都曾有过诛讨共工的功。帝喾诛灭共工，见《淮南子·原道》篇和《史记·楚世家》。颛顼战败共工之卿浮游，见《汲冢琐语》。唐氏帝尧伐共工，见《周书·史记》篇。帝舜流共工于幽州，见《尚书·尧典》。

禹的功劳尤其多，攻共工，见《大荒西经》，伐共工，见《荀子·议兵》篇及《秦策》，逐共工，见《荀子·成相》篇，杀共工之臣相柳或相繇，见《海外北经》及《大荒北经》。此外不要忘记上文已表过的女娲杀黑龙，实即杀共工。苗族传说没有把共工罗织成一个千古罪人。他们的态度较老实，较幼稚，只说兄弟二人因争财产不睦，哥哥一气，便发起洪水来淹没弟弟所管领的大地。如故事（10）。他们也不讳言自己的祖先吃了败仗，以致受伤身死，如故事（2）。因此将这仇恨心理坦率地表现在故事（1）中，便说母亲病重，告诉儿子："若得天上雷公的心来吞服，便可痊愈。"总之，汉、苗两派的故事，作风虽不同，态度虽有理智的与感情的之别，但内中都埋藏着一个深沉的、辽远的仇恨，却没有分别。

这次战争之剧烈，看《淮南子》《览冥》《天文》两篇所述，便可想见。四极废，九州裂，天倾西北，地倾东南，其破坏性之大一至于此。神话期历史上第一有名的涿鹿之战，也许因时期较近，在人们记忆中较为鲜明，若论其规模之大，为祸之惨烈，似乎还比不上这一次。但洪水部分，我以为必系另一事，它之加入这个战争故事，是由于传说的粘合作用。远在那渺茫的神话时期，想来不会有如后来智伯、梁武所用的水战的战术。洪水本身是怎么回事，是另一问题。它的惨痛的经验，在人类记忆中留下很深的痕迹，那是显而易见的。它的被羼入这战争故事，正表示那场战争之激烈，天灾与人祸，正以惨烈性的程度相当，而在人类记忆中发生粘合作用。为明了战争在这故事中的重要性高于洪水，我们还可以引另一故事作一比较。奉祀槃瓠的瑶畲，虽与奉祀伏羲的苗不同族，但是同系的两个支族，那是不成问题的。而且"槃瓠"、"伏羲"一声之转，明系出于同源，而两故事中相通之处也很多。这些问题下文还要详细讨论。现在我们要提出的是槃瓠故事中完全没有洪水，而战争却是故事的一个很重要的成分。这也反映出在伏羲故事中，洪水本不是包含在战争中的一部分，而是另外一件独立的事实，和战争偶然走碰头了，因而便结了不解之缘。换言之，战争的发生或许在苗和瑶畲未分居的时代，所以在两支传说中都保存着这件事的记忆。洪水则是既分居后苗族独有的经验，所以它只见于苗族传说，而不见于瑶畲传说。

古代民族大都住在水边，所谓洪水似乎即指河水的泛滥。人们对付这洪水的手段，大致可分三种。最早的办法是"择丘陵而处"，其态度是消极的，逃避的。消极中稍带积极性的是离水太远的高处不便居住，近水的丘陵不够高时，就从较远的高处挖点土来把不够高的填得更高点，这便是所谓“堕高堙庳”。次之是壅防，即筑初步的或正式的堤。后是疏导，堙塞从古以来就有了，疏导的发明最晚，都用不着讨论。壅防的起源却不太早。《谷梁传·僖九年》载齐桓公葵丘之盟（前651）曰“毋壅泉”，似乎是最早的记载。一百年后，周“灵王二十二年（前550），谷洛斗，将毁王宫，王欲壅之”（《周语》下）。太子晋大大发挥一顿壅防的害处。大概春秋中叶以后，壅防之事已经盛行了。以农业发展与土地开辟的情形推之，“壅泉”之盛于此时，倒是合理的。再早便不大可能了。若说神话初产生时，人们便已知道“壅泉”之法，因而便说共工曾实行此法，那却很难想象了。

古籍说到共工与洪水的有下列各书：

《书·尧典》：“共工方鸠僝（栫）功……象（潒）恭（洪）滔天。”
《周语》下：“昔共工氏……欲壅防百川，堕高堙庳，以害天下。”
《淮南子·本经篇》：“共工振滔洪水，以薄空桑。”

《尧典》“潒洪滔天”即《淮南子》“振滔洪水”，已详上文。但这是说激动洪水，而没有说到如何激动的方法。“堕高堙庳”假定是共工时代可能的现象，大致没有什么问题。《尧典》“方鸠僝功”之僝应读为栫，《说文》训为“以柴木壅”，此即《周语》所谓“壅防百川”。如果上文我们判断的不错，壅泉之法，至春秋时代才开始盛行，那么传说中共工壅防百川的部分，可能也是春秋时产生的。本来《周语》“共工氏……欲壅防百川”的话就是太子晋口中的，而说到“共工方鸠僝功”的《尧典》，有人说是战国作品，虽未必对，但恐怕最早也不能超过春秋之前。总之，我们相信洪水传说尽可很早，共工发动洪水，尤其以壅防百川的方法来发动洪水，却不必早。共工发动洪水的传说既不能太早，则在颛顼、共工的战争故事中，洪水部分是比较后加的，也就不言而喻了。

四、汉苗的种族关系

上文我们已经证明了伏羲、女娲确是苗族的祖先，我们又疑心那称为伏羲氏的氏族或是西周褒国后裔之南迁者。褒是姒姓国，夏禹之后，然则伏羲氏的族属与夏后氏相近了。伏羲与龙的关系是无可疑的事实。夏与龙的关系，以下面各事证之，似乎也不成问题。

（一）《海内经》《注》引《归藏·启筮》篇曰："鲧死三岁不腐，剖之以吴刀，化为黄龙。"《初学记》二二，《路史·后纪》一二《注》引"化为黄龙"并作"是用出禹"。（二）《天问》："应龙何画？河海何历？"王《注》曰："禹治洪水时，有神龙以尾画地，导水所注当决者，因而治之也。"其实助禹治水的龙本即禹自己，后期传说始分为二。（三）古禹字作，从（虫）从（手）执之。虫古虺字，与龙同类。（四）夏王多乘龙的故事。（1）《御览》九六引《括地图》"夏后德盛，二龙降之，禹使范氏御之以行"。（《博物志》八，敦煌旧抄《瑞应图》引《神灵记》略同。）（2）《海外西经》"夏后启于此儛九代，乘两龙"，《大荒西经》"有人珥两青蛇，乘两龙，名曰夏后开"，《注》引《归藏·郑母经》"夏后启筮御飞龙登于天，吉"。（3）《左传·昭二十九年》"帝赐之（孔甲）乘龙，河汉各二"。（五）《史记·封禅书》"夏得木德，青龙止于郊"。伏羲氏与夏后氏既皆与龙有这样密切的关系，我疑心二者最初同属于一个龙图腾的团族。在后图腾社会变为氏族社会，这团族才分为若干氏族，伏羲氏与夏后氏便是其中之二。既为两个分离的氏族，所以各自有姓，伏羲氏姓风，夏后氏姓姒。褒亦姒姓国，本是龙图腾的支裔，所以也有先君二龙的传说。

汉族所传的共工，相当于苗族所传的雷神，也是上文证明过的。共工既相当于雷神，则共工的对手可能也相当于雷神的对手了。雷神的对手是伏羲。共工的对手，据汉籍所传，有以下各种说法：

1. 帝喾高辛氏

> 《淮南子·原道》篇："昔共工……与高辛争为帝。"
> 《史记·楚世家》："共工氏作乱，帝喾使重黎诛之而不尽。"

2. 颛顼

《淮南子·天文》篇："昔者共工与颛顼争为帝。"

同上《兵略》篇："颛项尝与共工争矣。"

《史记·律书》："颛顼有共工之阵以平水土。"

《琐语》："昔者共工之卿浮游败于颛顼。"

3. 帝尧陶唐氏

《韩非子·外储说》左上篇："尧……又举兵而诛共工于幽州之都。"

《周书·史记》篇："昔有共工自贤……唐氏伐之，共工以亡。"

《大戴记·五帝德》篇："帝尧……流共工于幽州，以变北狄。"

4. 帝舜

《书·尧典》："舜……流共工于幽州。"

《淮南子·本经》篇："舜之时，共工振滔洪水，以薄空桑。"

5. 禹

《荀子·议兵》篇："禹伐共工。"(《秦策》同)

《荀子·成相》篇："禹有功，抑下鸿，辟除民害逐共工。"

《大荒西经》："西北海之外……有禹攻共工之山。"

《海外北经》："共工之臣曰相柳氏……禹杀相柳。"(《大荒北经》作相繇)

除帝喾外，其余各说都可以有法沟通。舜流共工，据《尧典》本在舜受禅后尧未死前，故共工也可说是尧流的。若依《韩非子》尧禅位于舜，共工以为不平，尧逐流之，则流共工正在唐、虞禅让之际，其负责的人更是两说皆可了。《周书》的看法与韩非同，大概是比较近确的。

流共工的事既可以这样看，关于四凶中其余三凶，可以类推。讲到四凶，有一个极有趣的现象，那便是不但如世人所习知的尧（或舜）诛四凶，颛顼与禹似乎也有同样的事迹。试分别证之如下：

1. 三苗　《墨子·非攻下》篇曰：

> 昔者三苗大乱，天命殛之。……高阳乃命禹于玄宫……以征有苗。

然则诛三苗是颛顼的命令，而禹执行之。此外诸书单说禹伐有苗很多，不具举。总之，对诛三苗这事，颛顼和禹都有份儿。

2. 鲧　经注引《纪年》曰：

> 颛顼产伯鲧，是维若阳。

《世本》及《大戴记·帝系》篇亦皆曰："颛顼产鲧。"《墨子·尚贤中》篇曰：

> 昔者伯鲧，帝之元子，废帝之德庸，既乃刑之。

五、伏羲与葫芦

（一）洪水造人故事中的葫芦

在中国西南部（包括湘西、贵州、广西、云南、西康）诸少数民族中，乃至在域外，东及台湾，西及越南与印度中部，都流传着一种兄妹配偶型的洪水遗民再造人类的故事（下简称为洪水造人故事），其母题最典型的形式是：

> 一个家长（父或兄），家中有一对童男童女（家长的子女或弟妹）。被家长拘禁的仇家（往往是家长的弟兄），因童男女的搭救而逃脱后，发动洪水来向家长报仇，但对童男女，则已预先教以特殊手段，使之免于灾难。洪水退后，人类灭绝，只剩童男女二人，他们便以兄妹（或姊弟）结为夫妇，再造人类。

这是原始智慧的宝藏，原始生活经验的结晶，举凡与民族全体休戚相关，而足以加强他们团结意识的记忆，如人种来源，天灾经验，与夫民族仇恨等等，都被象征式地糅合在这里。它的内容是复杂的，包含着多样性而错综的主题，因为它的长成是通过了悠久时间的累积。主题中最重要的，无疑是人种来源，次之或许是天灾经验，再次是民族仇恨等等。本文便专以人种来源这个主题为研究对象，所有将被讨论的诸问题都以这一点为中心。

普通都称这些故事为“洪水故事”，实有斟酌余地。我们在上文已经提到故事的社会功能和教育意义，是在加强民族团结意识，所以在故事中那意在证实血族纽带的人种来源——即造人传说，实是故事最基本的主题，洪水只是造人事件的特殊环境，所以应居从属地位。依照这观点，最妥当的名称该是“造人故事”。如果再详细点，称之为“洪水造人故事”，那“洪水”二字也是带有几分限制词的意味的。我疑心普通只注意故事中的洪水部分而忽略了造人部分，是被洪水事件本身的戏剧性所迷误的。其实这纯是我们文明社会的观点，我们知道，原始人类从不为故事而讲故事，在他们任何行为都是具有一种实用的目的。

正如造人是整个故事的核心，葫芦又是造人故事的核心。但在讨论故事中作为造人素材的葫芦之前，我们得先谈谈作为避水工具的葫芦。

分析四十九个故事的内容（参看表一），我们发现故事情节与葫芦发生关系的有两处，一是避水工具，一是造人素材。本来在原始传说中，说法愈合理，照例是离原始形态愈远，因此在避水工具中（参看表二），葫芦和与它同类的瓜，我们疑心应该是较早期的说法，其余如鼓桶臼箱瓮床和舟，说得愈合理，反而是后来陆续修正的结果。这一点交代以后，我们再来研究造人素材（参看表三）。在那第一组（物中藏人，由物变人）的六种不同形式中，

1. 男女从葫芦中出；
2. 男女坐瓜花中，结实后，二人包在瓜中；
3. 造就人种，放在鼓内；
4. 瓜子变男，瓜瓤变女；
5. 切瓜成片，瓜片变人；
6. 播种瓜子，瓜子变人。

五种属于葫芦和与之同类的瓜，一种是鼓，看来鼓中容人，似比葫芦和瓜更合理，实则它的合理性适足以证明它的讹误性，说不定鼓中藏人种，正是受了那本身也是讹变的“鼓中避水说”的感染而变生的讹变。因此，我们主张在讨论问题时，这一条“造就人种，放在鼓内”，可以除外，要不就权将“鼓”字当作“瓜”字之讹也行。这一点辩明以后，我们可以进而讨论全部造人素材的问题，便是造人素材与葫芦的关系问题。

和避水工具一样，关于造人素材的说法，也可分为较怪诞与较平实的两组，前者我们称为第一组，后者称为第二组。第一组的六种形式上文已经列举过，现在再将第二组分作两类列举于下：

第一类像物形

1. 像瓜　2. 像鸡卵　3. 磨石仔

第二类不成人形

1. 肉球，肉团（陀），肉块　2. 无手足（腿臂），无头尾，无耳目口鼻（面目）　3. 怪胎　4. 血盆

第一类的第三项与第二类的第二项，没有严格的界限，有时说

到“磨石仔”，又说到“无手足”之类，在这种场合，我们便将它归入“无手足……”项下。依上述愈合理、愈失真的原则，我们疑心这第二组内离葫芦愈远，离人形愈近的各种形式，也是后起的合理化的观念形态。而最早的传说只是人种从葫芦中来，或由葫芦变成。八寨黑苗（7），短裙黑苗（8），说童男女自身是从石蛋出来的，生苗或说蛋（15），或说白蛋（17），或说飞蛾蛋（18），暗示最初的传说都认为人类是从自然物变来，而不是人生的。而且蛋与葫芦形状相近，或许蛋生还是葫芦生的变相说法。至于避水工具中的葫芦，也还是抄袭造人素材的葫芦的。可能造人和洪水根本是两个故事，《生苗起源歌》（16，17，18）只讲造人，不提洪水，似乎还保存着传说的原始形态（生苗是一个在演化进程中最落后的民族）。我们疑心造人故事应产生在前，洪水部分是后来粘合上去的，洪水故事中本无葫芦，葫芦是造人故事的有机部分，是在造人故事兼并洪水故事的过程中，葫芦才以它的渡船作用，巧妙地做了缀合两个故事的连锁。总之，没有造人素材的葫芦，便没有避水工具的葫芦，造人的主题是比洪水来得重要，而葫芦则正做了造人故事的核心。

（二）伏羲女娲与匏瓠的语音关系

以上所论都是纯理论的假设，最后判断当然有待于更多更精密的民俗调查材料。这样的材料，可惜我们目前几乎一点也没有。然而说除了民俗调查材料，目前我们在这题目上，便没有一句话可说，那又不然。

总观以上各例，使我们想到伏羲、女娲莫不就是葫芦的化身。或仿民间故事的术语说，一对葫芦精。于是我注意到伏羲、女娲二名字的意义。我试探的结果，“伏羲”、“女娲”果然就是葫芦。

伏字《易·系辞传下》作包，包匏音近古通，《易·姤》九五“以杞包瓜”，《释文》引《子夏传》及《正义》包并作匏。《泰》九二：“包荒，用冯河，不遐遗。”包亦当读为匏，可证。匏瓠《说文》互训，古书亦或通用，今语谓之葫芦。羲一作戏。《广雅·释器》：“瓠，蠡，蓍，瓟，瓢也。”《一切经音义》十八引作瓟，音羲。王念孙云，瓟与瓟同，即檥字（《庄子·人间世篇》、《大宗师篇》、《田子方篇》，《管子·轻重戊篇》;《荀子·成相篇》，《赵策》四）。或作瓟（《月令释文》），其本字当即瓟。《集韵》瓟虚宜切，音犠，训“瓠，瓢也”。译为今语则为葫芦瓢。又有樾檥稀三字，当即瓟之别体。

《方言》二：“蠡，陈、楚、宋、魏之间或谓之箪，或谓之檥，或谓之瓢。”郭《注》曰：“瓠，勺也，今江东通呼为樾。樾音羲。”

《玉篇·木部》：“樾，杓也。”《一切经音义》十八：“南曰瓢樾，蜀人言蠡樾。”

《集韵·五支》：“樾，蠡（蠡）也，或作檥。”

陆羽《茶经》引《神异记》：“晋永嘉中，余姚人虞洪，入瀑布山采茗，遇一道士。云，吾丹丘子，祈子他日瓯檥之余，乞相遗也。”（案《茶经》曰：“檥，木杓也。”又曰：“瓢一曰檥杓，剖瓠为之，或刊木为之。”）

《说文·木部》：“桸，杓也。”（案《类篇》稀通作樾）

伏羲字亦有“羲”、“戏”、“希”三形。羲戏习见，希则见《路史·后纪》二注引《风俗通》。（女娲一作女希，见《初学记》九引《帝王世纪》，及《史记·补三皇本纪》。）我以为包与戲都是较古的写法。包戏若读为匏瓟（樾檥桸），即今所谓葫芦瓢。但戏古读如乎，与匏音同。若读包戲为匏瓠，其义即为葫芦。既剖的葫芦谓之瓢，未剖的谓之葫芦，古人于二者恐不甚分，看瓠（葫芦）瓟（瓢）上古音全同便知。女娲之娲，《大荒西经》注、《汉书·古今人表》注、《列子·黄帝篇》释文、《广韵》、《集韵》皆音瓜。《路史·后纪》二《注》引《唐文集》称女娲为“炮娲”，以音求之，实即匏瓜。包戏与炮娲，匏瓠与匏瓜皆一语之转。（包戏载为伏希，女娲转为女希，亦可见戏娲二音有可转之道。）然则伏羲与女娲，名虽有二，义实只一。二人本皆谓葫芦的化身，所不同者，仅性别而已。称其阴性的曰“女娲”，犹言“女匏瓟”、“女伏羲”也。

苗族传说以南瓜为伏羲、女娲的第二代。汉族以葫芦（瓜）为伏羲、女娲本身，这类亲与子易位，是神话传说中常见的现象，并不足妨碍苗族的伏羲与伏羲妹即汉族的伏羲、女娲。至于为什么以始祖为葫芦的化身，我想是因为瓜类多子，是子孙繁殖的最妙象征，故取以相比拟。《开元占经》六五《石氏中官占》篇引《黄帝占》曰："匏瓜星主后宫。"又曰："瓠瓜星明，则……后宫多子孙，星不明，后失势。"同上引《星官制》曰："匏瓜，天瓜也。性内文明而有子，美尽在内。"《大雅·绵》篇以"绵绵瓜瓞"为"民之初生……"的起兴，用意与此正同。

根据上面的结论，有些零星问题，可以附带地得到解决。

1. 女娲作笙　古代的笙是葫芦做的。《白虎通·礼乐》篇："瓠曰笙。"苗人亦以葫芦为笙，见刘恂《岭表录异》，朱辅《溪蛮丛笑》。女娲本是葫芦的化身，故相传女娲作笙。《礼记·明堂位》"女娲之笙簧"，《注》引《世本》曰"女娲作笙簧"。

2. 伏羲以木德王 葫芦是草木之类，伏羲是葫芦的化身，故曰伏羲木德。曹植《庖牺画赞》"木德风姓"，宋均《春秋内事》"伏羲氏以木德王"。《御览》七八引《帝王世纪》："太昊庖牺氏……首德于木，为百王先。"

据上文伏羲与槃瓠诚属二系，然细加分析，两者仍出同源。"槃瓠"名字中有瓠字，而《魏略》等述茧未化生时复有"妇人盛瓠中，覆之以槃"之语，可见瓠亦为此故事母题之一部分。实则槃即剖匏为之，"槃瓠"犹匏瓠，仍是一语。是"槃瓠"与"包羲"字异而声义同。在初本系一人为二民族共同之祖，同祖故同姓。旧说伏羲、女娲风姓，而《图书集成·畲民调查记》及《狗皇歌》皆有姓槃之说。风从凡声，古作，槃从般，古作，亦从声，然则风槃亦一姓也。

卜辞或省鸟形，直作。古器物先有匏，而刳木，编织，陶埴，铸冶次之。横置作，像剖匏之形，下有为基址。然则风姓、槃姓，其初皆即匏生耳。

表一

	流传地域与讲述人	童男	童女	家长	仇家	赠遗	洪水	避水	占婚	造人	采集者
1. 湘西苗人故事（一）	湖南凤凰东乡苗人吴文祥述	兄	妹	Ay Pé gy Koy Pé iy	Koy Soy		雷公怒发洪水数十日	兄妹各入黄瓜避水	扔磨石东西分走	生下肉块割弃变人	芮逸夫
2. 湘西苗人故事（二）	凤凰北乡苗人吴良佐述	儿	女	Koy Peny	Koy Soy		雷公发洪水七日七夜	共入葫芦	金鱼老道撮合		芮逸夫
3. 傩公傩母歌	吴良佐抄	兄（伏羲）	妹	张良	Koy Soy		玉皇上帝发洪水七日七夜	共入葫芦	分赴东山南山焚香烟结团	生肉块割开发现十二童男女	芮逸夫
4. 傩神起源歌	湖南乾县城北乡仙镇营苗人石启贵抄	儿	女	禾壁	禾耸		雷公发洪水七日七夜	兄妹共入仙瓜	扔竹片扔磨石	生下怪胎割弃变人	芮逸夫
5. 苗人故事		弟	姊		另一对男女			入木鼓	滚磨抛针抛钱	生子如鸡卵切碎变人	Savina,F. M.
6. 黑苗洪水歌		弟（A–Zie)		兄（A–F’o)			雷发洪水	弟入葫芦避水	滚磨扔刀	生子无手足割弃变人	Clarke, Samuel,R.
7. 八寨黑苗传说	贵州八寨	兄 妹 邻居		老岩（九蛋中最幼者司地）	雷（九蛋中最长者司天）	雷劝兄妹种葫芦	雷发洪水	入葫芦	结婚	繁衍人类	吴泽霖

续表

	流传地域与讲述人	童男	童女	家长	仇家	赠遗	洪水	避水	占婚	造人	采集者
8. 短裙黑苗传说	贵州炉山麻江丹江八寨等县交界处	小弟	幼妹		石蛋中出二弟兄长兄被害变成雷公上天		小弟害死诸兄雷公发洪水报仇	小弟作法上天	水退下地与妹相遇结婚	生子无眼形如球切碎变人	吴泽霖
9. 花苗故事		弟	妹	兄	老妇（从天下降）			弟妹入木鼓	扔磨石扔针线	生子无手足割弃变人	Hewitt,H.J.
10. 大花苗洪水滔天歌	贵州	二兄（智莱）	妹（易明）		大兄（愚皇）		安乐世君发洪水	杉舟	滚磨	生三子	杨汉先
11. 大花苗洪水故事	贵州威宁	弟	妹	兄				木鼓	滚磨穿针雷公命乐世君指示	生子无腿无臂	
12. 雅雀苗故事	贵州南部	兄 (Bu–i,Fu–hsi)	妹 (Ku–eh)					入葫芦避水	扔磨石扔树	生二子无手足不哭割弃变人	Clarke
13. 生苗故事（一）	贵州	兄	妹			天上老奶种瓜结瓜王可容数十人	大雨成灾洪水灭尽人类	兄妹入瓜漂浮上天	天上人教二人下来结为夫妇	吃瓜生瓜儿剖碎变人	陈国钧
14. 生苗故事（二）	贵州	长兄（恩—居地）	妹（媚—居地）		次兄（雷—居天）		雷发洪水	乘船漂浮上天（以葫芦盛马蜂螫雷）	小虫教二人打伞在山坡相逢如远来的表亲遂结为夫妇	生子无四肢如瓜形割弃变人	陈国钧

续表

	流传地域与讲述人	童男	童女	家长	仇家	赠遗	洪水	避水	占婚	造人	采集者
15. 生苗洪水造人歌	贵州	兄（恩一居地）	妹（媚一居地）		次兄（雷一居天）	雷报媚以瓜子结实如仓大	雷发洪水	乘南瓜漂浮上天	老奶指点	偷吃瓜被老奶责骂生子无耳目如瓜斫碎变人	陈国钧
16. 生苗起源歌（一）		兄	妹						结婚	生儿无手足割碎变人	陈国钧
17. 生苗起源歌（二）	贵州	兄 妹 由白蛋出生							结婚	生瓜儿切碎变人	陈国钧
18. 生苗起源歌（三）	贵州	兄 妹 由飞蛾卵生出			雷公（另一飞蛾卵生出）				兄妹相爱结婚	生南瓜斫碎变人	陈国钧
19. 侗人洪水歌	贵州	兄（伏羲）	妹				洪水来时	将造就的人种放在鼓内			
20. 苗人谱本	广西北部	兄（张良一作姜良）	妹（张妹一作姜妹）	卷氏夫人（生七子女）	雷公 雷母	雷公赠仙瓜子	铁雨成灾	兄妹入葫芦避水	太白仙人金龟老道撮合	生肉陀（团）割碎变人	徐松石
21 偏苗洪水横流歌	广西西隆	兄（伏羲）	妹				洪水	将造就的人种放在鼓内			雷雨
22. 瑶人洪水故事	广西融县罗城	儿（伏羲）	女	父	雷公	雷公赠牙种成葫芦	天发洪水	兄妹入葫芦避水	绕树相追	生肉球割碎变人	常任侠
23. 葫芦晓歌		伏羲					寅卯二年发洪水	入葫芦避水			常任侠

续表

	流传地域与讲述人	童男	童女	家长	仇家	赠遗	洪水	避水	占婚	造人	采集者
24. 瑶人故事	广西武宣修仁之间	子		神人		赠牙种而生瓠破瓠裂为囫船	洪水	神人率子入坐铁镬浮至天门			常任侠
25. 板瑶五谷歌	广西三江	兄（伏羲）	妹				寅卯二年发洪水	兄妹入葫芦避水	烧香礼拜结为夫妇	置人民	乐嗣炳
26. 板瑶盘王歌	广西象县	兄（伏羲）	妹				洪水七日七夜	入葫芦避水	金龟撮合	生“团乙”	
27. 依瑶盘瑶盘王书中洪水歌	广西都安	兄（伏羲）	妹	蒋家			洪水七日七夜	入葫芦避水	烟火	生血盆玉女分之为三十六姓	
28. 盘瑶故事	镇边盘瑶盘有贵述	兄（伏羲）						入瓢瓜避水	滚磨石烧烟火看竹枝	散出瓜子瓜瓤瓜子变男瓜瓤变女	
29. 盘瑶故事	灌阳布坪乡	男孩	女孩	盘王		盘王打落牙齿种牙成瓜	下雨三年六个月	盘王将瓜穿眼命小孩坐入	生磨石仔盘王切碎变人		
30. 红瑶故事	广西龙胜三百坤红瑶张老老述	兄（姜良）	妹（姜妹）	姜氏太婆（生子女六人或说七人）	雷公雷婆	雷公雷婆赠白瓜子	大雨成灾	兄妹坐入瓜花结实二人包在瓜内	看烟柱种竹滚磨绕山走	继续人种	徐松石
31. 东陇瑶故事	上林东陇瑶蓝年述	伏羲		父别母别		雷公赠牙		乘瓜上浮		生磨石仔无头无尾切碎变猴再变人	陈志良

续表

	流传地域 与讲述人	童男	童女	家长	仇家	赠遗	洪水	避水	占婚	造人	采集者
32. 蓝靛瑶故事	田西蓝靛瑶李秀文述				闪电仙人	仙人赠瓜子	大雨成灾	入瓢瓜避水	烧烟火种竹滚磨	生子无手足头尾切碎变人	陈志良
33. 背笼瑶故事	凌云背笼瑶腊承良述	兄（伏 lin)	妹（羲 Cein)				久雨成灾	入瓢瓜避水	滚磨	生肉团无手足面目切碎变人	陈志良
34. 背笼瑶遗传歌	腊承良译	兄（伏羲）	妹			自种瓢瓜结实如仓 大	皇天降大雨	入瓜内避水	结为夫妇	生磨石儿割碎变人	陈志良
35. 蛮瑶故事	广西东二阑蛮瑶侯玉宽述	兄（伏 dn）	妹（羲ɕε）				久雨成灾	入大瓮避水	烧烟火滚磨石	生子无手足面目	陈志良
36. 独侯瑶故事	都安独侯瑶蒙振彬述	兄（伏羲）	妹				雷电大雨成灾	入瓢瓜避水		生磨石儿劈碎变人	陈志良
37. 西山瑶故事	隆山西山瑶袁秀林述	特门 } 伏羲	驮豆 } 伏羲	卜白（居天上司雷雨）	雷王（居地下）	雷王赠牙	雷王下雨发洪水	入葫芦避水	烧烟火	生子无耳目口鼻如磨石切碎变人	陈志良
38. 侬人故事	都安侬人韦武夫述				仙人	仙人赠牙作船发作桨					陈志良
39. 倮僇故事		弟	妹		两兄		洪水发时	弟妹入木箱上浮			vial,Paul

续表

	流传地域与讲述人	童男	童女	家长	仇家	赠遗	洪水	避水	占婚	造人	采集者
40. 夷人故事	云南寻甸凤仪乡黑夷李忠成宣威普乡白夷田婧邦述	三弟	美女			白发老人教造木桶	洪水发时	入桶避水	尊老人命与女结婚	生三子是为乾夷黑夷汉人之祖	马学良
41. 汉河倮㑩故事	红河上游汉河丙冒寨夷 人白成章述						洪水中人类灭绝	葫芦从天降下一男一女从中而出			邢庆兰
42. 老亢故事	云南西南边境耿马土司地蚌隆寨	兄	妹				洪水发时	兄妹同入木床避水	结婚	生子砍碎变 人	芮逸夫
43. 栗粟故事	耿马土司地大平石头寨	兄	妹				洪水发时	兄妹同入葫芦避水	结婚	生七子	芮逸夫
44. 大凉山倮㑩人祖传说（一）	西康宁族夷 族	乔姆石奇(Gomzazi) 监源一带称陶姆石孃(Domzanyo)	天女	天公			天公发洪水毁灭人类	石奇作桐木舟避水	青蛙设计要求天女与石奇结婚	生三子	庄学本
45. 大凉山倮㑩人祖传说（二）		兄（乔姆石奇）	妹（天宫仙女）				洪水泛滥	石奇乘桐木舟得救	经众动物设法将妹请下滚磨成婚		庄学本

续表

	流传地域与讲述人	童男	童女	家长	仇家	赠遗	洪水	避水	占婚	造人	采集者
46. 东京蛮族故事		兄 (Phu-Hay)	妹 (Phu-Hay- Mui)	Chang L6-C6			洪水泛滥	兄妹同入南瓜避水	结婚	生南瓜剖瓜得子播种变 人	de Lajon quiere, Lunet
47. 巴那 (Ba-hnars) 故事	交趾支那	兄	妹				洪水泛滥	入木箱避水			Guerlack
48. 阿眉 (Ami) 故事	台湾	兄	妹				洪水泛滥	入木臼避水	结婚	生子传人类	Lshii，Shinji
49. 比尔 (Bhils) 故事	印度中部	兄	妹				洪水泛滥	入木箱避水	结婚	生七男七女	Luard，C. E.

表二

避水工具	故事号数	总计	
葫芦（瓠、瓢瓜）	2, 3, 6, 7, 12, 20, 24, 25, 26, 27, 28, 32, 33, 36, 37, 41, 43	17	自然物 57.2%
瓜（仙瓜、黄瓜、南瓜）	1, 4, 13, 15, 29, 30, 31, 34, 46	9	
鼓（木鼓）	5, 9, 11, 19, 21, 22, 23	7	人造器具 41.8%
瓮	25	1	
木桶、木臼、箱	39, 40, 47, 48, 49	5	
床	42	1	
舟（桐舟、杉舟）	10, 14, 38, 44, 45	5	

表三

	造人素材			故事号数	总计	
第一组	物中藏人	葫芦	男女从葫芦中出	41	1	4
		瓜	男女坐瓜花中结实后二人包在瓜中	30	1	
		鼓	造就人类放在鼓内	19,21	2	
	物变人	瓜	瓜子变男瓜瓤变女	28		
	人生物 物再变人	瓜	切瓜成片瓜片变人	13,18,42	1	4
			播种瓜子瓜子变人	46	1	
第二组	生子像物或不成人 形割碎始变成人	像物形	像瓜	8,14,15,16,	4	24
			像鸡卵	5	1	
			磨石仔	29,34,36	3	
		不成人形	肉球肉团（陀）肉块	1,3,20,36,33	5	
			无手足（腿臂）无头 无尾耳目口鼻（面目）	6,9,11,12,16,31 32,35,37	9	
			怪胎	4	1	
			血盆	27	1	

姜嫄履大人迹考

周初人传其先祖感生之故事曰：

> 厥初生民，时维姜嫄，生民如何？克禋克祀，以弗无子，履帝武敏歆，攸介攸止，载震载夙，载生载育，时维后稷。（《诗·大雅·生民》）

武各家皆训迹，敏《尔雅》训拇，谓足大趾，然“武敏”双声，疑系连语，总谓足迹耳。歆各家多读为欣，训喜[①]，疑字本作喜，祀子喜止四字为韵。“克禋克祀，以弗无子”，弗读为祓，毛、郑皆以为祀郊禖之祭，《御览》一三五引《春秋元命苞》：“周本姜嫄，游閟宫，其地扶桑，履大迹，生后稷。”闼宫即禖宫，说与毛、郑同。上云禋祀，下云履迹，是履迹乃祭祀仪式之一部分，疑即一种象征的舞蹈。所谓“帝”实即代表上帝之神尸。神尸舞于前，姜嫄尾随其后，践神尸之迹而舞，其事可乐，故曰“履帝武敏歆”，犹言与尸伴舞而心甚悦喜也。“攸介攸止”，介，林义光读为愒，息也，至确。盖舞毕而相携止息于幽闲之处，因而有孕也。《论衡·吉验》篇：

> 后稷之时，履大人迹，或言衣帝喾衣，坐息帝喾之处，有妊。

① 《史记·周本纪》“心忻然悦欲践之”，《列女传》一《弃母姜传》“行见巨人迹，好而履之”，《吴越春秋》一“中心欢然喜其形象，因履而践之”，《诗》郑《笺》：“履其拇指之处，心体歆歆然。”

此说当有所本。帝喾与衣，说并详后，其云“坐息帝喾之处”，则与《诗》“攸介攸止”合，此可证息为与帝同息，犹前此之舞亦与帝同舞也。

关于履迹事，汉人尚有一异说，亦可注意。《尔雅·释训》“履帝武敏”，《释文》引舍人本敏作亩，注云：

古者姜嫄履天帝之迹于畎亩之中，而生后稷。

如舍人说，则“履帝武敏歆”为“践帝之迹于畎亩之中而欣喜”，于文略嫌晦涩，似仍不若以“武敏”为连语，义较明畅。然畎亩与后稷之关系则至明显，舍人此说，要亦不为无因。窃意履迹确系在畎亩中，但不必破敏字为亩耳。此可以畤之沿革及形制证之。

《史记·封禅书》言“自禹兴而修社祀，后稷稼穑，故有稷祠”，下即历叙秦以来所作诸畤，计有：

秦襄公作西畤，祭白帝；
文公作鄜畤，祭白帝（白当为青，详下）；
宣公作密畤，祭青帝；
灵公作吴阳上畤，祭黄帝；作下畤，祭炎帝；
献公作岐峙，祭白帝；
汉高祖作北畤，祭黑帝。

是畤本社稷之变相，盖稷出于社，畤又出于稷也。《史记》又曰：

自未作鄜畤也，而雍旁故有吴阳武畤，雍东有好畤，皆废无祠。或曰自古雍州积高，神明之隩，故立畤郊上帝，诸神祠皆聚云。盖黄帝时尝用事，虽晚周时亦郊焉。其语不经见，搢绅者不道。

云“其语不经见，搢绅者不道”，是史公审慎处。实则畤之起源甚早，无可疑。既云“虽晚周时亦郊”，则武畤、好畤即周人所立。

畤出于稷，本系周物，雍为周地，故群畤聚焉，非以其积高为神明隩故也。平王东迁，始封秦襄公为诸侯，赐之岐以西地，襄公始国而作西畤。畤本周人郊天配后稷之处，秦未列侯前，不得郊天，即不得有畤。秦之有畤，以有周地而修周故事，犹后此汉代秦祚，复因秦故事以立畤也。虽然，秦立国后，郊天则可，立畤则不可。何以言之？汉人传畦畤形“如种韭畦”[①]然畤字从田，疑凡畤皆然，不但畦畤。“如种韭畦”即田畴之状，周祖后稷教稼穑，故祭之之坛如此；秦虽郊天，不当以周人之祖配食，焉用为坛如田畴之状哉？晚周礼乐废弛，立畤郊天，但存仪式，而意义全失，秦人不察，辄承其制，不为典要矣。要之，畤本周人旧俗，周人郊天，以后稷配享，而后稷始教稼穑者，故祭之之处，设畤以象田畴焉。汉人所传秦时畦畤在人先祠下[②]，秦承周制，是周诸畤所在之祠宜亦有“人先”之名。坛状如田畴而祠名“人先”，非后稷而谁？故曰畤出于稷也。如周人郊在配稷，以畤为坛，则舍人说“履帝武敏”为“履天帝之迹于畎亩之中”，果不为无因，而余所疑履迹为祭礼中一种象征的舞蹈，其所像者殆亦即耕种之事矣。古耕以足踏耜，其更早无耜时，当直以足践土，所谓畯是也。《公羊传·宣六年》注：“以足踏曰蹼。”《续汉书·郡国志》注引《博物志》：“东阳县多麋，十千为群，掘食草根，其处成泥，名曰麋畯。”畯之言蹼也，以足践而耕之曰畯，麋畯犹言麋耕耳。履帝迹于畎亩中，盖即象征峻田之舞，帝（神尸）导于前，姜嫄从后，相与践踏于畎亩之中，以象耕田也。

周祖后稷，字当作畟，稷乃谷之类名。《说文》“畟，治稼畟畟进也。”畟当从田从夋省，畟畯一声之转，本为一字。周人称其田神曰田畯，实即后稷也。传言弃为帝喾子，帝喾者一曰帝俊，俊亦与畯同。古周字从田，而周畴音复同，周盖即田畴本字。天神曰俊，田神曰畯，先

① 《史记·封禅书》“献公……作畦畤栎阳而祀白帝”，《集解》引晋灼曰：“汉注，在陇西西县人先祠下，形如种韭畦，畦各一土封。”《索隐》引《汉旧仪》：“祭人先于陇西西县人先山，山上皆有土人，山下有畤，如种韭畦，畤中各有二土封，故云畦畤。”

② 《史记·封禅书》“献公……作畦畤栎阳而祀白帝”，《集解》引晋灼曰：“汉注，在陇西西县人先祠下，形如种韭畦，畦各一土封。”《索隐》引《汉旧仪》：“祭人先于陇西西县人先山，山上皆有土人，山下有畤，如种韭畦，畤中各有二土封，故云畦畤。”

祖曰后稷，氏曰有周，义皆一贯，然则郊祀而有象耕之舞，又何疑哉？

《论衡》云“衣帝喾衣”，帝喾即帝俊，为周人之上帝，说已详上。衣者，《周颂·丝衣序》：“《丝衣》绎宾尸也，高子曰灵星之尸也。”《通典》《礼》四引刘向《五经通义》：“灵星为立尸，故：‘丝衣其紑，会弁俅俅。’传言王者祭灵星，公尸所服之衣也。”说者谓高子即《孟子》所载论《小弁》诗之高子，是其人生于战国，而灵星亦当为周时祀典，故《论衡·明雩篇》曰：“今有灵星，古昔之礼也。”《史记·封禅书》曰：

> 汉兴八年，或曰周兴而邑部，立后稷之祠，至今血食天下，于是高祖制诏御史，其令郡国县立灵星祠，当以岁时祠以牛。

《续汉书·礼仪志》曰：“言祠后稷而谓之灵星者，以后稷又配食灵星也。”是灵星变周郊祀之异名。祠灵星，公尸衣丝衣，戴会弁，以象天帝，是姜嫄衣帝喾衣，即衣尸衣，衣尸衣而坐息于尸处，盖即“攸介攸止”时行夫妇事之象征，此或据晚世之制言之，其事虽与古异，其意则同也。

以上专就《生民》诗为说。诗所纪既为祭时所奏之象征舞，则其间情节，去其本事之真相已远，自不待言。以意逆之，当时实情，只是耕时与人野合而有身，后人讳言野合，则曰履人之迹，更欲神异其事，乃曰履帝迹耳。

“履帝武敏”之解释，既如上述，请进而论此事与姬姓之关系。

《左传·隐八年》众仲曰：“天子建德，因生以赐姓，胙之土而命之氏。”此释姓氏二字之义最晰。考氏即古地字，如云“有周氏”即保有周地之人，故曰“胙之土而命之氏”；姓生一字，某姓即某所生，故曰“因生以赐姓”。传说修已吞薏苡而生禹，故禹为姒姓，简狄吞燕卵而生契，故契为子姓，姜嫄履大人迹而生弃，故弃为姬姓。苡姒例为同字，㚶姓者犹言苡所生也，卵一曰子[①]，子姓者犹言卵所生也，此皆易晓。独迹姬字形字义，了不相涉，履大人迹而姬姓，其故难详，故王充疑其非实。其言曰：

> 失意之道，还反其字。苍颉作书，与事相连。姜嫄履大人迹，迹者基也，姓当为“其”下“土”，乃其“女”旁“臣”，非基迹之字，不合本事，疑非实也。(《论衡·奇怪》篇)

案王说非是。姬字从𦣝，𦣝古颐字，颚骨也。古语𦣝齿通称（详《说𦣝》)，齿从止声，故𦣝声字或变从止。(一)《尔雅·释草》“蕲茝，麋芜”，樊光本茝作芷。《礼记·内则》“妇或赐之茝兰”，《释文》本茝又作芷，《名医别录》“白芷一名白茝”。(二)《玉篇》𪗪亦赜字。案《易·系辞上传》“圣人有以见天下之赜”，依文义，赜当为蹟，从足与从止同。(三)《字汇补》有𧿧字，音义与赜同，当即赜之别构。《隶释》汉碑赜作𧿧，从正亦与从止同。以上列三事例之，则姬亦可作㚴。汉碑姬作𡜦，从正与从止同，是其确证。止为趾本字，古通称足为止，足迹亦为止。姬从𦣝犹从止，是姬姓犹言足迹所生矣。王氏拘于字形，不知求之于声，因疑乎周初以来所不以为疑者，而斥为“不合本事”，不亦诬乎？且王氏知迹训基，而不知姬基音同，音同则义同，故姬亦可训基。《广雅·释言》：“姬，基也。”《史记·三代世家》褚先生曰：“姬者，本也。”本亦基也。王氏训诂逊褚、张辈远远矣[②]。又《说文》𡰥古文作戺[③]，《书·顾命》“夹两阶戺”，《西京赋》“金阶玉戺”，；戺即基字。《公羊传·庄公十三年》注“土基三尺土阶三等曰坛”，阶戺即阶基。墙之基阯谓之戺，齿之基止谓之颐，足

① 《白虎通·姓名篇》引《尚书·刑德放》“殷姓子氏，祖以玄鸟子生也”，《史记·五帝纪》索隐引《礼纬》“契姓子氏者，亦以其母吞乙子而生”（各本子生二字互倒，从《殷本纪正义》引乙正），《月令》疏引《郑志》焦乔答王权“娀简吞凤子之后，后王〔以〕(从段玉裁补）为媒官嘉祥”。凡此称子犹他书称卵也。今俗语犹曰鸡子、鱼子。

② 《字典》引《同文备考》“𡚧古姬字”，不知出何书。案《说文》“丌，下基也”，丌实基之本字。姬一作𡚧，此褚、张说之佳近。

③ 𦣝户金文二形相近，；戺实配之形误。许以戺为古文，清儒复疑从户为石之讹，皆非。

所基止处谓之蹟，其义一也。蹟蹟一字，说具上文，而蹟于许书又为迹之重文，然则谓“姬之为言蹟也，蹟蹟迹一字，故履迹而生即得姬姓”，亦无不可。王氏必执女旁姬之字与迹无涉，岂其然乎？

复考旧传古帝王感生之事，由于履迹者，后稷而外，惟有伏羲：

《御览》七八引《孝经钩命决》：“华胥履迹，怪生皇牺。”
同上引《诗含神雾》：“大迹出雷泽，华胥履之，生宓牺。”
《山海经·海内东经》引《河图》：“大迹出（各本误在）雷泽，华胥履之而生伏羲。”
《潜夫论·五德志》篇：“大人迹出雷泽，华胥履之，生伏羲。”

余尝疑伏羲为犬戎之祖，犬戎与周或本同族，故传言伏羲画八卦，文王演之，而《易》称《周易》。今复得此证，益信前说之不谬。《乐记》疏引《孝经钩命决》曰：

伏羲乐为立基。

立大古字通，基者迹也，立基即大迹耳。立基为伏羲乐名，正“履帝武敏”为舞之比。《封禅书》“秦宣公作密畤于渭南，祭青帝”，伏羲字或作宓若虙，密宓虙一字，密畤即伏羲之畤，故曰青帝也。《封禅书》又曰：“德公……用三百牢于鄜畤，作伏祠，磔狗邑四门以御蛊菑。”鄜伏音近，鄜畤亦伏羲之畤，伏祠即伏羲之祠，因知上文云文公作鄜畤祭白帝，白实青之误。伏字从犬，伏羲、盘古、槃瓠本一人，传说槃瓠为犬，与此祭伏祠，磔狗以御蛊菑亦合。盖平王受逼于犬戎而东迁，秦襄公逐犬戎，收周故地，因受封焉，秦立伏羲之畤，因犬戎之神而祭之也。伏羲履迹而生，后稷亦履迹而生，事为同例，然则秦因犬戎之俗祭伏羲于畤，亦周祭后稷于畤之比矣[①]。

廿九年一月九日，晋宁

① 关于伏羲与犬戎，犬戎与周之渊源，余将别为文论之，本篇姑发其凡，不能详也。

［附注一］

《续汉书·祭祀志》："汉兴八年，有言周兴而邑郃，立后稷之祀，于是高帝令天下立灵星祠，以后稷配食，旧说星谓天田星也，一曰龙左角为天田官，主谷，祀用壬辰位祠之，舞者用童男十六人，舞者象教田，初为芟除，次耕种耘耨；驱爵，及获刈舂簸之形，象其功也。"

［附注二］

或疑喾为殷人之上帝，周、殷异族不当同帝。案殷、周二族最初是否同源，尚为悬案，以见存文献论之，喾本似汉族称天帝之公名，书传喾、舜、俊三名互出通称，为今世学者公认之事实，故案实论之，同之中恐仍当有异。在殷称喾，在陈称舜，在周称俊，殷、周、陈盖异出同源之三族也。惟其同源，故喾、舜、俊有时而混称。就中陈、周关系似尤密。陈出于舜，舜为黄帝后，黄帝姬姓也，此其一。陈本称田，古周字亦从田，是陈周古同字，此其二。舜、俊音近，舜从舛，夋从夊，又皆为足形，舜俊恐亦本系一字。陈与周同，舜与俊同，在陈称舜，则在周当称俊矣。周之田神曰田畯，俊即畯矣。字变作舜，故传说舜耕于历山，又云象为舜耕。（踆畯为耕田之法，说已详上。）

高唐神女传说之分析

一　候人诗释义

要想明白这位神女的底蕴，唯一的捷径恐怕还是从一个较迂远的距离——《诗经·曹风》的《候人》篇出发。从《候人》诗到《高唐赋》是一个大弯子，然而这趟路程无法缩短。

《候人》是怎么一回事？《序》曰："刺近小人也，共公远君子而近小人焉。"朱子说："此诗但以'三百赤芾'合于左氏所记晋侯入曹之事，序遂以为共公，未知然否。"这句"未知然否"太客气了。我认为不但共公与诗无关，连那所谓"近小人"也是谎话。"远君子"则又是谎话中的废话。一个少女派人去迎接她所私恋的人，没有迎着。诗中大意如此而已。若要摹仿作序者的腔调，我们便应当说："《候人》刺淫女也。"理由可以分作三点来陈述。

《候人》三章曰：

维鹈在梁，不濡其咮——彼其之子，不遂其媾。

在《国风》里男女间往往用鱼来比喻他或她的对方，例如：

岂其食鱼，必河之鲂？岂其取妻，必齐之姜？（《陈风·衡门》）

是以鱼比女人。又如：

鱼网之设，鸿[①]则罹之——燕婉之求，得此戚施。（《邶风·新台》）

九罭之鱼鳟鲂——我覯之子，衮衣绣裳。（《豳风·九罭》）

敝笱在梁，其鱼鲂鳏——齐子归止，其从如云。（《齐风·敝笱》）

鲂鱼赪尾，王室如燬。（《周南·汝坟》）

全是以鱼比男人。此外若：

籊籊竹竿，以钓于淇——岂不尔思？远莫致之。（《卫风·竹竿》）

其钓维何？维丝伊缗——齐侯之子，平王之孙。（《召南·何彼襛矣》）

虽不露出鱼字，而意中皆有鱼。《候人》的“维鹈在梁，不濡其咮”，正属于这一例。鹈即鹈鹕，是一种捕鱼的鸟[②]。鹈在梁上，不濡其咮，当然没有捕着鱼。诗的意思是以鹈不得鱼比女子没得着男人，所以下文说：“彼其之子，不遂其媾。”

《候人》四章曰：

荟兮蔚兮，南山朝隮——婉兮娈兮，季女斯饥。

朝挤是后话。目前我们要检验的是这“饥”字。解诗者因为昧于古人的语言中照样的也有成语，往往把一句诗照字面硬讲去，因而闹出笑话来，这里的“季女斯饥”便是一个例。说遇着荒年，最遭殃的

① 参看拙著《诗新台鸿字说》，见《清华学报》第十卷第三期。

② 陆《疏》：“鹈，水鸟，形如鹗，极大。喙长尺余，直而广。口中正赤，颔下胡大如数升囊。若小泽中有鱼，便群共抒水满其胡而弃之，令水竭尽，鱼在陆地，乃共食之，故曰淘河。”

莫过于少女，因为女弱于男，禁不起挨饿，而少女尤甚。天下有这样奥妙的道理吗？其实称男女大欲不遂为“朝饥”，或简称“饥”，是古代的成语。在《国风》称“朝饥”的有：

未见君子，惄如调饥。（《周南·汝坟》）

“惄如”当读为惄然，“调饥”即朝饥。下文曰“鲂鱼赪尾”，鱼是比男子的，前面讲过了。《左传·哀十七年》：“卫侯贞卜其繇曰：‘如鱼竀尾，衡流而方羊。’”《疏》引郑众说曰：“鱼肥[①]则尾赤，方羊游戏，喻卫侯淫纵。”拿郑众解《左传》的话来和《汝坟》相参证，则朝饥的饥自然指情欲，不指腹欲。称“饥”的则有：

泌之洋洋，可以乐饥。（《陈风·衡门）》

“乐”郑作“瘵”，鲁、韩并作疗。下文曰：“岂其食鱼，必河之鲂？岂其取妻，必齐之姜？”洋洋的泌水，其中多鱼，故可以疗饥。但下文又以食鱼比取妻，则疗饥的真谛还是以疗情欲的饥为妥。既以“饥”或“朝饥”代表情欲未遂，则说到遂欲的行为，他们所用的术语，自然是对“饥”言之则曰“食”，对“朝饥”言之则曰“朝食”了。称“朝食”的例如：

乘我乘驹，朝食于株。（《陈风·株林》

这诗的本事是灵公淫于夏姬，古今无异说。我以为“朝食”二字即指通淫。《楚辞·天问》里有很好的证据。屈原问禹娶涂山事曰：

禹之力献功，降省下土四方，焉得彼涂山女，而通之于台桑？闵妃匹合，厥身是继，胡维嗜欲同味，而快鼌饱？

① 本《疏》引作“鱼劳则尾赤”,《诗·汝坟》《疏》引作“鱼肥则尾赤”。刘文湛、李贻德并云劳字误，当作肥，今据改。

饱与继不押韵，当为饲之误。朝晁古今字，饲与食通，晁饲即朝食[①]。上文曰“通之于台桑”，下文曰“快朝食”，语气一贯。王逸《注》曰：“何特与众人同嗜欲，苟欲饱快一朝之情乎？”虽据误字为说，但不曰饱腹而曰饱情，却抓着屈原的意思了。屈原用“朝食”二字，意指通淫，则《诗》中“朝食”的意义可以类推了。正如朝饥可省为饥，朝食也可省为食。

彼狡童兮，不与我食兮，维子之故，使我不能息兮。(《郑风·狡童》)

息即《葛生》“予美亡此，谁与独息”，《北山》“或息偃在床”之息，所以“不能息”与一章的“不能餐”对举。“不能息”既是不能寝息，则上文“不与我食”便非认为一处隐语不可了。食字的这种用法到汉朝还流行着。

《汉书·外戚传》“房与宫对食”，《注》载应劭说曰：“宫人自相与为夫妇名对食。”[②]

这是古人称性交为食的铁证。因而我想把男女的私事很天真的放在口头上讲，只有六朝乐府在这一点上，还保存着古风，所以《子夜歌》：“谁能思不歌？谁能饥不食？日冥当户倚，惆怅底不忆？”的“饥”“食”似乎也含有某种特殊意义，可与《诗经》《楚辞》《汉书》互证。总之，《候人》“季女斯饥”之饥，由上面各证例看来，当指情欲之饥，是无可疑的。

再把《诗经》中称“鱼”与称“饥”的例合起来看，《汝坟》曰“惄如朝饥”，又曰“鲂鱼赪尾”，《衡门》曰“可以乐饥”，又曰“岂其食鱼”。鱼既是男女互称其配偶的比喻，则为鱼而饥即等于为配偶而饥。

① 详拙著《楚辞解补》，见武汉大学《文哲季刊》第五卷第一期。

② 此文脱稿后，吴景超先生告诉我这点材料。我得深深的谢他，因为有了他这条证据，我前面的话便可成为铁案了。

试想这饥字若果指口腹之欲而言，那不吓坏人吗？不必追究了。这已经太不成话了。要紧的是记住《候人》也是提到“饥”，又变相的提到“鱼”的，因此那“饥”字也是断断不容有第二种解释的。

以上将本篇中鹈不得鱼的比喻及饥字的含义说明了，意在证明《候人》的曹女是在青春的成熟期中，为一种迫切的要求所驱使，不能自禁，因而犯着伦教的严限，派人去迎候了她所不当迎候的人。这从某种观点看来，是不妨称为淫女的。这是第一点。

《鄘风·蝃蝀》篇，毛《序》说是“刺奔女”。《诗》曰“朝跻于西，崇朝其雨”，这与《候人》的“荟兮蔚兮，南山朝跻”原是一回事，理由看下文自明。《蝃蝀》又曰：“乃如之人兮，怀昏姻也，大无信也，不知命也。”《候人》曰：“婉兮娈兮，季女斯饥。”“怀昏姻”犹之乎《野有死麕》的“怀春”，也与上文所解的“饥”字义相合。由以上两点可以决定《候人》与《蝃蝀》二诗性质大致相同。因而《蝃蝀》的女子是奔女，《候人》的女子也必与她同类了。这是第二点。

《吕氏春秋·音初》篇曰：

> 禹行功，见涂山之女，禹未之遇而巡省南土。涂山氏之女乃命其妾待禹于涂山之阳，女乃作歌，歌曰：“候人兮猗！”实始作为南音。

《楚辞·天问》述这故事颇有微词。原文上面已经引过。为对照的便利计，我们再录一遍。

> 禹之力献功，降省下土四方，焉得彼涂山女，而通之于台桑？闵妃匹合，厥身是继，胡维嗜欲同味，而快鼂饱（饲）？

曰“通”曰“鼂饲”，都是带褒贬的字眼，这是上文已经证明过的。就全段文字的语气看，屈原的意思也是说禹与涂山氏的结合不大正经。这意见虽不合于传统观念中那位圣王的身分，但并不足怪，因为屈原是生在许多传统观念尚未凝固以前。《吕氏春秋·当务》篇曰："尧有不慈之名，舜有不孝之行，禹有淫湎之意，汤武有放杀之事。"《庄子·盗跖》篇曰："尧不慈，舜不教，禹偏枯，汤放其主，武王伐纣。"马叙伦说"偏枯"是"淫湎"之误，是很对的。《吕览》《庄子》与屈原的态度一致，确乎代表一部分较老实的、不负托古改制的使命的先秦人对于古事的观念。但是据《音初》篇，本是涂山氏追求禹，所以我想淫湎的罪名与其加在禹身上，不如加在涂山氏身上为较公允。明白了这一点，则《音初篇》所载的古《候人歌》和《曹风·候人》间的关系便很显著了。曹女因"饥"而候一个人，涂山氏为"快晁饲"而候禹，候人的动机同，此其一。曹女派"三百赤芾"的"候人"去候他的男子，涂山氏令其妾去候禹，候的方法也同，此其二。曹女与涂山氏的情事如此的肖似，所以诗人即用旧传《候人歌》的典故来咏曹女，以古《候人歌》证曹《候人》诗。涂山氏的行为既有招物议的余地，则曹女的行为可以想见了。这是第三点。

以上用《候人》的本文，《鄘风·蝃蝀》篇，以及古《候人歌》的本事，分别的将《曹风·候人》篇的性质阐明了。现在我们才可以拿它和《高唐赋》比较。

二　候人诗与高唐赋

《文选》江文通《杂体诗注》引《宋玉集》曰：

> 楚襄王与宋玉游于云梦之野。望朝云之馆，有气焉，须臾之间，变化无穷，王问是何气也。玉对曰："昔先王游于高唐，怠而昼寝，梦见一妇人，自云：'我帝之季女，名曰瑶姬，未行而亡，封于巫山之台。闻王来游，愿荐枕席。'王因幸之。去乃言：'妾在巫山之阳，高邱之岨，旦为朝云，暮为行雨，朝朝暮暮，阳台之下。'旦而视之，果如其言。为之立馆，名曰朝云。"

这是《宋玉集》中的《高唐赋》所叙的情节，比《文选》上载的《高唐赋》较详[①]。拿这和《候人》诗相较，消息相通之处很多。举其荦荦大者：

（一）诗曰季女，赋亦曰季女[②]。

（二）诗曰“季女斯饥”，赋曰“愿荐枕席”。

（三）诗曰朝哜，赋曰朝云，而《传》、《笺》皆训哜为云，则朝哜即朝云。

（四）诗的朝哜在南山，赋的朝云在巫山。

（五）据《蝃蝀》“朝哜于西，崇朝其雨”，知《候人》的朝哜也能致雨；诗之朝哜既能致雨[③]，则赋曰“朝为行云，暮为行雨”，亦与诗合。诗与赋相通之处这样多，我的解释如此。《候人》的“朝哜”与

---

① 《文选》上载的《高唐赋》录之如下，以资比较，

昔者楚襄王与宋玉游于云梦之台，望高唐之观。其上独有云气，崪兮直上，忽兮改容，须臾之间变化无穷。王问玉曰：“此何气也？”玉对曰：“所谓朝云者也。”王曰：“何谓朝云？”玉曰：“昔者先王尝游高唐，怠而昼寝。梦见一妇人曰：‘妾巫山之女也，为高唐之客。闻君游高唐，愿荐枕席。’王因幸之。去而辞曰：‘妾在巫山之岨，旦为朝云，暮为行雨，朝朝暮暮，阳台之下。’旦朝视之，如言，故为立庙，号曰朝云。……”

此与《杂体诗》注所引《宋玉集》最大的区别，在诗注所引“我帝季女”数语，此作“巫山之女”，又无以下数语。考同书《别赋》注引《高唐赋》及《襄阳香旧传》并与《杂体诗》注引略同。知《文选》所载，乃经昭明删节，非宋赋之旧，故不从之。《别赋》注引《高唐赋》文如下：

我帝之季女，名曰瑶姬，未行而亡，封于巫山之台，精魂为草，实为灵芝。

《清宫旧事》三引《襄阳耆旧传》如下：

襄王与宋玉游于云梦之台。望朝云之馆，其上有云气，变化无穷。王曰：“何气也？”玉曰：“昔者先王游于高唐，怠而昼寝。梦见一妇人，暖乎若云，皎乎若星，将行未止，如浮忽停，详而观之，西施之形。王悦而问之。曰：‘我夏帝（《文选·高唐赋》注引作赤帝）之季女也，名曰瑶姬，未行而亡，封乎巫山之台。精魂为草，摘而为芝，媚而服焉，则与梦期。所谓巫山之女，高唐之姬。闻君游于高唐，愿荐枕席。’王因幸之。既而言曰：‘妾处之褕，尚莫可言之。今遇君之灵，幸妾之搴。将抚君苗裔，藩乎江汉之间。’王谢之。辞去曰：‘妾在巫山之阳，高邱之岨，旦为朝云，暮为行雨，朝朝暮暮，阳台之下。’王朝视之，如言，乃为立馆，号曰朝云。”王曰：愿子赋之，以为楚志。”

又《水经注·江水注》曰：“巫山，帝女居焉；宋玉所谓天帝之季女，名曰瑶姬，未行而亡，封于巫山之阳，精魂为草，实为灵芝。”与《别赋》注同。

② 《召南·采苹》“谁其尸之，有齐季女”，《传》曰：“古之将嫁女者，必先礼之于宗室。”《小雅·车舝》曰“思娈季女逝兮”，又曰“觏尔新昏，以慰我心”，《候人》曰“彼其之子，不遂其媾”，又曰“季女斯饥”。凡《诗》言季女将嫁而未嫁之女，赋曰“我帝季女，未行而亡”，行亦嫁也。是赋之季女与《诗》之季女，不惟字面相同，义亦相应也。

③ 《易林·履之恒》曰：“潼滃蔚荟，肤寸来会，津液下降，流潦滂霈。”此据《候人》诗为说，可证汉人亦以《候人》之朝挤即《蝃蝀》“崇朝其雨”之朝阶。

下文“季女”，是一而二，二而一，犹之乎《高唐赋》的朝云便是帝之季女；南山朝隮与巫山朝云都是神话的人物，赋中“须臾之间变化无穷”的朝云是一个女子的化身，诗中“荟兮蔚兮”[①]的朝隮也是一个女子的化身。因此《候人》末章四句全是用典，用一个古代神话的典故来咏那曹女。惟其是用典，所以乍看不大容易摸着头绪。但是，因为朝隮与朝云两个神话本是一个（起码也有着共同的来源），所以诗意义若嫌朦胧，拿赋来比照一下，便立刻明朗了，反之，赋中若有了疑滞，也可借诗来解决。

总之，朝隮与朝云的关系非常密切，密切到几乎融为一体，下面还有更详细的论证。

三　释隮

《蝃蝀》、《候人》两诗及《高唐赋》所提到的，有蝃蝀，有隮，有气，有云。这些名词不能不加以剖析。蝃蝀即虹，虹又名蜺，这是我们早晓得的。但古人每以“云蜺”连称，如《孟子·梁惠王下》篇“如大旱之望云霓”，《离骚》“帅云霓而来御”，“扬云霓之晻霭兮”（霓与蜺同），可知他们认为云蜺是一物了。古人又以“虹气”“云气”连称，如《蝃蝀》传“夫妇过礼则虹气盛”，《文选·高唐赋》“其上独有云气”及《庄子·逍遥游》篇“乘云气，负青天”，则对于虹与云与

① 荟之言绘也，《说文》曰：“桧，会五采绣也。”蔚者，《易·象传》曰：“其文蔚也。”《汉书·叙传》下注曰蔚，文盛彩也。荟蔚联绵词，故二字一义。《诗》以荟蔚形容朝隮，犹《神女赋》形容朝云曰“晔兮如华，温乎如莹，五色并驰，不可殚形”也。传释荟蔚为云兴貌，失之笼统。

气之间，他们都不加区别了[①]。蝃蝀（虹）云气的问题已经解决了。然则隮是什么呢？有以为隮是气的：

《蝃蝀》传曰："隮，升〔气〕[②]也。" 笺曰："朝有升气于西方。"

《周礼·眡祲》先郑《注》曰："隮，升气也。"

《古微书》引《春秋感精符》宋均《注》曰："隮谓晕气也。"

有以为是云的：

《候人》传曰："隮，升云也。"《笺》曰："荟蔚之小云升于南山。" 李氏《易传》二引《需卦》荀爽《注》曰："云上升极则降而为雨，故《诗》云：'朝隮于西，崇朝其雨。'"

又有以为是虹的：

《周礼·眡祲》后郑《注》曰："隮，虹也。"

---

① 古籍中有谓霓为云者：

《楚辞·天问》注："蜺，云之有色似龙者也。"

有谓虹为气者：

《古微书》引《尚书璇机钤》："日旁气白者为虹。"

《后汉书·郎凯传》："凡日旁气色白而纯者名为虹。"

有谓霓为气者：

《汉书·五行志》下之上："蜺，日旁气也。"

《文选·东京赋》薛《注》："霓，天边气也。"

有谓虹霓为气者：

《太平御览》一四引《河图稽耀钩》："虹霓者气也，起在日侧，其色青赤白黄。"

《列子·天瑞篇》："虹蜺也，积气之存乎天者也。"

其以云为气者，尤数见不鲜，略举数例：

《说文》："云，山川气也。""气，云气也。"

《论衡·艺增篇》："山气为云。"

《素问·阴阳应象大论》："地气上为云。"

以上皆魏、晋以前人之说，亦古人虹霓云气不分之确证。又《说文》氛之重文作雰（从云省，许云从雨，是非），尤为云气不分之明验。

② 原作"隮，升也"，脱气字，据郑《笺》及诸书补。

隮可训气，可训云，又可训虹，这在一方面坐实了我前面所说的虹、云、气古人不分，在另一方面又证明了虹、云、气与隮原来也是互相通用的名词。

但是为什么叫“隮”呢？是因为隮之本义为升，而云气能上升，故称云气为隮吗？然而云气可曰升，虹亦可曰升吗？何以古人又称虹为隮呢？我以为诸家中，只有后郑训《周礼》的隮为虹，宋均训《春秋感精符》的隮为晕气，是切当的，其余或曰升气，或曰升云，都不免望文生义。原来这隮字是个假借字，所以它的意义和训升的隮绝对无关。何以知其然呢？《周礼》故书隮作资。作资，我想确乎比作隮近古些。因为资字从次，次字则无论在形或义上都可以与虹云气连贯得上，隮字便毫无这样的可能了。

《说文》次之古文作。朱骏声曰：“本为茨之古文，象茅盖屋次第之形。”案确当为茨之古文，但字似当作，上半的是的讹变。茨盖义同[①]，古玺文“盖遂”字作[②]，从，似即茨之古文的微变。古文茨作，则古文次必有作的了[③]。正像虹蜺的采色相比次之形，所以古人便称虹为次。《周礼》故书写作资还不失命名之义，其他诸书均作隮，声虽没变，形义可远了去了。

再看次字的结体：

卜辞[④] 次炉王子婴（反文）其次句鑃（資字偏旁）陈侯因資錞 小篆

卜辞像人张口吐气之形，右面的（即反旡字）像人张口，左面的冫即代表气。次字的本意既如此，所以小篆改像张口形之为像气形，亦即反（气）字之，旡与气义既相通，则气之别构作炁，实与金甲文相符合，不得认为俗体了。次字依金甲文从反旡，则与炁相

① 《说文》：“茨，以茅苇盖屋也。”《释名·释宫室》：“屋以草盖曰茨。”

② 《说文古籀补》。

③ 小篆次作，许书曰：“不前不精也，从欠二声。”不前不精，义本难明，而从欠与次第义尤无涉。窃疑次第本字当以作为正。

④ 《殷虚书契后编》卷下，第四十二叶，第六片。

通，依小篆从，则与气（氣）相通，可知次字本来就有气的意思。《周礼》故书脐作资，而资所从的次有气义，则毛公、二郑及宋均皆以气释脐字，必是有来历的。但毛公、郑众承用古训，知其然未必知其所以然，因为看他们都训脐为升气，大概是一壁沿用了古训，一壁又读脐如字而训为升，合拢来便成为升气了。

总之，脐之本字当作资，资又是次的借字。次字若依古文作，则正像虹之形，若依金甲文及小篆，则含有气义。由前说，脐即虹，由后说，脐即气，而云也是气之一种，则脐也可以说即是云了。脐之与云，各异而实同，则毛公、郑玄、荀爽等皆释脐为云，固然不错，而我说诗之朝脐即赋之朝云，也就更有根据了。

以上就字的形义说，资（脐）与虹的关系已经够密切的了。若就字音说，关系还要密切。因为虹蜺是一物，而资与蜺古音同，资是蜺的假借字。

《说文》霓从儿声，次从二声，儿与二同音，则霓与次古音亦同。霓与次音理可通，还可从与这两字声类相近的字中找到不少的旁证。属于谐声的，例如：（一）癡从疑声，（二）耻从耳声，（三）咠从耳声，（四）耴从耳声，（五）尼从匕声。以上疑耳尼与儿声近；癡耻咠耴匕与次声相近。属于名物训诂的，例如：（一）《书·舜典》郑《注》"能，咨也"；（二）《说文》"姿，态也"，态从能声；（三）《说文》"佴，佽也"；（四）《说文》资之重文作饹，《广雅·释器》"饹，饵也"；（五）《尔雅·释宫》"栭谓之楶"；（六）玄应《一切经音义》十一引《通俗文》"肭，再生也"，《说文》"凡战死而复生曰欬"。以上能耳而内皆与兒声近，而皆与从次声之字同义。其实霓古读如次，在霓的音符兒字上还可以找到更直接的理由。

卜辞[1] 笑小臣儿卣 易儿鼎 寘儿鼎 小篆

即《说文》齿之古文。儿字从，在意义上，本像小儿张

① 《殷虚书契前编》卷七，第十六叶，第二片。

口露齿之形，所以俗呼小儿为牙（《说文》牙之古文作□），在声音上是从□得声，所以儿一曰子，子与齿音近。儿字既有齿音，则霓与次自然可以因为音近而相通假了①。

总之，霓与资，无论在形义或声音上都相合，所以《周礼》故书以资代霓。资与隮又是同声通用的字②，以《毛诗》、《周礼》及《春秋感精符》又以隮代资。隮既是霓的二重假借字，所以《周礼》郑《注》训为虹。但虹霓云气古人不分，所以《候人》、《传》、《笺》及荀爽《易》《注》皆训隮为云，而《蝃蝀》、《传》、《笺》，先郑《周礼注》宋均《春秋纬注》又皆训为气。隮即霓，霓云又可以不分，所以我们说诗的朝隮即赋的朝云。

四　虹与美人

《周礼·眡祲》之职“掌十辉之法，以观妖祥，辨吉凶。”隮是十辉之一，在古人心目中必有所象征，才可以为“观妖祥，辨吉凶”之用。隮所象征的是什么，经典中未曾明言。但隮即虹，上文已经说过，而虹这东西据汉以来一般的意见，正是有着一种象征的意义的，有以虹为阴阳二气交接之象者：

> 《淮南子·说山》篇曰：“天二气则成虹。”高诱《注》：“阴阳二气③相干也。”
>
> 《吕氏春秋·节丧》篇高诱《注》曰：“虹，阴阳交气也。”
>
> 《汉书·天文志》曰：“虹霓者，阴阳之精也。”
>
> 《初学记》一引《春秋元命苞》曰：“阴阳交为虹蜺，虹蜺者阴阳之精。”

---

① 《说文》以为“象小儿头囟未合”，形既不似，理亦迂阔。《系传通论》云：“□与古文齿相类。”所见与余合，惟未质言□即齿耳。

② 《说文》斋重文作亝，姿重文作饹，郑子婴齐金文《王子婴次炉》齐作次，齐威王因齐金文《陈侯因脊敦》齐作脊。

③ 原作“阴阳相干二气也”，不成文义，今以意改之如此。

《易通卦验》郑玄《注》曰："虹者阴阳交接之气。"

《艺文类聚》二引蔡邕《月令章句》曰："虹，蝃蝀也，阴阳交接之气著于形色者也。"

因之，虹即为淫邪之象：

《逸周书·时训》篇曰："虹不见，妇人苞乱……虹不藏，妇不专一

《诗·蝃蝀》毛《传》曰："夫妇礼过则虹气盛。"

《后汉书·杨赐传》引《易稽览图·中孚经》曰："蜺之比无德，以色亲。"

《开元占经》九八引《春秋潜潭巴》曰："虹蜺主内淫。"

也有单说虹为阴性者：

《说文·雨部》曰："霓，屈虹青赤，或白色，阴气也。"

《后汉书·杨赐传》注引《春秋文耀钩》宋均《注》曰："虹蜺，阴气也。"

《开元占经》九八引《春·秋感精符》曰："九虹俱出，五色纵横，或头衔尾，或尾绕头，失节，九女并讹，正妃悉黜。"

或又以为虹是阴淫于阳的象征：

京房《易传》曰："蜺，日旁气也，其占云，妻乘夫则见之，阴胜阳之表也。"

《易是类谋》曰："二曰离气不效，赤帝世属轶之名曾之，候在坎，女讹诬，虹蜺数兴。"郑玄《注》曰："……亦又候其冲，出在南方，为太阳征，阴类灾也，故女子为讹诬。虹蜺，日旁气也。皆阴，故蔽阳。"

《释名·释天》曰："虹，攻也，纯阴攻阳气也。"①

① 今本阴阳二字互例，从王先谦校改。

以上所引的虽然几乎全是汉人的论调，但他们必是根据在他们以前早已存在着的一种观念而加以理论化[①]。

《太平御览》一四引张璠《汉纪》曰："灵帝光和元年，虹昼见御座殿庭前，色青赤。上引蔡邕问之。对曰：'虹霓，小女子之神……，"

另一种说是：

《释名·释天》曰："虹……又曰美人。"

《尔雅·释天》："蝃蝀，虹也。"郭璞《注》曰："俗名为美人虹。"

《异苑》一曰："古语有之曰：古者有夫妻荒年食菜而死，俱化成青虹[②]，故俗呼美人虹。"

我认为这便是汉儒所据以推衍成他们那些灾异论的核心。虽然刘熙、郭璞、刘敬叔是三国至刘宋间的人，但他们所记的俗语，比起在他们以前的那灾异论，实在还要古些。因为凡是一种民间流行的俗语，决不能产生于短促的时间里，这是不易的通例。不但《高唐赋》所传的虹的化身是一位美人，而且在《诗经》中就已经屡次以虹比淫奔的女子，那很分明的显示着美人虹的传说，当时已经有了。因此你想刘敬叔所谓古语，不是可以一直古到《诗经》的时代吗？

美人虹故事绵亘的期间，往前推，可以到《诗经》时代，往后推，可以到隋唐朝。《穷怪录》载[③]：

后魏明帝正光二年夏六月，首阳山中有晚虹下饮于溪泉。有樵人阳万于岭下见之。良久化为女子，年十六七。异之，问不言。乃

① 《周礼》出于汉人之手，故不尽可靠。所说十辉之法盖亦汉人之观念，故与以上所引汉人之说相合。

② 虹原作绛，从《太平御览》一四引改。

③ 见《图书集成》虹霓部外编之二。《穷怪录》著者姓氏未详，疑为隋唐间人。《太平广记》三九六引《八朝穷怪录》同。

告蒲津戍将宇文显取之以闻。明帝召入宫，幸未央宫视之，见其容貌姝美。问云："我天帝女也，暂降人间。"帝欲逼幸，而色甚难。复令左右拥抱，声如钟磬，化为虹而上天。

这和《高唐赋》的故事相合的地方很多，而最可注意的是那边说"我帝之季女"，这边也说"我天帝女也"。何以凑巧到这样？有人或许要抓住这一点来断定《穷怪录》的作者是剿袭《高唐赋》的故事，或最少也受了它的暗示。但是不然。《高唐赋》只说神女的原身是云是气，并没有说是虹，而在《穷怪录》的作者的时代，虹与云气之间应当已经有了明晰的界限，恐怕他不能知道云即是虹罢。即使退一百步来讲，他真知道古人曾经云虹通称过，但是倘若依照《高唐赋》的字面，说那女子是一朵彩云化的，就不说意象更加美了的话，单就故事的机构讲，那样又有什么违碍，而非把云改为虹不可呢？《穷怪录》的作者，在事实上既不会是像我这样多事的一个人，花上九牛二虎之力去推敲云虹的关系，因而得到如同我所得到的结论；而在艺术的选择中，他更不会无缘无故舍弃了一个顶好的"云化为女子"的意象，换上"虹化为女子"。既然如此，所以我说《穷怪录》所同于《高唐赋》之处并非剿袭，而只是偶合，惟其二者同出于一个来源，所以偶合是应当而且不可避免的。

由《蝃蝀》、《候人》二诗而《高唐赋》，而汉人的灾异论，而刘熙、郭璞、刘敬叔等所记的方俗语，而《穷怪录》中的故事，这显然是一脉相承的。虽然有的是较完整的故事，有的是些片段（虽零星而尚可补缀的片段），有的又只是投映在学说或俗语中的一些荡动的影子——虽然神话存在的证件有不同的方式，可是揣想起来，神话仍当是很久远的存在过，亘千有余年的而未曾间断的存在过。

五　曹卫与楚

朝隮即朝云，而朝云的神话在《诗经》时代已经产生了，这些前面都已交代清楚了。《诗经》的朝隮一见于《鄘风·蝃蝀》，一见于《曹风·候人》，《鄘风》即《卫风》，而曹、魏是邻国，所以流传着同样的神话，这也是容易明白的。至于高唐在楚的境内，离曹、卫那样辽远，却也有着同样的神话，那又怎么解答呢？问题其实也简单，只要你记得在古代，一个民族不是老守着一个地域的。近来许多人都主张最初的楚民族是在黄河下游，这是可信的。胡厚宣的《楚民族源于东方考》[①]举了许多证据，其中有一项尤其能和我们的问题互相发明。他据春秋时曹、卫皆有地名楚丘，楚丘即楚的故墟，证明最初的楚民族是在曹、卫地带住过的。对了，楚国的神话发见于曹、卫的民歌中，不也是绝妙的证据吗？此外我想曹还有鄸邑，而在古代地名上加邑旁是汉人的惯例，则鄸邑字本作"梦"，与楚地云梦之梦同字。楚高唐神女所在的巫山是在云梦中，而曹亦有地名梦，这一来，朝隮与朝云间的瓜葛岂不更加密一层，而二者原是出一个来源，不也更可靠了吗？总之，曹、卫曾经一度是楚民族的老家，所以二国的民歌中还保留楚民族神话的余痕，所以楚神话人物所居的地名，在曹国也有，这道理是极明显的。

六　高唐与高阳

《墨子·明鬼》篇曰：

> 燕之有祖，当齐之社稷，宋之桑林，楚之云梦也。此男女之所属而观也。

郭沫若先生以为这和祀高禖的情形相合，因而说祖、社稷、桑林和云梦即诸国的高禖[①]。这见解是很对的。《礼记·月令》曰：

---

① 《释祖妣》(《甲骨文字研究》上)。

仲春之月：是月也，玄鸟至。至之日，以太牢祠于高禖。天子亲往，后妃帅九嫔御，乃礼天子所御，带以弓韣，授以弓矢于高禖之前。

《春秋·庄公三十三年》"公如齐观社"，三传皆以为非礼，而《谷梁》解释非礼之故曰"是以为尸女也"。郭先生据《说文》"尸，陈也，象卧之形"，说尸女即通淫之意，这也极是。社祭尸女，与祠高禖时天子御后妃九嫔的情事相合，故知社稷即齐的高禖。桑林与《诗·鄘风·桑中》所咏的大概是一事，《鄘风》即《卫风》，而卫、宋皆殷之后，故知桑林即宋的高禖。云梦即高唐神女之所在，而楚先王幸神女，与祠高禖的情事也相似，故知云梦即楚的高禖。燕之祖虽无事实可征，但《墨子》分明说它等于齐之社稷，宋之桑林，楚之云梦，则祖是燕的高禖也就无问题了。

云梦的神是楚的高禖，而云梦又有高唐观，看来高唐与高禖的关系非常密切，莫非是一回事吗？郭沫若先生便是这样主张的一个人。他说高唐是高禖之音变。但我觉得说二者之间有着密切的关系是可以的，说高唐即高禖的音变则欠圆满[①]。禖与唐在声音上相隔究嫌太远。与其说高唐即高禖，不如说即高阳，因为唐阳确乎是同音而通用的字，卜辞成汤字作唐，《说文》唐之古文作昜，都是例证。

《路史·余论》二引束皙曰："皋禖者，人之先也。"古代各民族所记的高禖全是各该民族的先妣。夏人的先妣是涂山氏，《史记·夏本纪》索隐引《世本》曰："涂山氏名女娲。"[②]而《路史·后纪》二以女娲为神禖[③]，《余论》二又曰："皋禖古祀女娲。"这是夏人的高禖祀

① 郭又谓高唐为郊社之音变，则确不可易，详下。

② 这位女娲即炼石补天，断鳌立极，始作笙簧，抟土作人而一日七十化之女娲，我另有考证。

③ 《路史·后记》二："少佐太昊祷于神祇，而为女妇正姓氏，职昏姻，通行媒，以重万民之则，是曰神媒。"《注》曰："《风俗通》云，女娲祷祠神祇而为女媒，因置昏姻，行媒始此明矣。"《后记》又曰："以其载媒，是以后世有国是祀为皋禖之神，因典祠焉。"

其先妣之证[①]。《礼记·月令》郑《注》曰："高辛氏之出[②]，玄鸟遗卵，娀简吞之而生契，后王以为媒官嘉祥而立其祠焉。"[③]《疏》引《郑志》焦乔答王权曰："娀简狄吞凤子之后，后王以[④]为媒官嘉祥，祀之以配帝，谓之高禖。"这是殷人的高禖亦祀其先妣之证。《鲁颂·閟宫》传》《说》閟宫是妣姜嫄的庙，又引孟仲子说曰："是禖宫也。"禖宫即高禖之宫。閟宫是高禖之宫，又是姜嫄的庙，这是周人的高禖亦祀其先妣之证。夏、殷、周三民族都以其先妣为高禖，想来楚民族不会是例外。因为我以为楚人所祀为高禖的那位高唐神，必定也就是他们那"厥初生民"的始祖高阳，而高阳则本是女性，与夏的始祖女娲，殷的始祖简狄，周的始祖姜嫄同例。既然如此，则楚的先祖（毋宁称为先妣）按规矩说，不是帝颛顼，而是他的妻女禄[⑤]。本来所谓高阳氏应该是女禄的氏族名，不是颛顼的，因为在母系社会中，是男子出嫁给女子，以女家的氏为氏[⑥]。许是因为母系变为父系之后，人们的记忆随着悠久的时间渐渐消逝了，于是他们只知道一个事实，那便是一切主权只许操在男人手里，因而在过信了以今证古的逻辑之下，他们便闹出这样滑稽的错来，把那"生民"的主权也移归给男人了——许是因为这个缘故，楚人的先妣女禄才化为一位丈夫了。与这同类的例子似乎还有。《史记·夏本纪》《索隐》引《世本》，《吴越春秋·越王无余外传》都称禹为高密。我常常怀疑禹从那里得来这样一个怪名字。如今才恍然大悟，高密即高禖（禖通作密，犹之乎禖宫通作閟宫），高密本事女娲的称号，却变成禹的名字，这不和高阳本指女禄，后人指为颛

---

① 《隋书·礼仪志》二："晋惠帝元康六年，禖坛石中破为二。诏问石毁，今应复不束皙爽以石在坛上，盖主道也，祭器敝则埋而置新。今宜埋而更造，不宜遂废。时此议本用。后得高堂隆故事；魏青龙中造立此石，诏更镌石如旧制高禖坛上：埋破石入地一丈。据梁太庙北门内道西，有石，文如竹叶，小屋覆之，宋元嘉中修庙所得，陆澄以为孝武时郊禖之石。然则江左亦有此礼矣。"案此，则古之高禖以石为主《《汉书·武帝纪》元封元年，登礼中岳，见夏后启母石，《注》引《淮南子》说涂山氏化为石，石破生启。窃疑涂山氏本古之高禖，而高禖以石为主，故后世有涂山氏化为石之传说。此亦夏之高禖祀其先妣之证。

② 出疑为世之讹。

③ 《正义》误会郑意，以高禖为高辛氏。观下文引《郑志》焦乔答王权语，其谬可知。

④ 以字从段玉裁校增。

⑤ 帝颛顼的妻是女禄，见《大戴礼记·帝系篇》。

⑥ 参看吕振羽《史前期中国社会研究》页136—146。

项相仿佛吗？

高阳在始祖的资格之下，虽变成了男性，但在神的资格下，却仍然不得不是个女子。一方面变，一方面不变，而彼此之间谁又不能迁就谁，于是一人只好分化为二人了。再为避免纠纷起见，索兴把名字也区别一下：性别不变的，当然名字也可以照旧写他的“高唐”，性别变了的，名字最好也变一下，就写作“高阳”罢。于是名实相符了。于是一男一女，一先祖一神媒，一高阳一高唐，各行其是，永远不得回头了。

至于高唐这名称是怎么发生的呢？郭沫若先生说它是郊社的音变，是很对的。高禖即郊禖，高郊可通，是不成问题的。唐社在音理上可通，郭先生已经说明了，但没有举出实例来。今案古有唐杜氏，孙诒让说：“杜本唐之别名，若楚一言荆也，累言之，楚曰荆楚，故唐亦曰唐杜。”唐一曰杜，而杜社皆从土声，这是唐可与社通的一个证例。[①]《尔雅·释木》：“杜，甘棠。”棠唐声同，所以唐棣一作棠棣。杜一曰棠，而杜与社，棠与唐皆同声而通用。这是唐与社可通的又一个证例。这样看来，高唐是郊社的音变，毫无问题了。郊社变为高唐，是由共名变为专名，高唐又变为高阳，由是女人变为男人，这和高禖变为高密，高密又由涂山变为禹，完全一致了。

七　高唐神女与涂山氏

方才我们讲到楚民族的高唐（阳）以先妣而兼神禖，与夏民族的涂山氏同类。其实二者不但同类，而且关系密切。这道理假如我们把前面的文章温一遍，自然就明了了。在前面我们讲到《候人》诗的朝隮即《高唐赋》的朝云，那么朝隮便是高唐神女的前身了。我们又讲到古《候人歌》与曹《候人诗》有着很深的关系，那么朝隮又像就是古《候人歌》的中心人物涂山氏了。朝隮一面关连着高唐神女，一面

① 《史记秦本纪》宁公二年遣兵荡社。孙诒让云荡社即唐社。

又关连着涂山氏，高唐神女岂不与涂山氏也有了关系吗？ 果然，我们又讲到高唐神女与涂山氏的行为极相似。因为，涂山氏迎候禹，是以女追求男，再证以先秦人说禹“通之于台桑”，又目禹为淫湎，而我们觉得禹既是被动者，则假如他的行为是失德的话，责任还该由涂山氏负——把这几点综合起来，则涂山氏的举止太像奔女了。与那“闻王来游，愿荐枕席”的神女生涯几乎没有区别了。 这样看来，高唐神女与涂山氏不但有关系，而且关系密切。但是高唐神女不仅在行为的性质上与涂山氏相同。她们另有两点相同之处，我们得赶快补充上。

《艺文类聚》一一引《礼含文嘉》曰：“禹卑宫室，垂意于沟洫，百谷用成，神龙至，灵龟服，玉女敬养，天赐妾[①]。”

《□□□□》引《乐动声仪》曰：“禹治水，昊天赐神女圣姑。”[②]

禹娶涂山氏，而纬书一则曰“玉女敬养，天赐妾”，再则曰“昊天赐神女圣姑”，这与高唐神女是天帝之女而又名曰瑶姬，不是一样的吗[③]？还有涂山氏所奔的禹，高唐神女所侍宿的楚之先王，都是帝王，这又何其相似！不，从这种种方面看，高唐神女与涂山氏，不仅相似，简直是雷同。这是大可注意的。按神话传说的分合无常的诡变性说，二者莫非本是一人罢？对了，我有证据，是从地理中得来的。

《左传·哀公七年》：“禹合诸侯于涂山。”杜《注》曰：“涂山在寿春东北。”

寿春东北的涂山，即《苏氏演义》所谓四涂山中的濠州涂山，在今安徽怀远县东南八里。《元和郡县志》九：濠州钟离县有涂山，在县西九十五里。又说：“当涂县故城，本涂山氏国，在县西南

① 原脱妾字，从《太平御览》八二引补。“敬养”《御览》八七二引作“降”，《开元占经》作“敬降养”，《古微书》一云“神农女降”。

② 见马辑本，不云出何书。黄辑《乐纬》无《动声仪》，故亦无从取证。姑阙之以待博识。

③ 《御览》四七引《会稽记》：“东海圣姑从海中乘舟张石帆至，二物见在庙中。”此圣姑亦谓涂山氏。

一百一十七里，禹娶于涂山，即此也。”但《南部新书》庚[1]曰：

> 濠州西有高唐馆[2]，附近淮水。御史阎钦授[3]宿此馆，题诗曰：“借问襄王安在哉？山川此地胜阳台。今朝寓宿高唐馆，神女何曾入梦来？”轺轩来往，莫不吟讽，以为警绝。有李和风者至此，又题诗曰：“高唐不是这高唐，淮畔江南各异方[4]，若向此中求荐枕，参差笑杀楚襄王。”

近来钱宾四先生据《方舆纪要》“霍丘县西北六十里有高唐店，亦曰高唐市，宋绍兴初，金人繇颍寿渡淮，败宋军于高唐市，进攻固始”，说：“依此言之，淮上固有高唐。襄王既东迁，都于陈城，岂遽游江南？则求神女之荐枕者，与其在江南不如在淮上。参差之笑，恐在彼不在此也。”[5]钱先生驳李和风的话，可谓中肯极了[6]。安徽有涂山又有高唐馆，这是很有趣的。但更加有趣的，是有涂山又有高唐的还不仅安徽一处。

> 《华阳国志·巴志》曰：“禹娶于涂山……今江州涂山是也。”
>
> 《水经注·江水注》曰：“江之北岸有涂山，南有夏禹庙、涂君祠。庙铭存焉。”

这座涂山在今四川巴县东一里。离此不远，便是《高唐赋》中的巫山[7]，而据赋说古高唐观便坐落在那附近。然则四川也是有涂山又有高唐的。有这样凑巧的事！几乎不可思议了。这两个人——涂山氏与

---

① 此事首见《封氏闻见记》七，又见《南部新书》庚，《诗话总龟》三五。《闻见记》前半缺脱。今从《南部新书》校证。

② 唐原作塘，改从《诗话总龟》。下“高唐馆”及“这高唐”两唐字亦并作塘，今并从《闻见记》及《诗话》改。

③ 钦授原作敬爱，改从《诗话》。

④ 异原作一，从《闻见记》及《诗话》改。

⑤ 《楚辞地名考》，载《清华学报》第九卷三期。

⑥ 《水经注》谓此即《高唐赋》中之巫山，历来无异说。

⑦ 《御览》四三引《寿春图经》：“濠塘山在县南六十里，有濠水出焉。”案《庄子·秋水篇》之濠梁即此濠水。《释文》濠水亦作豪。豪从高声，豪塘即今高塘之讹变。

高唐神女，家世一样，行为一样，在各自的民族里，同是人类的第一位母亲，同是主管婚姻与胤嗣的神道，并且无论漂流到那里，总会碰到一起，这其间必有缘故。

八 云梦与桑林

我们在上文根据墨子以桑林与云梦并举的话，又以《鄘风·桑中》为参证，于是断定桑林即宋的高禖与楚之高禖、云梦同类。不过有一个极有趣的证据在那边我们也不及提出，现在有了机会可以补充了。

> 《吕氏春秋·顺民》篇："天大旱，五年不收，汤乃以身祷于桑林。"高《注》曰："桑林，桑山之林，桑能兴云作雨也。"
>
> 《淮南子·修务》篇："汤苦[①]旱，以身祷于桑山之林。"高《注》曰："桑山之林能为云雨，故祷之。"
>
> 《吕氏春秋·慎大》篇："武王胜殷，立成汤后于宋，以奉桑林。"高《注》曰："桑山之林，汤所祷也，故所奉也。"

桑林本是桑山之林的省称，这是很有关系的一点。桑林之神是住在桑山[②]上，与云梦之神住在巫山上同类，拿这一点来证明楚之云梦相当于宋之桑林，已经够了[③]。何况桑林之神能兴云作雨，与云梦之神"朝为行云，暮为行雨"[④]又是不约而同呢?

汤祷雨，据《艺文类聚》一二引《帝王世纪》又说是：

> 祷于桑林之社。

---

① 原脱苦字，从王念孙增。

② 《左传·昭公十六年》："郑大旱，使屠击祝疑竖拊有事于桑山，斩其木，不雨。子产曰：'有事于山，蓺山林也，而斩其木，其罪大矣。'夺之官邑。"案郑、宋地近，风俗相同，故宋有桑山，郑亦有桑山，且皆为祷雨之所。然据此则郑民族（指郑地居民，非郑之统治者）似为殷之支裔，容更详之。

③ 《说苑·普说篇》："齐宣日猎于社山。"齐社稷之神似亦在山上，亦与桑林、云梦同类。

④ 《路史·余论二》引《尸子》："神农之理天下，欲雨则雨，五日为行雨，旬日为谷雨，旬五日为时雨，万物载利，故曰神雨。"此"行雨"之义也。

这一个社字很要紧。我们先将社的制度说明一下。

> 《论语·八佾》篇曰："哀公问社于宰我，宰我对曰：'夏后氏以松，殷人以柏，周人以栗。'"
>
> 《白虎通义·社稷》篇引《尚书·逸》篇曰："大社为松，东社为柏，西社为栗，北社为槐。"
>
> 《周礼·大司徒》曰："设其社稷之壝，而树之田主，各以其野以所宜木，遂名其社与其野。"

凡社必有木，所以《说文》社之古文作袿，从示从木从上。不过诸书所说的，似乎是后世在都邑之内，封土种树以为之的仿造的变相的社。原始时期的社，想必是在高山上一座茂密的林子里立上神主，设上祭坛而已。社一名丛，便是很好的证据。

> 《墨子·明鬼》篇曰："建国营都……必择木之修茂者立以为丛位。"
>
> 《六韬·略地》篇曰："社丛勿伐。"
>
> 《战国策·秦策》三曰："亦闻恒思有神丛与？"
>
> 《汉书·陈余传》曰："又间令广之次所旁丛祠中。"（《注》引张晏说曰："丛，鬼所凭也。"）
>
> 《太玄·聚》篇曰："示于丛社。"
>
> 《急就篇》曰："祠祀社稷丛腊奉。"
>
> 《华阳国志·蜀志》曰："迄今巴蜀民农时先祀杜主君（案社杜古通，杜主即社主）开明位，号曰丛帝。"

《淮南子·俶真》篇"兽走丛薄之中"《注》曰："聚木曰丛。"丛与林同义，社可曰丛则亦可曰林。桑林即桑社，所以墨子以宋之桑林与齐之社稷并称，而皇甫谧又称之为桑林之社①。因而《尔雅·释诂》"林烝天帝"并训为君的意义也可以洞澈了。丛从取声，字一作菆。（《礼记·丧

① 桑林为社，宋人罗沁犹知之。《路史·余论》六曰："桑林者，社也"。

大记》:“欑犹菆也。”《释文》:“菆本亦作丛。”)《说文》:“菆,麻蒸也。”《文选·西征赋》“感市闾之菆井”,《注》曰:“菆井,即渭城卖蒸之市也。”烝与蒸通。林烝之义皆与丛通,丛即社,所以林烝与天帝同类。总之,社必在林中,所以社一曰林。林与社同,所以桑林即桑社了。

我们在前面说桑林是宋的高禖,现在又知道桑林是宋的社,这又给前面的推测加了一个强有力的证据。因为《周礼·禖氏》曰:

> 中秋之月,令会男女。于是时也,奔者不禁。若无故而不用令者罚之。司男女之无夫家者而会之。……凡男女之阴讼,听之于胜国之社。

我们先讲听阴讼一层。胜国之社,郑《注》说是“奄(掩)其上而栈其下”的亡国之社。有人疑心这和普通有树木的社不同,似乎不然。《诗·召南·甘棠》传曰:“召伯听男女之讼。”试看《甘棠》后紧接着《行露》,毛公这一说确乎是可靠的。召伯听男女之讼,在甘棠下,甘棠即社木(详下),可知古时媒氏听阴讼的地方——胜国之社,依然是有树木的。总之,媒氏的听阴讼的职务是在社中履行的,这是媒氏与社有关系的左证。

讲到媒氏的另一项职务,即“令会男女……奔者不禁”一层,你定会联想起《诗经》的桑中。你如果又由桑中那地名(或称桑间)联想到桑林之社,那也极其合理。宋、卫皆殷之后,所以二国的风俗相同,都在桑林之中立社,而在名称上,一曰桑林,一曰桑中或桑间,相差也实在太有限了。媒氏所主管的“会男女”的事务同听阴讼一般,也在社中举行,则媒氏与社的关系又加深一层。因此我们说社神即禖神,而桑林之神即宋之高禖不也加了一重证据吗?

话谈得稍远点,现在可以回到本题了。桑林之神是宋的高禖,而宋是殷后,则宋的高禖实即殷的高禖,亦即他们的先妣简狄。这一层说明白了,我们可将楚云梦之神高唐(阳)氏女禄和宋桑林之神有娀氏简狄比比了。前者住在巫山上,能为云雨,后者住在桑山上,也能为云雨。前者以先妣而兼神禖，后者亦以先妣[1]而兼神禖。前者在《高唐赋》所代表的神话中，后者如玄鸟遗卵的神话所暗示，又都是有着淫乱嫌疑的行为。高唐与简狄相同之处也是如此之多。这其间不能没有缘故。

九　结论

高唐与涂山、简狄都那样相似，我们屡次讲那必有缘故。读者或许想我的意思是说他们本是一个人。这话是对的，却又不对。若说涂山即简狄，简狄即高唐，那显然是错误。若说这几个民族最初出于一个共同的远祖（当然是女性），涂山、简狄、高唐，都是那位远祖的化身，那便对了。因此，我们若说姜嫄（或古代其他民族的先妣）也是她的化身，那亦无不可，虽则关于姜嫄的事迹与传说，我们知道的不多，不能和其余几位先妣作更细密的比较。反正几位先妣既然是从某一位先妣分化出来的，我们就不妨将她们各人的许多故事合起来，当作一个人的故事看，至少为讨论的方便计，不妨这样办。这一层说明了，我们可以开始下总结论了。

在农业时代，神能赐与人类最大的恩惠莫过于雨——能长养百谷的雨。大概因为先妣是天神的配偶[2]，要想神降雨，惟一的方法是走先妣的门路（汤祷雨于桑林不就是这么回事？）[3]，后来因先妣与雨常常连想起，渐渐便以为降雨的是先妣本人了。先妣能致雨，而虹与雨是有

① 《周礼·大司乐》"舞大濩以享先妣"，《注》谓先妣为姜嫄，其庙为閟宫。《大濩》即桑林之乐。周人以《大濩》享其先妣，盖沿殷之旧俗。此亦桑林之神即殷先妣之证。

② 契与稷皆感天而生，即基于此种观念而产生之传说。

③ 请雨祷于先妣，止雨亦祷于先妣。《春秋繁露》有《请雨篇》、《止雨篇》。其《止雨篇》中，据《论衡》似有祭女娲一法，今本脱之。《论衡·顺鼓篇》曰："俗图画女娲之象为妇人之形，又其号曰女，仲舒之意殆谓古妇人帝王者也。男阳而女阴，阴气为害，故祭女娲求福祐也。"

因果关系的，于是便以虹为先妣之灵①，因而虹便成为一个女子。朝济（霓）、朝云以及美人虹一类的概念便是这样产生的。

但是先妣也就是高禖。齐国祀高禖有“尸女”的仪式，《月令》所载高禖的祀典也有“天子亲往，后妃率九嫔御”一节，而在民间，则《周礼·媒氏》“仲春之月，令会男女”，与夫《桑中》、《溱洧》等诗所昭示的风俗，也都是祀高楳的故事。这些事实可以证明高禖这祀典，确乎是十足的代表着那以生殖机能为宗教的原始时代的一种礼俗②。文明的进步把羞耻心培植出来了，虔诚一变而为淫欲，惊畏一变而为玩狎，于是那以先妣而兼高禖的高唐，在宋玉的赋中，便不能不堕落成一个奔女了。

高唐神女传说之分析补记

杜光庭《墉城集仙录》里有这样一个故事：

> 云华夫人，王母第二十三女，太真王夫人之妹也。名瑶姬。受徊风混合万景炼神飞化之道。尝东海游还，过江上，有巫山焉，峰岩挺拔，林壑幽丽，巨石如坛，流连久之。时大禹理水，驻山下，大风卒至，崖振谷陨，不可制。因与夫人相值，拜而求助。即敕侍女授禹策召鬼神之书，因命其神狂章、虞余、黄魔、大翳、庚辰、童律等（案庚辰、童律二名又见唐人李公佐伪撰《古岳渎经》第八卷，《岳渎经》亦说禹治水之

---

① 古人谓神之光气曰灵。《离骚》:“皇剡剡其扬灵。”注:“剡剡，光貌。”汉《郊祀歌》十九“灵殷殷，烂扬光”是也。神不可见，见有光气即以为神至：《汉书·郊祀志》曰“是夜有美光”，曰“神光兴于殿旁”，曰“陈宝祠汉世世常来，光色赤黄，长四五丈”，皆为神降也。虹亦光气也，故先民以为神之表征，其为光气，采色胸熳，动人美感，故又以为女性之神。

② 《鲁颂·閟宫》曰“万舞洋洋”，閟宫为高禖之宫，是祀高禖时用《万舞》。《万舞》盖即《大濩》(《大濩》又名《汤乐》，故祀成汤的《商颂·那篇》亦曰“《万舞》有奕”)，故《周礼·大司乐》曰“舞《大濩》以享先妣”，《注》以先妣为姜嫄，其庙谓之阐宫。《左传·隐公五年》:“考仲子之宫，将《万》焉。”仲子者，公之祖母，考其庙，用《万舞》，可知《万舞》与妇人有特殊关系。然而《左传·庄公二十八年》又曰：“楚令尹子元欲蛊文夫人，为馆于其宫侧而振《万》焉。”《注》:“蛊惑以淫事。”《邶风·简兮》曰“方将《万舞》”，“公庭《万舞》”，又曰“云谁之思，西方美人”，似亦男女爱慕之诗。爱慕之情，生于观《万舞》，此则舞之富于诱惑性，可知。夫《万舞》为即高禖时所用之舞，而其舞富于诱惑性，则高禖之祀，颇涉邪淫，亦可想见矣。

故事。《路史·余论》九云："虞余、庚辰，案《楚》词，乃益稷之字，"今《楚辞》无此语）。助禹斫石疏波，决塞导厄，以循其流。禹拜而谢焉。禹尝诣之崇巘之巅。顾盼之际，化而为石，或倏然飞腾，散为轻云，油然而止，聚为夕雨，或化游龙，或为翔鹤，千态万状，不可亲也。禹疑其狡狯怪诞，非真仙也。问诸童律。律言：……云华夫人，金母之女也，昔师三元道君，受《上清宝经》，受书于紫清关下，为云华上宫夫人，主领教童真之士，理在玉英之台。隐见变化，盖其常也，亦由凝气成真，与道合体，非寓胎禀化之形，是西华少阴之气也。且气之弥纶天地，经营动植，大包造化，细入毫发，在人为人，在物为物，岂止于云雨龙鹤飞鸿腾凤哉？禹然之。后往诣焉。忽见云楼玉台瑶宫琼阙森然，灵官侍卫，不可名识，狮子抱关，天马启途，毒龙电兽，八威备轩，夫人宴坐于瑶台之上。禹稽首问道。召禹使坐而言曰："……"因命侍女陵容华出丹玉之笈，开上清宝文以授禹。〔禹〕受而去，又得庚辰、虞余之助，遂能导波决川，以成其功，奠五岳，别九州，而天赐玄圭，以为紫庭真人。其后楚大夫宋玉以其事言于襄王。王不能访道要以求长生，筑台于高唐之馆，作阳台之宫以祀之。宋玉作《神女赋》（女原误仙）以寄情，荒淫秽芜。高真上仙，岂可诬而降之也？有祠在山下，世谓之大仙。隔岸有神女之石，即所化也。复有石天尊神女坛，侧有竹垂之若彗。有槁叶飞物著坛上者，竹则因风扫之，终滢洁不为所污。楚人世祀焉。

这里高唐神女简直就是涂山氏。这给上文第七段的推测完全证实了。此外有几个细节似乎得说明一下。（一）所谓"东海游还"，盖指会稽。禹娶妻及会诸侯的涂山，旧传也有说是在会稽的。从东海来的云华夫人本是禹自己的发妻，到了巫山，却成陌生人，神话演变中之矛盾性，往往如此，并不足怪。（二）童律说云华夫人"凝气成真"，又说他是"西华少阴之气"。（西华似乎是与太华玉女相混了，张衡《思玄赋》云："载太华之玉女兮。"）云华夫人是气所变，则朝云即朝脐（气）又得到一个证据了。（三）我在附注三〇中转引《汉书》注引《淮南子》称涂山氏化石，而这里说云华夫人化石，这也是很要紧的一点。（四）《隋书·礼仪志》称梁太庙有石，"文如竹叶"，据陆澄说是孝武时郊禖之石（引见同注）。这里说"石天尊神女坛侧有竹垂之若彗"，与《隋志》所载颇有相似之处，大概石天尊之石亦即郊禖之石。果然如此，则我说高唐神女即楚之高禖，更愈加可以成立了。（五）我又说涂山氏即女娲，全部的论证因篇幅的关系，不能拿出，现在还是不能，不过就云华夫人的故事中可以先提出一点来谈谈。《淮南子·览冥》篇有女娲积芦灰以止淫水的话，可知古来相传女娲是助禹治水的。云华夫人助禹治水的方法虽神怪化了，但治水这主干的事实并没变。云华夫人即涂山氏，则女娲亦即涂山氏了。

《集仙录》虽把高唐神女与涂山氏合为一人，但我仍然不主张她们本是一人。我仍然相信她们以及旁的中国古代民族的先妣，都是从某一位总先妣分化出来的，这位总先妣，我从前想许就是西王母。《集仙录》上说云华夫人是王母第二十三女，当然是后世道家捏造的谱系，但说不定这个谎给他们撒得几分对了。最后有一件事，也是前次想到而未敢说出的，现在得了《集仙录》这点新材料，我才感觉把握较多点。我想涂社古音近，涂或即社的音变，而涂山实即社山。高唐即郊社，上文已经说过。现在我们又可以说涂唐社都是一声之转了。

《清华学报》第十卷第四期，民国二十四年

神仙考

一 神仙思想之发展

最大多数铜器铭文的最大共同点，除了一套表示虔敬态度的成语外，就是祈眉寿一类的嘏辞[①]。典型的儒家道德观念的核心也是个“敬”字，而《洪范》五福第一便是寿。这表明以“寿”为目的，以“敬”为手段，是古代人生观最大的特色。这观念的背景是什么？原来“敬”、“惊”、“儆”最初只是一字，而“祈眉寿”归根无非是“救命”的呼声。在人类支配环境的技术尚未熟练时，一个人能不死于非命，便是大幸，所以嘏辞又曰“霝冬”，《诗》曰“令终”[②]，五福之五曰“考终命”，皆以善终为福。曰“眉寿”，曰“令终”，可见那时的人只求缓死，求正死，不作任何非分之想。《诗》及嘏辞又曰“祈黄

① 详徐中舒《金文嘏辞释例》。

② 《大雅·既醉》。

发”、“祈黄耇”①，这又表明人为求缓死而准备接受缓死的条件。他说：既然死可缓而老不可却，那就宁老而勿速死。横竖人是牵就天的。大概当时一般中国人都这样想。唯独春秋时齐国及其邻近地带的人有些两样，而提出了“难老”的要求：

以旂眉寿，霝命，难老（《齐辔盘》）；
用旂眉寿，霝命，难老（《齐叔夷镈》）；
用旂匄眉寿，其万年，霝冬，难老（《殳季良父壶》）②；
永锡难老（《鲁颂·泮水》）。

然而曰“难老”而不曰“不老”，措词总算有些分寸，这样事实上也还相对的可能。若想到“不死”，如：

齐侯（景公）至自田，晏子侍于遄台……饮酒乐，公曰：“古而无死，其乐若何？”（昭二十年《左传》）

用旂寿老毋死。（《齐黏镈》）

那就近乎荒唐了。景公酒酣耳热，一时失言，犹可原谅。《黏镈》则是宗庙的祭器，何等严重，何以铭词中也载着这样的怪话？怪话何以又专出自齐人之口呢？学者必连想到战国时齐国的方士，以及一般

① 《小雅·南山有台》“遐不黄耈”，《大雅·行苇》“以祈黄耇。黄耈台背”，《商颂·烈祖》“黄耇无疆”，《仪礼·士冠礼》同。《鲁颂·閟宫》“黄发台背”，又“黄发儿齿”，《书·秦誓》“尚犹询兹黄发”，《韩诗外传》五“吾受命国之黄发”。案《诗》言“黄耇台背”，是黄耇即黄发。耇盖读为毫（《庄子·知北游篇》“而不失豪芒”，唐写本豪作钩，《淮南子·道应篇》亦作钩，是其比），豪亦发也。台读为炱（《楚辞·九辩》“收恢台之孟夏兮”，台一作炱，《文选·舞赋》：“舒恢炱之广度。”）《说文》曰“炱，灰炱，煤也”，一作炲，《素问·风论》“其色炲”，王《注》“炲，黑色也”，案炱浅于黑，今所谓灰色是也。“黄耇”与“台背”对文。《论衡·无形篇》曰：“人少则发黑，老则白，白久则黄。人少则肤白，老则肤黑，黑久则黯，若有垢矣。发黄而肤有垢，故《礼》曰‘黄耇无疆’，《诗》、《书》有言‘黄发’者。”案王氏谓人老极则发黄肤黯，甚是，其读耈为垢，而以黄耈二字分指发肤，则不确。

② 《海内经》“炎帝之孙伯陵，伯陵同吴权之妻珂女缘妇，缘妇孕三年，是生鼓延殳，始为侯”，郭《注》曰“三子名也”。案《周语》下“则我皇妣大姜之侄，伯陵之后，逢公之所凭神也”，韦《注》曰：“大姜，大王之妃，王季之母，姜女也。……伯陵，大姜之祖，有逢伯陵也。逢公，伯陵之后，大姜之侄，殷之诸侯，封于齐地。”《左传·昭二十年》：“昔爽鸠氏始居此地，（齐）季萴因之，有逢伯陵因之，蒲姑氏因之，而后大公因之。”据此，则殳是殷时据有齐地之姜姓诸侯逢伯陵的别封。周时殳国所在地未详，想与齐必相去不远。

人所深信的神仙说出于齐地的观念，因而断定这不死观念即神仙说之滥觞。至于神仙说何以产生在齐，则大家似乎已经默认了，是由于齐地滨海，海上岛屿及蜃气都是刺激幻想的对象。这两说都有相当的是处，但都不免把问题看得太简单了。实则春秋时的不死观念不会直接产生战国时的神仙说，齐国（山东半岛）也并非神仙的发祥地，因之海与神仙亦无因果关系。齐之所以前有不死观念，后有神仙说，当于其种族来源中求解答。

齐姜姓，四岳之后，春秋有姜戎，自称亦四岳之后[①]，看来齐与姜戎本是同种。同姓之国，或在诸夏，或在四夷，这种情形在春秋时太寻常了。但遇到这种情形时，有一问题不易回答，即此种氏族的共同祖先，本属诸夏集团呢，还是夷狄集团？以姜姓为例，也许姜戎是夷化了的诸夏，也许齐吕申许向纪州鄣厉等是华化了的夷狄。按普通的想法，似乎倾向前说者居多。实际上后说的可能性一样大。周人所谓戎，本是诸异族的大名。以血族言，一部分西戎是羌族。姜羌一字，或从女，或从人，只性别不同。因之种名从人，姓氏从女，实质上也没有分别。周与羌族世为婚姻，弃母姜嫄，太王娶太姜，武王娶邑姜，皆羌族女。参与牧野之战的“西土之人”中的羌，大概就是武王的外家，而太公很可能就是他们的君长。太公以宗亲，兼伐纣有大功，受封于吕，这是这支羌人内徙与华化的开端。后来太公的儿子丁公，又以平蒲姑有功，领着一部分子姓就地受封，都于营邱，是为齐国[②]。蒲姑是商世大国，东方文化的一个中心，丁公的子孙世居其地，华化的机会更多了。齐之内迁与华化，其事和他同姓的申同类。《周书·王会》篇有西申，次在氐羌之前，应该也是羌族，南阳的申国即其种人之内徙而华化者。《大荒北经》“有北齐之国，姜姓，使虎豹熊罴”，此齐人之留在夷狄者。齐有北齐，申有西申，可证其先皆自夷狄迁来，本不属于诸夏集团。至于羌戎之逼处华夏而迟迟未被华化，则又似与莱人同类。莱亦姜姓，大概是和丁公同搬到东方的一支羌

① 姜戎，陆浑戎之一种，本居瓜州，为秦人所迫逐，归于晋，惠公赐以南鄙之田以供晋之兵役。见《左传·僖二十二年》，《襄十四年》，《昭九年》，《襄十四年》，戎子驹支曰：“我诸戎是四岳之裔胄也。”

② 见傅斯年《大东小东说》。

族，不知为什么和丁公决裂了，被摒弃在海滨，许久未受诸夏同化。同一种姓，或同化，或不同化，这许多原因中，婚姻许是一个最重要的因子。齐、申皆周室的宗亲，故同化的时期早而程度深，莱、姜戎不与诸夏通婚，故终春秋之世未被同化[①]。

由上观之，齐人本为西方的羌族，大致不成问题，现在我们就根据这点来探寻他们那不死观念的来源。

《墨子·节葬下》篇曰：

> 秦之西有仪渠之国者，其亲戚死，聚柴薪而焚之，熏上，谓之登遐。

仪渠即义渠，当是羌族，《吕氏春秋·义赏》篇曰：

> 氐羌之民，其虏也，不忧其系累，而忧其死不焚也。

并可证。以上所说都是火葬，火葬的意义是灵魂因乘火上天而得永生，故古书所载火葬俗流行的地方，也是“不死”传说发生的地方。今甘肃、新疆一带，正是古代羌族的居地，而传说中的不死民、

---

① 《左传·襄二年》:“齐姜薨……齐侯使诸姜宗妇来送葬，召莱子，莱子不会。”雷学淇云：“据此，则莱亦姜姓之戎可知。”（《竹书纪年义证》十九）案夹谷之会，齐使莱人以兵劫鲁侯，孔子以公退，曰：“士兵之！两君合好而裔夷之俘以兵乱之，非齐君所以命诸侯也。裔不谋夏，夷不乱华。”（《左传·定十年》）经传称莱亦皆曰莱夷，盖莱在被齐灭以前，始终拒绝同化。

不死之野、不死山、不死树、不死药[①]也都在这里。很可能齐人的不死观念是当初从西方带进来的。

---

① 《海外南经》:"不死民……其为人黑色，寿不死。"案经文，不死民在昆仑虚西。海内西北即海外东南，故此经亦有昆仑，然则以中国言之，不死民仍在西北也。又《大荒南经》"有不死之国"，《吕氏春秋·求人篇》"禹南至不死之乡"，《淮南子·地形篇》"自西南至东南方有……不死民"，《远游》"留不死之旧乡"，亦在南方，皆据海外言之也。《淮南子·时则篇》"三危之国，石室金城，饮气之民，不死之野"，《天问》"黑水玄阯，三危安在？延年不死，寿何所止？"王《注》:"玄阯、三危，皆山名也，在西方。黑水出昆仑山也。"案玄阯一名玄丘。《补史记·三代世表》引《诗传》:"契母与姊妹浴于玄丘水。"《御览》引《张掖记》:"黑水出县界鸡山，昔有娀女简狄浴于玄丘之水，即黑水也。"一名员丘，《海内经》"流沙之东，黑水之间，有山名不死之山"，郭《注》曰"即员丘也"，《水经·河水注》曰:"流沙又历员丘不死山之西"。是玄阯、玄丘、员丘，异名同实，在黑水中，即所谓不死之山，又《水经·汾水注》"黑水出黑山"，《太平寰宇记》"〔神山县〕黑山在县东四十里，一名牛首山，今名乌岭山"，又"〔临汾县〕涝水源出乌岭山，俗名长寿水"。案黑山即乌岭山，黑水即涝水，一名长寿水。黑山为长寿水所出，故又名神山，县即因山得名也。依地名迁徙之例，域内之黑山即域外之玄阯、玄丘，玄阯、玄丘一名不死山，故黑水一名神山。域内之黑水即域外之黑水，域外黑水为不死山之所在，故域内黑水一名长寿水。地名迁徙之迹可据以考见民族迁徙之迹。

《海内西经》"开明兽……立昆仑上……开明北有……不死树"，郭《注》曰"言长生也"，《文选·思玄赋》李《注》引《古今通论》"不死树在层城西"。《大荒南经》"有不死之国，阿姓，甘木是食"，郭《注》曰"甘木即不死树，食之不老"。又《海外南经》"不死民"，《注》曰"有员丘山，上有不死树，食之乃寿"。此皆据海外言之，海外东南即海内西北。说已详上。《吕氏春秋·本味篇》"菜之善者……寿木之华"，高《注》曰:"寿木，昆仑山上木也。华，实也。食其实者不死，故曰寿木。"郝懿行云疑即不死树，近是。

《淮南子·览冥篇》:"羿请不死之药于西王母，姮娥窃之以奔月。"《后汉书·天文志》注引张衡《灵宪》曰:"羿请无死之药于西王母，姮娥窃之以奔月。将往，枚筮之于有黄。有黄占之曰:'吉，翩翩归妹，独将西行，逢天晦芒，毋惊毋恐，后且大昌。'姮娥遂托身于月，是为蟾蜍。"《乙巳占》引《连山易》略同。《北堂书钞》一五〇引《归藏》曰:"昔常娥以西王母不死之药服之，遂奔为月精"，《文心雕龙·诸子篇》曰《归藏》之经，大明迂怪，乃称……姮娥奔月。"《海内西经》"昆仑之虚方八百里，高万仞……在八偶之岩，赤水之际，非仁（夷）羿莫能上冈之岩"，郭《注》曰:"羿尝请药西王母，亦言其得道也。"《类聚》八八引《山海经图赞》:"不死之树，寿蔽天地，请药西姥，焉得为羿？"案嫦娥窃药事亦见《天问》。《天问》曰:"白蜺婴茀，胡为此堂？安得夫良药，不能固臧（藏）？"近人傅斯年、郭镂冰、童书业三氏均以嫦娥事说之，近确。余谓《天问》上文曰:"夜光何德（得），死则又育？厥利维何，而顾菟在腹？"亦与此事有关。王《注》:"夜光，月也；育，生也。"德与得通；《书钞》一五〇、《事类赋》注一引并作得。则犹而也；《类聚》一，《初学记》一，《御览》四，《事类赋》注一，《海录碎事》一引并作"死而又育"。古称月之盈亏为生魄死魄，故《孙子·虚实篇》曰:"月有生死。"此文上二句问月何所得，乃能死而复生，其意盖即谓月精嫦娥尝得不死之药，故能死而复生也。下二句即承此意而问白菟捣药事，《汉乐府·董逃行》曰"采取神药若木端，白菟捣药虾蟆丸。"傅咸《拟天问》曰:"月中何有，白兔捣药。""厥利维何，而顾菟在腹"者，正谓利兔之能捣药也。《天问》前后二文可以互相发明。《天问》著作时期至迟当在战国初，然则嫦娥窃药故事战国初已流行矣。《海内西经》:"开明东有巫彭、巫抵、巫阳、巫履、巫凡、巫相，夹窫窳之尸，皆操不死之药以距之。窫窳者，蛇身人面贰负臣所杀也。"《大荒西经》:"有灵山，巫咸、巫即、巫肦、巫彭、巫姑、巫真、巫礼、巫抵、巫谢、巫罗十巫从此升降，百药爰在。"亦谓不死之药。又《大荒南经》"有巫山者，西有黄鸟，帝药八斋"，郭《注》曰"天帝神仙药在此也"，《经》又曰"云雨之山……有赤石焉，生栾，黄本赤枝青叶，群帝焉取药"，《注》曰"言树花实皆为神药"。案此亦据域外言之，仍在中国西北也。

但火葬所代表的不死，与不死民等传说的不死，大有分别。火葬是求灵魂不死。灵魂不死的先决条件，是“未来世界”的存在，一个远较这现实世界为圆满的第二世界，人死后，灵魂将在那里永恒的生存着、享乐着。又基于一种先决的事物对立观念，认为灵魂与肉体是相反相妨的，所以他们又想到非毁尽肉体，不足以解放灵魂，于是便产生了焚尸火葬的礼俗。《后汉书·西羌传》称其人：

以战死为吉利，病终为不祥。

这也是很重要的材料。吉利大概即灵魂能升天之意。这可见他们因为急于要灵魂上天，甚至等不及老死，就要乘机教人杀死自己，好把躯体割断，让灵魂早早放出来。这与后来不死民等传说的灵肉合一，肉体不死即灵魂不死的观念相差太远了。但这种不死论，比起齐人的不死论，已经算玄虚的了。齐人所谓不死，当然是纯粹的肉体不死，灵魂的死不死，甚至灵魂的有无诸问题，他们似乎不曾注意。然而比较起那以殷民族为代表的东方诸土著民族来，这自西方移来的客籍齐人，又太嫌古怪了。依东方人说，人那有不死的道理？ 齐人真是妄想。至于肉体可随着灵魂而不死，或肉体必须毁尽而后灵魂乃能永生一类观念，那更是不可思议了。土著东方人与齐人之间是一条鸿沟。齐人与其老家的西方人比较的是相近。同是奢望，是痴想，是浪漫的人性不甘屈服于现实的表示，西方人前后两种不死观，以及齐人的不死观，只是程度深浅不同而已。非肉体死不足使灵魂生这种说法，本是违反人性的，其不能行通而卒变为肉体与灵魂同生，乃是必然的趋势。肉死灵生的极端派一旦让步而变为灵肉同生的中和派，便根本失了唯灵论的立场，唯灵论的立场既经失去，便不难再让一步而成为齐人的纯肉不死论。加上内徙后的齐人，受了土著东方人的同化，其放弃灵魂观念的可能自然更大了。

上文我们说明了齐人本是西方迁来的羌族，其不死观念也是从西方带来的。但西方所谓不死本专指灵魂，并主张肉体毁尽，灵魂才得永生。这观念后来又演变为肉体与灵魂并生。齐人将这观念带到东方以后，特别因为当地土著思想的影响，渐渐放弃了灵魂观念，于是又演变为纯粹的肉体不死。齐人内徙日久，受同化的程度应当愈深，按理没有回到唯灵原则下的各种不死论的可能。然而事实上，战国初年燕、齐一带突然出现了神仙传说，所谓神仙者，实即因灵魂不死观念逐渐具体化而产生出来的想象的或半想象的人物（解释详下）。这现象也很怪。灵魂不死论本产生在西方，难道这回神仙传说之出现于燕、齐，也是从西方来的吗？对了，这回是西方思想第二度访问中国。神仙的老家是在西方，他的习惯都是西方的，这些在下文讨论神仙说及其理论与技术时，随时随地都是证据，现在我们只举一个最鲜明的例来作个引子。据后来汉武帝求神仙时屡见大人迹[①]及司马相如《大人赋》推之，秦始皇时因临洮见大人而铸的“金人十二”，实在是十二位仙人的造像，难怪唐诗人李贺误秦皇的金人为汉武承露盘的仙人，而作《金铜仙人辞汉歌》[②]。这十二位仙人，据《汉书·五行志》说“皆夷狄服”[③]，可见始皇时还知道真正老牌的仙人是西域籍。我们不但知道神仙来自西方，并且知道他是从那条道路来的。六国秦时传播神仙学说，及主持求仙运动的方士，据现在可考的，韩、赵、魏各

① 《史记·封禅书》：“公孙卿……言夜见大人，长数丈，就之则不见，见其迹甚大，类禽兽云。群臣有言见一老父牵狗，言‘吾欲见巨公’。已忽不见。上即见大迹，未信，及群臣有言老父，则大以为仙人也。”又：“公孙卿言见神人东莱山，若云欲见天子，天子……遂至东莱宿留之，数日无所见，见大人迹云。”魏咸熙二年大人见襄武县迹长三尺二寸，唐则天长安元年司刑寺囚伪作大人迹五尺，改元大足。

② 李贺《金铜仙人辞汉歌·序》曰：“魏明帝青龙元年八月，诏宫官牵车西取汉孝武捧露盘仙人，欲立置前殿，宫官既拆盘，仙人临载乃潸然泪下。”案李说多误。《史记·秦始皇本纪》正义引《关中记》曰：“董卓坏铜人，余二枚，徙清门里。魏明帝欲将诣洛，载到霸城，重不可致，后石季龙徙之邺。苻坚又徙人长安而销之。”又引《英雄记》曰：“昔大人见临洮而铜人铸，至董卓而铜人毁。”

③ 《汉书·五行志》下之上：“史记秦始皇帝二十六年，有大人长五丈，履六尺，皆夷狄服，凡十二人，见于临洮……始皇……喜，以为瑞，销天下兵器，作金人十二以象之。”案收兵器与铸金人为二事。盖先收天下兵器，其作用为政治的，后销兵器以铸金人，其作用为宗教的。旧多混为一谈，失之。

一人，燕六人，齐二人[①]。这不是分明指出了神仙说东渐的路线吗？那时方士的先头部队刚到齐，大队人马则在燕，到汉武时全体都到达齐了，所以当时的方士几乎全是齐人。由此我们可以推想，在较早的时候，大队恐怕还在三晋，并且时代愈早，大队的行踪愈偏西。《晋语》九："赵简子叹曰：'雀入于海为蛤，雉入于淮为蜃，鼋鼍鱼鳖，莫不能化，唯人不能，哀夫！'窦犨侍曰：'臣闻之，君子哀无人，不哀无贿，哀无德，不哀无宠，哀名之不令，不哀年之不登。'"《注》："登，高也。"至于神仙思想所以终于在齐地生根了，那自然因为这里的不死思想与他原是一家人，所以他一来到便感着分外融洽，亲热，而乐于住下了。这与齐之地势滨海毫无关系。神仙并不特别好海。反之，他们最终的归宿是山——西方的昆仑山。他们后来与海发生关系，还是为了那海上的三山。其实连这也是偶然的，即使没有那海上三山，他们还是要在这里住下的。总之，神仙思想是从西方来的，他只是流寓在齐地因而在那里长大的，并非生在齐地。齐地的不死思想并没有直接产生神仙思想，虽则他是使神仙思想落籍在齐地的最大吸引力。因此，海与神仙并无因果关系，三山与神仙只是偶然的结合而已。

---

① 《史记·乐毅传》："乐氏之族有乐瑕公，乐臣公。赵且为秦所灭，亡之齐高密。乐臣公善修黄帝、老子之言，显闻于齐，称贤师。"又曰："乐臣公学黄帝老子，其本师号曰河上丈人，不知其所出。河上丈人教安期生，安期生教毛翕公，毛翕公教乐瑕公，乐瑕公教乐臣公，乐臣公教盖公，盖公教于齐高密胶西，为曹相国师。"案《集解》、《索引》并云"臣公一作巨公"，《田叔传》"学黄老术于乐臣公"，《汉书》作巨公，臣巨同，《御览》五一〇引《道学传》亦作乐巨公，是臣为巨之讹无疑。巨公者，《史记·封禅书》"言吾欲见巨公"，《汉书·郊祀志》下作巨公，《注》引张晏曰"天子为天下父，故曰巨公也"，是巨公之称，亦犹丈人，老子，太公，长者之类也。论其传受，《史记》谓乐瑕公、乐巨公于赵且为秦灭时亡之齐，则其人尚在战国晚世。盖公受乐巨公黄老术，为曹参师，田叔学黄老术于乐巨公，而仕赵王张敖，则乐巨公下及秦汉之交。今二乐治黄老，得于毛翕公，毛翕公得于安期生，则安期生年世不能甚后。然史公又谓："蒯通善齐人安期生。安期生尝干项羽，羽不能用。已而羽欲封此两人，两人终不肯受，亡去。及曹参为相，请蒯通为客。"蒯生之年，不能高于盖公，则安期生何遽为盖公四传之师哉？（以上说本钱穆《先秦诸子系年考辩》二《老子杂辩》。）夫言家世之谱系，纪学派之传授者，孰不欲其渊源之远？故每分一人为数人，递相比次，以极于遵逾难知。其事或出于无意的误信传闻，或出于有意的捏造姓字，要其不欲求真之心理则一也。

考瑕巨古音近义通（瑕通嘏，嘏训大，巨亦训大），乐瑕公盖即乐巨公之误分，而由安期生至盖公仅三传耳。然如此，安期生仍不得与蒯通、项羽、曹参等同世。《御览》五一〇引《道学传》：“乐巨公宋人，号曰安丘丈人。”期丘古同音、安期即安丘。《汉书·地理志》北海郡、琅邪郡均有安丘，此当是琅邪之安丘，故《列仙传》曰：“安期生，瑯琊阜乡人。”古言生，犹今言先生，先生丈人皆老者之尊称，故安期生即安丘丈人。乐巨公号曰安丘丈人，是安期生又即乐巨公，亦即盖公本师。安期生传盖公，盖公传曹参，安期生自得与曹参相接，因之亦得与蒯通、项羽相接矣。要之，乐巨（瑕）公即安期生，乐，称其姓，安期（丘）称其地，巨公与生（先生）义亦同。乐氏本赵人，史称赵且为秦所灭，二乐亡之齐，故安期生又为齐人。乐巨公以善修黄老之言，显闻于齐，称贤师，盖没后而名益彰，故至孝武时，东齐方士如李少君、栾大、公孙卿等，皆传安期生为仙人（俱详《封禅书》）。《高唐赋》曰：“有方之士，羡门高、上成郁林、公乐聚谷，进纯牺，祷璇室，醮诸神，礼太一。”疑公乐为乐公之倒，即乐巨公，羡门高、聚谷皆战国末人（并详下），故与乐巨公并举。若然，则安期生（乐巨公）盖亦方士之流而未甚涉于迂怪者，以上赵一人：安期生。

《史记·秦始皇本纪》：“三十二年……使韩终、侯公、石生求仙人不死之药。”案此石生，钱穆疑即古星历家石公，近确。又谓石公殆如张苍生六国以下逮汉世者。其举证如下：《史记·天官书》：“周室史佚、苌弘，于宋子韦，郑则裨灶，在齐甘公，楚唐昧，赵尹皋，魏石申夫。”《汉书·艺文志》序术数云：“六国时楚有甘公，魏有石申夫。”《史记正义》引《七录》曰：“石申魏人，战国时作《天文》八卷。”然《郡斋读书志》“《甘石星经》一卷，汉甘公石申撰”，又以甘石为汉人，其说盖别有所本。《御览》二三五引应劭《汉官仪》曰：“当春秋时鲁梓慎，晋卜偃，宋子韦，郑裨灶，观乎天文，以察时变，其言屡中，有备无害。 汉兴甘石唐都司马父子，抑亦次焉。”亦以甘石为汉人。《史记·张耳传》：“耳欲之楚，甘公曰：‘汉王入关，五星聚东井，楚虽强，必属汉。’”《集解》引文颖曰“善说星者甘氏”，则甘公固及汉初，而石公亦可知。《汉书·天文志》曰：“古历五星之推，亡逆行者，至《甘氏石氏经》，以荧惑太白为有逆行。”沈钦韩曰：“《隋志》秦历始有金水之逆，又甘石并时，自有差异，汉初测候，乃知五星皆有逆行。”则甘石明及秦汉之际矣（《先秦诸子系年考辨》四《诸子攟逸》）。今姑依钱说，定石生即石申夫。以上魏一人：石生。

《史记·秦始皇本纪》：“三十五年，侯生、卢生相与谋曰：‘始皇为人……贪于权势至于此，未可为求仙药。’于是乃亡去。”《集解》曰：“《说苑》曰：‘韩客侯生也。’”案即三十二年与韩终、石生求仙人不死药之侯公。以上韩一人，侯生。

《史记·封禅书》：“宋毋忌、正伯侨、充尚、羡门高、最后皆燕人，为方仙道，形解销化，依于鬼神之事。”服虔、司马贞皆以为宋毋忌至羡门高四人、韦昭、刘伯庄、颜师古皆合最后为五人。王念孙谓韦、刘、颜说是，并云最后即《高唐赋》之聚谷（引见上文），最与聚，后与谷声皆近，其说至确。余谓最聚并与邹通（《周礼·大司马》郑众注引《鄹子》“春取榆柳之火'' 云云，王应麟云即邹衍四十九篇文，《汉书·古今人表》有憨子，钱大昕、沈钦韩并云即《艺文志》、《邹氏春秋传》之邹氏），其人或即邹衍后裔之留滞于燕者，充尚《汉书·郊祀志》上作芫尚，沈涛曰：“当作元谷，即《列仙传》之元俗也。谷，俗之省，篆书谷字与尚字相近，讹而为尚，《史记》又误元为充，遂不可晓。《列仙传》言元俗河间人，亦与燕人相合。”《汉书·司马相如传·大人赋》“厮征伯侨而役羡门兮”，《注》引张楫曰“羡门，碣石山上仙人羡门高也”，碣石在燕。《史记·秦始皇本纪》“三十二年，始皇之碣石，使燕人卢生求羡门高”，又“燕人卢生，使人海还，以鬼神事，因奏录图书曰‘亡秦者胡也’”。或疑卢生即《淮南子·道应篇》之卢敖，未知然否。（《御览》三六九引《庄子》“卢敖见若士，深目鸢肩”，或系《淮南子》之讹。）以上燕六人：宋毋忌、正伯侨、羡门高、元谷、最后（聚谷）、卢生。

《史记·秦始皇本纪》：“二十八年，齐人徐市等上书，言海中有三神山，名曰蓬莱、方丈、瀛洲，仙人居之，请得斋戒与童男童女求之。”《汉书·郊祀志下》谷永上封事“秦始皇初并天下，甘心于神仙之道，遣徐福、韩终之属，多赍童男童女，入海求神采药，因逃不还。”案徐市之市即韨之本字，音敷勿切，故《汉书》作福，俗书作市，误。韩终，《始皇本纪》三十五年作韩众，《正义》云“音终”，《楚辞·远游》“羡韩众之得一”，众一作终。《列仙传》韩终齐人。以上齐二人：徐市、韩终。

二　神仙说及其理论与技术

上文讲神仙是随灵魂不死观念逐渐具体化而产生的一种想象的或半想象的人物，这可从火葬得到证明。上引《墨子·节葬下》篇说义渠风俗“亲戚死，聚柴薪而焚之，熏上，谓之登遐”，登遐刘昼《新论·风俗》篇作“升霞”，《太平广记》引《博物志》作“登霞”。据此，则遐当读为煆，本训火焰，因日旁赤光，或赤云之似火者谓之霞，故又或借霞为之。登霞的本意是火化时灵魂乘火上升于天，这名词传到中国后，有两种用法。一是帝王死谓之登霞，二是仙人飞升谓之登霞。帝王死后有升天的资格，是中国自古相传的观念，现在借用西方登霞的名词以称帝王之死，倒顶合适的。至于仙人飞升称登霞，则无所谓借用，因为飞升与火化本是一回事，仙人飞升是西方传来的故事，“登霞”当然也是用的西方的名词。《远游》曰：

> 载营魄而登霞兮，掩浮云而上征，

营魄即魂魄，既曰“载魂魄”，又曰“登霞”，与火葬的意义全合。《列仙传》称啸父既传其“作火法”于梁母，“临上三亮山，与梁母别，列数十火而升”，又师门“亦能使火”，死后，“一旦风雨迎之，讫则山木皆焚”。这些仙人的故事，都暗示着火化的意味。又云赤松子

> 能入火自烧，往往至昆仑山上……随风雨上下，

证以《远游》亦称赤松子“化去而不见”，这其间火化的痕迹也颇鲜明。至于宁封子的传说，则几乎明白承认是火葬了：

> 宁封子者……世传为黄帝陶正，有〔神〕人过之，为其掌火，能出五色烟，久则以教封子。封子积火自烧，而随烟气上下。视其灰烬，犹有其骨，时人共葬于宁北山中，故谓之宁封子焉。

又《史记·封禅书》称燕人宋毋忌等：

为方仙道，形解销化，依于鬼神之事。

形解销化，据服虔说即“尸解”，而索隐曰：“《白泽图》云‘火之精曰宋毋忌’，盖其人火仙也。”尸解而成火仙，大概也是火化的变相的说法。又张晏曰：“人老，如解去故骨，则变化也，今山中有龙骨，世人谓之龙解骨化去也。”如张说，则宋毋忌之“形解销化”，是形化而骨留，与宁封子之烧后灰烬中有遗骨正合，无疑的这就是仙家尸解中之“火解法”的来源。尸解的另一种方法是“兵解”。上引《后汉书》称西羌人“以战死为吉利，病终为不祥”，大概战死者躯体破碎，灵魂得以立时逃出而升天，所以吉利，病死者躯体完整，灵魂被困在内，迟久不得自由，所以不祥。如此说来“兵解”乃是由战死吉利的观念蜕化来的一种飞升的手段。火解兵解，总共谓之“尸解”，正是解开尸体，放出灵魂的意思，然则所谓“神仙”不过是升天了的灵魂而已。仙字本作僊，《说文》“䙴，升高也”，䙴即仙字[①]。僊字本是动词，先秦典籍中皆如此用。升去谓之僊，动词名化，则升去了的人亦谓之僊。西方人相信天就在他们那昆仑山上[②]。升天也就是升山，

① 《小雅·宾之初筵》“屡舞僊”，《庄子·在宥篇》“僊乎归矣”，皆谓轻举之貌。鲍照《书势》“鸟企鱼跃”，佡即仙字，企跃对举，企亦跃也。举，跃，升，义并相近，此僊之本义，又以声求之，《说文》僊之古文作拪，讯之古文作㴑，是䙴声与卂声近。《说文》：“卂疾飞也。”《楚辞·九章·思美人》：“因归鸟而致辞兮，羌迅（今作宿，此从一本及《文选》王仲宣《赠公孙文始诗》注引）高而难当。”《西京赋》：“纷纵体而迅赴。”迅皆谓飞跃。僊之为言犹迅也，飞跃而上之貌也。《说文》：“僊，长生僊去也。”“僲，登也。”僊去之义，尚无不合，长生则古只谓僊，飞升乃谓僊，许君混为一谈，此本土观念与外来观念混合以后之意义，非僊之本谊也。

② 昆仑山即今之天山。(《西山经》:“又西三百五十里曰天山。……有神焉，其状如黄囊，赤如丹火，六足四翼，浑敦无面目，是识歌舞，实为帝江也。”注：“庄生所云中央之帝混沌为倏然所凿七窍而死者，盖假此以寓言也。”《汉书·武帝纪》：“天汉二年与右贤王战于天山。”颜《注》：“即祈连也，匈奴谓天为祈连·今鲜卑语尚然。”《史记正义》引《括地志》：“祁连山在甘州张掖县西南二百里，又云天山，一名白山。”《后汉书·明帝纪》注《西河旧事》：“白山冬夏有雪，故曰白山。匈奴谓之天山，过之皆下马拜焉。”)

所以僊字别体作仙[①]，正是依照西方人的观念所造的字。人能升天，则与神一样，长生，万能，享尽一切快乐，所以仙又曰“神仙”。升天后既有那些好处，则活着不如死去，因为活着为手段，死去为目的，活着的肉体是暂时的，死去所余的灵魂是永久的，暂时是假的，永久是真的，故仙人又谓之“真人”。这样看来，神仙乃是一种宗教的理想。凡是肉体能死，死而能毁的人，灵魂便能升天而成仙。仙在最初并不是一种特殊的人，只是人生活中的一个理想的阶段而已。既然人人皆可成仙，则神仙思想基本原则是平等。因此我们知道为什么春秋时代的齐国，虽有不死观念，而不能发展为神仙思想，只因封建阶级社会下，是不容平等思想存在的。到战国时封建制度渐渐崩溃，所以建筑在平等原则上的神仙思想可以乘机而人，以至逐渐繁盛起来。

上文已说过，登霞是由火化时灵魂乘烟霞上天而得来的观念，故《远游》曰：“载营魄而登霞兮”（营与魂通）。魂的特性是游动不定，故一曰游魂。《易·系辞上》传“游魂为变”，韩康伯《注》曰：“游魂，言其游散也”，《白虎通·性情篇》曰：“魂犹伝伝也，行不休也”，行不休即游魂之义[②]。仙人登霞，本是从灵魂上天而游行不休产生的观念，所以仙人飞升后最主要的活动是周流游览。游是愈远愈妙，《楚辞》所载著名的咏仙人的文章以“远游”名篇，固是很明显的例子，而最具体最有趣的莫如《淮南子·道应》篇所述卢敖的故事：

卢敖游乎北海，经乎太阴，入乎玄阙，至于蒙穀之上，见一士焉，深目而玄鬓，渠颈[③]而鸢肩，丰上而杀下，轩轩然方迎风而舞，

① 《抱朴子·论仙篇》引《仙经》曰：“上士举形升虚，谓之天仙，中士游于名山，谓之地仙，下士先死后蜕，谓之尸解仙。”此后起之观念。实则最初游名山之仙，不但即举形升虚之仙，且亦即先死后蜕之仙。《释名·释长幼》“仙，迁也，迁人山也，故其制字人傍作山也。”是汉末人尚知仙与山的关系。《说文》：“仚，人在山上貌，从人从山。”仚即仙字。

② 魂字本只作云，《说文》云为雲之古文，又作[illegible]，像烟雲之气袅袅浮动之貌。《吕氏春秋·圜道篇》“雲气西行云云”，高注曰：“云，运也，周旋运布，肘寸而合，西行则雨也。”《古微书》引《春秋说题辞》曰：“雲之为言运也，动阴路，触石而起，谓之雲，合阳而起，以精运也。”人之灵魂不可状，以烟雲之气状之，故曰魂。

③ 原作洎注，从王念孙校改。

顾见卢敖，慢然下其臂，遁逃乎碑（崥）〔下〕[①]。卢敖就而视之，方倦（踡）龟壳而食蛤蜊。卢敖与之语，曰："唯！敖为背群离党，穷观于六合之外者，非敖而已乎？敖幼而好道，至长而不渝〔解〕（懈）[②]，周行四极，惟北阴之未窥。今卒睹夫子于是，子殆可与敖为友乎？"若士蓥然而笑曰："嘻！子中州之民，宁肎而远至此，此犹光乎日月而载列星，阴阳之所行，四时之所生，其比夫不名之地，犹窔奥也。若我南游乎冈㝗之野，北息乎沈墨之乡，西穷窅冥之党，东关（贯）[③]鸿蒙之光，此其下无地而上无天，听焉无闻，视焉则[④]眴。此其外犹有汰沃之泛，其余一举而千万里，吾犹未之能在。今子游始于此，乃语穷观，岂不亦远哉？然子处矣！吾与汗漫期于九垓之上[⑤]，吾不可以久[⑥]。"若士举臂而竦身，遂入云中。卢敖仰而视之，弗见。乃止驾，〔心〕[⑦]柸治（不怡），悖若有丧也，曰："吾比夫子，犹黄鹄与壤虫也，终日行不离咫尺，而自以为远，岂不悲哉？"

此外《庄子》书中每讲到至人、神人、真人、大人（皆仙人的别名）如何游于六合之外，无何有之乡[⑧]，《淮南子》也是如此，并且说得

① 从王念孙校补。

② 从王念孙校补。

③ 关原误作开，从王念孙校改。案关贯古字通。《九叹·远游》"贯澒濛以东沔兮"，澒一作鸿。

④ 则，原作"无"，从王念孙改。

⑤ 上，原作"外"，从王念孙改。

⑥ "久"下衍"驻"字，从王念孙删。

⑦ 从王念孙校补。

⑧ 《庄子·逍遥游篇》："夫列子御风而行，泠然善也，旬有五日而后反，彼于致福者未数数然也。此虽免乎行，犹有所待者也。若夫乘天地之正，而御六气之辩（变），以游无穷者，彼且恶乎待哉？"又："藐姑射之山，有神人居焉……不食五谷，吸风饮露，乘云气，御飞龙，而游乎四海之外。"《齐物论篇》："至人神矣 ……乘云气，骑日月，而游乎四海之外，死生无变乎己，而况利害之端乎？"《大宗师篇》："孰能登天游雾，挠挑无极，相忘以生，无所终穷？"《应帝王篇》："予方将与造物者为人，厌则又乘夫莽眇之鸟，以出六极之外，而游无何有之乡，以处圹埌之野。"《在宥篇》："出人六合，游乎九州，独往独来，是谓独有。独有之人，是之谓至赛，"《天地篇》："天下无道，则修德就闲，千岁厌世，去而上仙，乘彼白云，至于帝乡。"《秋水篇》："且'方眦黄泉，而登大皇，无南无北，奭然四解，沦于不测，无西无东，始于玄冥，反于大通。"《徐无鬼篇》："小童曰：'……予少而自游于六合之内，予适有瞀病，有长者教予曰，若乘日之车而游于襄城之野，予少痊。予又且复游六合之外。'"《文选·车驾幸京口侍游蒜山作诗》注引《庄子》佚文："阏奕之隶，与殷翼之孙，遏氏之子，三士相与谋致人于造物，共之元天之上。元天者，其高四见列星。"

更有声有色[①]，汉以来关于仙人的辞赋诗歌，几乎全是讲他们漫游的生活，晋、唐人咏仙人诗多称“游仙诗”。游必需舆驾，所游的地方是天空，所以，以龙为马，以云霓彗星之类为旌旗[②]。有舆驾，还得有仪

① 《淮南子·原道篇》:“昔者冯夷、大丙之御也，乘云车，入云蜺，游微雾，骛怳忽，历远弥高以极往，经霜雪而无迹，照日光而无景，诊抱扶摇羊角而上，经纪山川，蹈腾昆仑，排阊阖，沦天门。……是故大丈夫恬然无思，澹然无虑，以天为盖，以地为舆，四时为马，阴阳为驺，乘云凌霄，与造化者俱，纵志舒节，以驰大区，可以步而步，可以骤而骤，令雨师洒道，使风伯扫尘，电以为鞭策，雷以为车轮，上游于霄霓之野，下出于无垠之门。”《俶真篇》：“若夫真人，则动溶于至虚，而游于灭亡之野，骑蜚廉而从敦圄，驰于外方，休乎内宇（二字原倒，从王念孙乙），烛十日而使风雨，臣雷公，役夸父，妾宓妃，妻织女，天地之间，何足以留其志？”《精神篇》：“若此人者，抱素守精，蝉蜕蛇解，游于太清，轻举独往。忽然人冥，凤凰不能与之俪，而况斥鷃乎？”

② 《易·乾象传》:“时乘六龙以御天。”《庄子·逍遥游篇》:“乘云气，御飞龙。”《韩非子·十过篇》:“昔者黄帝合鬼神于西泰山之上，驾象舆而六蛟龙。”《九歌·东君》：“驾龙辀兮乘雷，载云旗之委蛇。”《云中君》：“龙驾兮帝服。”《湘君》：“驾飞龙兮北征……飞龙兮翩翩。”《大司命》：“乘龙兮辚辚，”《河伯》：“驾飞龙兮骖螭。”《淮南子·览冥篇》：“〔虑牺氏〕乘雷车、服应龙，骖青虬。”（以上神）《涉江》：“驾青虬兮骖白螭。”《远游》：“驾八龙之婉婉兮，载云旗之逶蛇，建雄虹之采旄兮，五色杂而炫耀……揽慧星以为旍兮，举半柄以为麾。”《七谏·自悲》：“借浮云以送予兮，载雌霓而为旌，驾青龙以驰骛兮，班衍衍之冥冥。”《九怀·通路》：“乘虬兮登阳，载象兮上行。”《昭世》：“驰六蛟兮上征，竦余驾兮人冥。”《思忠》：“驾玄螭兮北征，向吾路兮葱岭，连五宿兮建旄，扬氛气兮为旌。”《陶壅》：“驾八龙兮连蜷，建虹旌兮威夷。”《株昭》：“乘虹骖蜺兮，载云变化。”《九叹·远逝》：“举霓旌之墆翳兮，建黄纁之总旄。”《远游》：“回朕车俾西引兮，褰虹旗于玉门，驰六龙于三危兮，朝西灵于九滨。”《九思·守志》：“乘六蛟兮蜿蝉，遂驰骋兮升云，扬彗光兮为旗，秉电策兮为鞭。”《大人赋》：“乘降播之素蜺兮，载云气而上浮，建格泽之修竿兮，总光耀之采旄，垂旬始以为幓兮，曳彗星而为髾……揽搀抢以为旌兮，靡屈虹而为绸……驾应龙象舆之蠖略委丽兮，骖赤螭青虬之蚴蟉宛蜒。”（以上仙）

卫，这是由风雨雷电以及其他种种神灵鬼怪组成的①，气此之谓“役使鬼神”②。

神仙思想之产生，本是人类几种基本欲望之无限度的伸张，所以仙家如果有什么戒条，都只是一种手段，暂时节制，以便成仙后得到更大的满足。在原始人生观中，酒食，音乐，女色，可谓人生最高的三种享乐。其中酒食一项，在神仙本无大需要，只少许琼浆玉液，或露珠霞片便可解决。其余两项，则似乎是他们那无穷而闲散的岁月中唯一的课业。试看几篇典型的描写仙人的文学作品，在他们那云游生活中，除了不重要的饮食外，实在只做了闻乐与求女两件具体的事。有时女与乐分为二事，如《惜誓》既

载玉女于后车，

“以侍栖宿”（据王逸说），又

……至少原之野兮，赤松王乔皆在旁，二子拥瑟而调均兮，余

①② 《韩非子·十过篇》“昔者黄帝合鬼神于西泰山之上，驾象舆而六蛟龙，毕方并辖，蚩尤居前，风伯进扫，雨师洒道，虎狼在前，鬼神在后，凤凰覆上。”《淮南子·览冥篇》“〔虙牺氏〕乘雷车，服应龙，骖青虬，援绝应（原误瑞，从王念孙改），席萝图，络黄云（原作黄云络，从俞樾乙），前白螭，后奔蛇，浮游逍遥，道鬼神，登九天，朝帝于灵门，宓穆休于太祖之下”，《九歌·大司命》：“令飘风兮先驱，使冻雨兮洒尘。”（以上神）《九辩》：“左朱雀之茇茇兮，右苍龙之跃跃，属雷师之阗阗兮，道飞廉之衙。”《远游》：“召丰隆使先导兮，问太微之所居……历太皓以右转兮，前飞廉以启路……风伯为余先驱兮，氛埃辟而清凉，凤皇翼其承旂兮，遇蓐收乎西皇……时暧曃其曭莽兮，召玄武而奔属，后文昌使掌行兮，选署众神以并毂……左雨师使径侍兮，右雷公以为卫……召黔嬴而见之兮，为余先乎平路。”《惜誓》：“飞朱鸟使先驱兮，驾太一之象舆，苍龙蚴虬于左骖兮，白虎骋而为右騑。”《哀时命》：“使枭杨先导兮，白虎为之前后。”《九怀·通路》“腾蛇兮后从，飞駏兮步旁。”《昭世》：“使祝融兮先行，令昭明兮开明。”《株昭》：“鵾鹏开路兮，后属青蛇。”《九叹·远游》：“登昆仑而北首兮，悉灵圉而来谒，选鬼神于大阴兮，登阊阖于玄阙……驰六龙于三危兮，朝四灵于九滨……征九神于四极兮，建虹采以招指，驾鸾凤以上游兮，从玄鹤与鵾鹏，孔鸟飞而送迎兮，腾玄鹤于瑶光……凌惊雷以轶骇电兮，缀鬼谷于北辰，鞭风伯使先驱兮，囚灵玄于虞渊。”《大人赋》：“悉征灵圉而选之兮，部署众神于摇光，使五帝先导兮，反太二而从陵阳，左玄冥而右黔雷兮，前长离而后矞皇，厮征伯侨而役羡门兮，诏岐伯使尚方，祝融警而跸御兮，清气氛而后行。”《淮南子·原道篇》：“令雨师洒道，使风伯扫尘。”《抱朴子·杂应篇》：“老君 ……从黄童百二十人，左有十二青龙，右有二十六白虎，前有二十四朱雀，后有七十二玄武，前道七十二穷奇，后从三十六辟邪，雷电在上，晃晃昱昱。”（以上仙）《招隐士·序》：“又怪其文，升天乘云，役使百神，似若仙者。”《抱朴子·金丹篇》：“元君者，大神仙之人也，能调和阴阳，役使鬼神风雨。”

因称乎清商。

但往往是二者合为一事，如《远游》：

> 祝融戒而还衡兮，腾告鸾鸟迎宓妃，使湘灵鼓瑟兮，令海若舞冯夷。张《咸池》奏《承云》兮，二女御《九韶》歌。玄螭虫象并进兮，形蟉虬而逶蛇，雌蜺便娟以增挠兮，鸾鸟轩翥而翔飞。音乐博衍无终极兮，焉乃逝以徘徊[①]。

这便叫作“快活神仙”！

现实生活既只有暂时的，不得已的过渡作用，过渡的期程自然能愈缩短愈好，所以性急的人，不免要设法自动的解决这肉体的障碍，好叫灵魂马上得到自由。手段大概还是火解与兵解，方法却与以前不同。以前火解是死后尸体被人焚掉，兵解也是躯体被人砍断。现在则是自焚自砍，合共可以称为“自解”。有了这种实行自解的人以后，仙的含义便为之大变，从人人生活过程上的一个理想阶段的名称，变而为采取一种超绝的生活形态的人的名称。这新含义就是现在通用的仙字的意义。

不知何时，人们又改变了态度，不大喜欢那单凭一场火一把剑送灵魂上升的办法了。他们大概对目前肉体的苦痛，渐渐感着真实起来，虽则对未来灵魂的快乐，并未减少信心，于是渐渐放弃了那自解的“顿”的办法，而采用了种种修炼的“渐”的办法。肉体是重浊的，灵魂是轻清的。但未始不可以设法去浊存清以变重为轻，这样肉体不就改造成灵魂了吗？在这假定的原则之下，便产生了各种神仙的方术，从事于这些方术的人便谓之方士。

最低级的方术，是符咒祠醮一类的感召巫术，无疑的这些很早就被采用了。这可称为感召派。比感召高一等的是服食派。凡是药物，本都具有，或被想象为具有清洁作用。尤其植物（如菊、术等）的臭

① 又《九怀·昭世》：“闻素女兮微歌，听王后兮吹竽。”《九思·伤时》：“使素女兮鼓簧，乘戈和兮讴谣，声嗷诛兮清和，音晏衍兮要淫。”《古乐府·王子乔》：“玉女罗坐吹笛箫。”

味，矿物（如玉、黄金、丹砂）等的色泽都极容易连想到清洁，而被赋予以销毒除秽诸功能[①]。少见而难得与形状诡异的自然物品（如芝菌、石乳等），都具有神秘性，也往往被认为有同样效验。由于早就假定了浊与重为同一物质的两种德性，因之除秽便等于轻身，所以这些东西都成为仙药了。加之这些东西多生于深山中，山据说为神灵之所在，这些说不定就是神的食品，人吃了，自然也能乘空而游，与神一样了。最初是于日常饮食之外，加服方药。后来许是有人追究过肉体所以浊重的原因，而归咎于肉体所赖以长成的谷类[②]，恰巧被排泄出来谷类的渣滓，分明足以为其本质浊秽的证验，于是这人便提倡只食药，不食谷的办法，即所谓“辟谷法”。

但是最好的轻身剂恐怕还是气——本质轻浮的气。并且据说万物皆待气以生存[③]，如果药物可以使人身轻，与其食药物，何如食药物所待以生存的气，岂不更为直捷，更为精要？所以在神仙方术中，行气派实是服食派进一步的发展。观他们屡言“食气”，可见气在他们心目中，本是食粮的代替品，甚至即食粮本身[④]。气的含义在古时甚广，除了今语所谓空气之外，还包括比空气具体些的几种物质。以前本有

① 方药的名目甚多，如《抱朴子·仙药篇》所载，其中大概有不少的是先秦传下的旧法。此外可以益寿补气的植物矿物，散见于《本草》及《列仙传》诸书者，亦不少。先秦古书中很少明确的记载。属于植物类者，《楚辞》多言菊，《吕氏春秋·别类篇》曰：“夫草有莘有藟，独食之则杀人，合而食之则益寿。”属于矿物类的，大都只称玉，但这里所谓玉，大概包括许多与玉同类或近似的矿物。

② 他们说“谷气”于人身有害，故《淮南子·墬形篇》曰“食谷者知慧而夭。”《庄子·逍遥游篇》：“藐姑射之山，有神人居焉……不食五谷。”《吕氏春秋·必己篇》：“单豹好术，离俗弃尘，不食谷实。”注曰：“不食谷实，行气道引也。”《史记·留侯世家》：“留侯性多病，即道引不食谷。”又：“乃学辟谷，道引轻身。”《新语·慎微篇》：“绝五谷（穀）……求不死之道。”《列仙传》上《赤将子舆传》：“不食五谷，而啖百草花。”都是避谷之例。

③ 《庄子·知北游篇》：“人之生，气之聚也，聚则为生，散则为死。”《韩诗外传》八：“然身何贵也？莫贵于气，人得气则生，失气则死。”《抱朴子·至理篇》：“夫人在气中，气在人中，自天地至于万物，无不须气以生者也。”

④ 《大戴礼记·易本命篇》：“食气者神明而寿。”《御览》六六八引《五符经》：“食气者常有少容。”《淮南子墬形篇》：“食气者神明而寿，食谷者知慧而夭。”食气与食谷并举。《韩诗外传》五：“圣人养一性而御六（元误作大）气，持（元误作待）一命而节滋味。”御六气与药滋味并举，《素问·六节藏象论》：“天食人以五气，地食人以五味。”五气与五味并举，可见古人视气俨如一种粮食。《庄子·在宥篇》：“云将曰：‘天气不和，地气郁结，六气不调，四时不节，今我愿合六气之精，以育群生。’”又：“〔黄帝曰〕：‘吾欲取天地之精，以佐五谷，以养民人。”天地之精亦谓天地之气。庄子之语与上揭各说可以互证。

六气的说法——阴，阳，风，雨，晦，明[①]，现在他们又加以整齐化、神秘化，而排列为这样的方式：

> 春食朝霞，朝霞者，日始欲出赤黄气也[②]。秋食沦阴，沦阴者，日没以后赤黄气也。冬饮沆瀣，沆瀣者，北方夜半气也。 夏食正阳，正阳者，南方日中气也。并天地玄黄之气，是为六气也。(《楚辞·远游》《注》引《陵阳子明经》)

玄与黄是近天与近地的空气，正阳即日光，依他们的说法可称光气，沆瀣即露水[③]，可称水气，朝霞沦涣即早晚的云霞，[④]，是水气与光气的混合物。先秦人对于气是否有这样整齐的分类，虽是疑问，但他

---

① 《庄子·逍遥游篇》:“御六气之辩。”《左宥篇》:“六气不调……今我愿合六气之精,以育群生。”《管子·戒篇》:“御正六气之变。”《远游》:“餐六气而饮沆瀣兮。”《韩诗外传》五：“圣人养一性而御六气。”

② 《文选·江赋》注及《御览》五一引并无黄字,义长。霞本训赤,字一作瑕。《文选·蜀都赋》“舒丹气而为霞”，刘《注》曰：“霞，赤云也。”《东京赋》“扫朝霞”，薛《注》曰：“霞，日边赤气也。”《汉书·扬雄传·甘泉赋》“噏清云之流瑕兮”，颜《注》曰：“瑕谓日旁赤气也。”瑕与霞通。

③ 《文选·琴赋》“餐沆瀣兮带朝霞”，五臣《注》:“沆瀣，清露。”

④ 二阴字《御览》引并作汉，疑汉为涣之形误（涣字见《广韵》、《集韵》)。《说文》:“英一曰黄英。”案《管子·禁藏篇》“毋夭英”，尹注曰：“英，草木之初生也。”今呼苗初生者曰秧，英秧一字，草木初生萌芽之色皆黄，故英有黄义，黄色谓之英，黄色的光也谓之英。《九歌·云中君》“华采衣兮若英”，《文选·月赋》“嗣若英于西冥”，《注》曰：“若英，若木之英也。”若木即西方之扶桑，今谓之晚霞，晚霞多黄，故曰若英。《汉书·扬雄传·甘泉赋》:“噏青云之流瑕（霞）兮，饮若木之露英。”朝见于东方而色赤者曰霞，暮见于西方而色黄者曰英，霞英皆日旁的光气，故扬雄以朝瑕与露英对举。(《蜀都赋》“江珠瑕英”，盖亦谓珠光赤黄如日气。）沦露一声之转，沦涣当即露英，经以朝霞沦涣对举，正犹赋以流瑕露英并称，惟经以光气为水气，故字变从水耳。王《注》引作阴者当读为《尔雅·释畜》“阴白杂毛骃”之阴，舍人注曰“今之泥骢也”，郭注同，泥色黄，是阴有黄义，《尔雅》“黄白杂毛驺，阴白杂毛骃，苍白杂毛骓”，相次为文，盖阴色黄中发黑，苍又黑于阴也。阴从今声，今声字多有黄义。《小雅·车攻》“赤芾金舄”，《笺》:“金，舄，黄朱色也。”《说文》:“颔，面黄也。”《广雅·释器》:“黔，黄也。”又《说文》:“稔，谷熟也。”案谷黄则熟也。《水经·涔水注》:“涔水即黄水也。”是阴亦可有黄义（《周书·王会篇》“埠上张赤帟阴羽”，疑阴亦谓黄色，赤帟阴羽对文。孔注：阴，鹤也。”肊说无据），阴漢皆训黄，故沦阴一作沦渶。

沦阴即日暮时的云霞，既如上说，而云本是水气，所以沦阴又名飞泉。《庄子·逍遥游篇》“御六气之辩”李《注》曰：“平旦为朝霞，日中为正阳，日入为飞泉，夜半为沆瀣,〔并〕天地玄黄为六气也。”陵阳子明以日人为沦阴，李奇以为飞泉，名异而实同，盖泉霰声近，飞泉即飞霰。(《说文》线古文作線,《集韵》亦作缐，而《玉 篇》霰一作霹，是线霰声近，即泉霰声近。）雨雪杂下曰霰，字一作缐,《说文》:“辮，小雨财雺也。”二义相近，无妨通称。《韩诗·頍弁·薛君章句》曰：“霰，霙也。”(《文选·雪赋》注,《御览》一二引。又《宋书·符瑞志》引作英。）沦涣一曰飞泉，犹霙一曰霰，霙涣一字，泉霰亦一字矣，又《说文》霰重文作霓,《释天》“雨霓为霄（今本霄下有雪字，从《说文》删），是霰又曰霄，然霄或以为即云。《淮南子·原道篇》“乘云陵霄”,《后汉书·张衡传》注“霄，云也”。或以为即霞,《水经·洛水注》“长霄冒岭，层霞冠峰”,《汉书·扬雄传》注“霄，日旁气也”,《后汉书·仲长统传》注“筲，摩天赤气也”。是霰又为云为霞。沦涣本谓晚霞，而一曰飞泉，与霰为云霞，又为雪雨，其例正同。

们所食的气，总不外这几种。

食气的方法，就是在如上面所指定的时刻，对着太阳或天空行深呼吸，以“吐故纳新”，同时身体还作着“熊经鸟伸，凫浴蝯躩，鸱视虎顾”等等姿态的活动①。以助呼吸的运用。用术语说，这种呼吸谓之“行气”，活动谓之“导引”②。行气后来又称“胎息”③，实是一种特殊的呼吸方法的名称。导引不但是辅导气流的运转，还可以训练肢体，使之轻灵趫捷，以便于迎风自举。这后一种目的，大概后来又产生了一种专门技术，谓之“乘跻”。胎息与乘跻发展（毋宁是堕落）到某种神秘阶段，都变成了魔术，于是又和原始的巫术合流了。以上是导引派及其流变。

新气既经纳人，还要设法固守，不使它泄散。《玉祕铭》曾发挥过这派守气的理论：

> 行氮（气）宊（居）则適，適则神，神则下，下则定，定则固，固则明，明则疢，疢则遉（优），遉则天，天丌（其）沯才（在）上，隓（地）丌（其）沯才（在）下，巡（顺）则生，逆则死。

大约是在守气论成立以后，行气派又演出一条最畸形的支流。上文说过气有水气，水可称气，则人之精液也是气了，这样儿戏式的推

① 《庄子·刻意篇》:“吹响呼吸，吐故纳新，熊经鸟申，为寿而已矣，此导引之士，养形之人，彭祖寿考者之所好也。”《淮南子·精神篇》:“若吹响呼吸，吐故纳新，熊经鸟伸，凫浴猨躩，鸱视虎顾，是养形之人也。”《泰族篇》:“王乔、赤松，去尘埃之间，离群慝之纷，吸阴阳之和，食天地之精，呼而出故，吸而人新，蹀虚轻举，乘云游雾，可谓养性矣。”《齐俗篇》:“今夫王乔、赤松子，吹呕呼吸，吐故纳新，遗形去智，抱素反真，以游玄吵，上通云天，今欲学其道，不得其养气处神，而放其一吐一吸，时诎时伸，其不能乘云升假亦明矣。”《汉书·王褒传》:“何必偃仰诎信若彭祖，响嘘呼吸如侨、松，眇然绝世离俗哉？《王吉传》:“休则俛仰诎信以利形，进退步趋以实下，吸新吐故以练脏，专意积精以适神，于以养生，岂不长哉？大王诚留意如此，则心有尧、舜之志，体有侨、松之寿，美声广誉，登而上闻，则福禄其臻而社稷安矣。”

②③ 导引一曰步引,《汉书·艺文志》神仙家有《黄帝杂子步引》十二卷。《淮南子·天文篇》“吐气者施，含气者化，是故阳施阴化。”《大戴礼记·曾子天圆篇》略同。《论衡·自然篇》:“夫人之施气也，非欲以生子，气施而子自生矣。”《韩诗外传》一：“贤者不然，精气阗溢而后伤时〔之〕(从《说苑·辩物篇》补)不可过也，不见道端，乃陈情欲以歌道义。”《医心方》二八引《玉房秘诀》:“求子之法，当蓄养精气，勿数施舍。”《抱朴子·对俗篇》引《仙经》曰：“服丹守一，与天相毕，还精胎息，延寿无极。”又《释滞篇》:“故行炁……其大要者，胎息而已。”

论下来，便产生了房中派的“还精补脑”的方术。原来由行气到房中，正如由服食到行气一般，是一贯的发展，所以葛洪说：

> 服药虽为长生之本，若能兼行气者，其益甚速……然又宜知房中之术，所以尔者，不知阴阳之术，屡为劳损，则行气难为力也[①]。（《抱朴子·至理》篇）

这里虽只说长生，但最终目的还是飞升，下文有详细的说明。

神仙的目的是飞升，而飞升的第一要图是轻身。照上面那些方案行来，相对的轻身的效果是可以担保的。尤其避谷而兼食气，如果严格实行起来，其成效可想而知，所以司马相如说：“列仙之传，居山泽间，形容其臞。”形容臞瘦，自然体重减轻了。然而要体重减轻到能飞的程度，还是不可能，除非在某种心理状态之下，你一意坚持着要飞，主观的也就不难果真飞上去了。在生理状态过度失常时——如胃脏中过度的空乏，或服进某种仙药后，过度的饱餍等等情况之下，这种惬意的幻觉境界并不难达到。上述那催眠式的法术，他们呼作“存想”。

无论各种方术，历经试验后，功效有限，即令有效，对于高贵阶级的人们，尤其那日理万机的人主，太不方便。最好还是有种“顿”的手段，一经使用，便立时飞去。大概是为供应这类人的需求，那一服便仙的神丹大药，才开始试造的。

① 《抱朴子·微旨篇》曰：“九丹金液，最是仙主，然事大费重。不可卒办也。宝精爱气，最其急也，并将服小药以延年命，学近术以辟邪恶，乃可渐阶精微矣。”《释滞篇》曰：“欲求神仙，唯当得其至要。至要者，在于宝精行气，服一大药便足，亦不多用也。”以上皆房中行气与服药并举，亦可见长生要诀，不外此三大端。

龙凤

前些时接到一个新兴刊物负责人一封征稿的信，最使我发生兴味的是那刊物的新颖命名——“龙凤”，虽则照那篇《缘起》看，聪明的主编者自己似乎并未了解这两个字中丰富而深邃的含义。无疑的他是被这两个字的奇异的光艳所吸引，他迷惑于那蛇皮的夺目的色彩，却没理会蛇齿中埋伏着的毒素，他全然不知道在玩弄色彩时，自己是在与毒素同谋。

就最早的意义说，龙与凤代表着我们古代民族中最基本的两个单元——夏民族与殷民族，因为在“鲧死……化为黄龙，是用出禹”和“天命玄鸟（即凤），降而生商”两个神话中，我们依稀看出，龙是原始夏人的图腾，凤是原始殷人的图腾（我说原始夏人和原始殷人，因为历史上夏殷两个朝代，已经离开图腾文化时期很远，而所谓图腾者，乃是远在夏代和殷代以前的夏人和殷人的一种制度兼信仰）。因之把龙凤当作我们民族发祥和文化肇端的象征，可说是再恰当没有了。若有人愿意专就这点着眼，而想借“龙凤”二字来提高民族意识和情绪，那倒无可厚非。可惜这层历史社会学的意义在一般中国人心目中并不存在，而“龙凤”给一般人所引起的联想则分明是另一种东西。

图腾式的民族社会早已变成了国家，而封建王国又早已变成了大一统的帝国，这时一个图腾生物已经不是全体族员的共同祖先，而只是最高统治者一姓的祖先，所以我们记忆中的龙凤，只是帝王与后妃的符瑞，和他们及她们宫室舆服的装饰“母题”，一言以蔽之，它们只是“帝德”与“天威”的标记。有了一姓，便对等地产生了百姓，一姓的尊荣，便天然地决定了百姓的苦难。你记得复辟与龙旗的不可分离性，你便会原谅我看见“龙凤”二字而不禁怵目惊心的苦衷了。我是不同意于“天王圣明，臣罪当诛”的。

《缘起》中也提到过“龙凤”二字在文化思想方面的象征意义，他指出了文献中以龙比老子的故事，却忘了一副天生巧对的下联，那便是以凤比孔子的故事。可巧故事都见于《庄子》一书里。《天运》篇说孔子见过老聃后，发呆了三天说不出话，弟子们问他给老聃讲了些什么，他说：“吾乃今于是乎见龙——龙合而成体，散而成章，乘云气而养乎阴阳，予口张而不能嗋，舌举而不能讯[①]，予又何规老聃哉！”这是常用的典故（也就是许多姓李的楹联中所谓“犹龙世泽”的来历）。至于以凤比孔子的典故，也近在眼前，不知为什么从未成为词章家“獭祭”的资料，孔子到了楚国，著名的疯子接舆所唱的那充满讽刺性的歌儿——

> 凤兮凤兮！何如（汝）德之衰也？来世不可待，往世不可追也！……

不但见于《庄子》(《人间世》篇），还见于《论语》(《微子》篇）。是以前读死书的人不大认识字，不知道“如”是“汝”的假借，因而没弄清话中的意思吗？可是《汉石经·论语》“如”作“而”，字本也训“汝”，那么歌辞的喻意，至少汉人是懂得。另一个也许更有趣的以凤比孔子的出典，见于唐宋《类书》[②]所引的一段《庄子》佚文：

> 老子见孔子从弟子五人，问曰，“前[③]为谁？”对曰，“子路，勇

① 以上六字从江南古藏本补。

② 《艺文类聚》九〇，《太平御览》九一五。

③ 《类聚》脱“前”字，依《御览》补。

且力。[1]其次子贡为智，曾子为孝，颜回为仁，子张为武。”

老子叹曰：“吾闻南方有鸟，其名为凤……凤鸟之文，戴圣婴仁，右智右贤……”

这里以凤比孔子，似乎更明显。尤其有趣的是，那次孔子称老子为龙，这次是老子回敬孔子，比他作凤，龙凤是天生的一对，孔老也是天生的一对，而话又出自彼此的口中，典则同见于《庄子》。你说这天生巧对是庄子巧思的创造，意匠的游戏——又是他老先生的“谬悠之说，荒唐之言，无端崖之辞”吗？也不尽然。前面说过原始殷人是以凤为图腾的，而孔子是殷人之后，我们尤其熟习。老子是楚人，向来无异词，楚是祝融六姓中芈姓季连之后，而祝融，据近人的说法，就是那“人面龙身而无足”的烛龙，然则原始楚人也当是一个龙图腾的族团。以老子为龙，孔子为凤，可能是庄子的寓言，但寓言的产生也该有着一种素地，民俗学的素地（这可以《庄子》书中许多其它的寓言为证），其实凤是殷人的象征，孔子是殷人的后裔。呼孔子为凤，无异称他为殷人；龙是夏人的，也是楚人的象征，说老子是龙，等于说他是楚人，或夏人的本家。中国最古的民族单元不外夏殷，最典型中国式而最有支配势力的思想家莫如孔老，刊物命名“龙凤”，不仅象征了民族，也象征了最能代表民族气质的思想家，这从某种观点看，不能不说是中国有刊物以来最漂亮的名字了！

然而，还是庄子的道理，“腐臭复化为神奇，神奇复化为腐臭”——从另一种观点看，最漂亮的说不定也就是最丑恶的。我们在上文说过，图腾式的民族社会早已变成了国家，而封建的王国又早已变成了大一统的帝国，在我们今天的记忆中，龙凤只是“帝德”与“天威”的标记而已。现在从这角度来打量孔老，恕我只能看见一位“申申如也，夭夭如也”而谄上骄下的司寇，和一位以“大巧若拙”的手段“助纣为虐”的柱下史（五千言本也是“君子南面之术”）。有时两个身影叠成一个，便又幻出忽而“内老外儒”，忽而“外老内儒”，种种的奇形怪状。要晓得这条“见首不见尾”的阴谋家——龙，这

① 《类聚》作“子路为勇”，此从《御览》。

只“戴圣婴仁”的伪君子——凤，或二者的混合体，和那象征着“帝德”“天威”的龙凤，是不可须臾离的，有了主子，就用得着奴才，也必然会捧出一个主子；帝王与士大夫是相依为命的。主子的淫威和奴才的恶毒——暴发户与破落户双重势力的结合，压得人民半死不活。三千年惨痛的记忆，教我们面对这意味深长的“龙凤”二字，怎能不怵目惊心呢！

事实上，生物界只有穷凶极恶而诡计多端的蛇，和受人豢养，替人帮闲，而终不免被人宰割的鸡，那有什么龙和凤呢？科学来了，神话该退位了。办刊物的人也得当心，再不得要让“死的拉住活的”了！

要不然，万一非给这民族选定一个象征性的生物不可，那还是狮子罢，我说还是那能够怒吼的狮子罢，如其它不再太贪睡的话。

一九四四年七月

说舞

一场原始的罗曼司

假想我们是在参加着澳洲风行的一种科罗泼利（Corro-Borry）舞。

灌木林中一块清理过的地面上，中间烧着野火，在满月的清辉下吐着熊熊的赤焰。现在舞人们还隐身在黑暗的丛林中从事化装。野火的那边，聚集着一群充当乐队的妇女。忽然林中发出一种坼裂声，紧跟着一阵沙沙的磨擦声——舞人们上场了。闯入火光圈里来的是三十个男子，一个个脸上涂着白垩，两眼描着圈环，身上和四肢画着些长的条纹。此外，脚踩上还系着成束的树叶，腰间团着兽皮裙。这时那些妇女已经面对面排成一个马蹄形。她们完全是裸着的。每人在两膝间绷着一块整齐的鼹鼠皮。舞师呢，他站在女人们和野火之间，穿的是通常的鼹鼠皮围裙，两手各执一棒。观众或立或坐的围成一个圆圈。

舞师把舞人们巡视过一遭之后，就回身走向那些妇女们。突然他的棒子一拍，舞人们就闪电般地排成一行，走上前来。他再视察一番，停了停等行列完全就绪了，就发出信号来，跟着他的木棒的拍子，舞人们的脚步移动了，妇女们也敲着鼹鼠皮唱起歌来。这样，一场科罗泼利便开始了。

拍子愈打愈紧，舞人的动作也愈敏捷，愈活泼，时时扭动全身，纵得很高，最后一齐发出一种尖锐的叫声，突然隐入灌木林中去了。场上空了一会儿。等舞师重新发出信号，舞人们又再度出现了。这次除舞队排成弧形外，一切和从前一样。妇女们出来时，一面打着拍子，一面更大声地唱，唱到几乎嗓子都要裂了，于是声音又低下来，低到几乎听不见声音。歌舞的尾声和第一折相仿佛。第三、四、五折又大同小异地表演过了。但有一次舞队是分成四行的，第一行退到一边，让后面几行向前迈进，到达妇人们面前，变作一个由身体四肢交锁成的不可解的结，可是各人手中的棒子依然在飞舞着。你直害怕他们会打破彼此的头，但是你放心，他们的动作无一不遵守着严格的规律，决不会出什么岔子的。这时情绪真紧张到极点，舞人们在自己的噪呼声中，不要命地顿着脚跳跃，妇女们也发狂似的打着拍子引吭高歌。响应着他们的热狂的，是那高烛云空的火光，急雨点似的劈拍地喷射着火光。最后舞师两臂高举，一阵震耳的掌声，舞人们退场了，妇女和观众也都一哄而散，抛下一片清冷的月光，照着野火的余烬渐渐熄灭了。

这就是一场澳洲的科罗泼利舞，但也可以代表各地域各时代任何性质的原始舞，因为它们的目的总不外乎下列这四点：（一）以综合性的形态动员生命，（二）以律动性的本质表现生命，（三）以实用性的意义强调生命，（四）以社会性的功能保障生命。

综合性的形态

舞是生命情调最直接，最实质，最强烈，最尖锐，最单纯而又最充足的表现。生命的机能是动，而舞便是节奏的动，或更准确点，有节奏的移易地点的动，所以它直是生命机能的表演。但只有在原始舞里才看得出舞的真面目，因为它是真正全体生命机能的总动员，它是一切艺术中最大综合性的艺术。它包有乐与诗歌，那是不用说的。它还有造型艺术，舞人的身体是活动的雕刻，身上的文饰是图案，这也都显而易见。所当注意的是，画家所想尽方法而不能圆满解决的光的效果，这里借野火的照明，却轻轻地抓住了。而野火不但给了舞光，还给了它热，这触觉的刺激更超出了任何其它艺术部门的性能。最后，原始人在舞的艺术中最奇特的创造，是那月夜丛林的背影对于舞场的一种镜框作用。由于框外的静与暗，和框内的动与明，发生着对照作用，使框内一团声音光色的活动情绪更为集中，效果更为强烈，借以刺激他们自己对于时间（动静）和空间（明暗）的警觉性，也便加强了自己生命的实在性。原始舞看来简单，唯其简单，所以能包含无限的复杂。

律动性的本质

上文说舞是节奏的动，实则节奏与动，并非二事。世间决没有动而不成节奏的，如果没有节奏，我们便无从判明那是动。通常所谓“节奏”是一种节度整齐的动，节度不整齐的，我们只称之为“动”，或乱动，因此动与节奏的差别，实际只是动时节奏性强弱的程度上的差别，而并非两种性质根本不同的东西。上文已说过，生命的机能是动，而舞是有节奏的移易地点的动，所以也就是生命机能的表演。现在我们更可以明白，所谓表演与非表演，其间也只有程度的差别而已。一方面生命情绪的过度紧张，过度兴奋，以至成为一种压迫，我们需要一种更强烈，更集中的动，来宣泄它，和缓它。一方面紧张兴奋的情绪，是一种压迫，也是一种愉快，所以我们也需要在更强烈，更集中的动中来享受它。常常有人讲，节奏的作用是在减少动的疲乏。诚然。但须知那减少疲乏的动机，是积极而非消极的，而节奏的作用是调整而非限制。因为由紧张的情绪发出的动是快乐，是可珍惜的，所以要用节奏来调整它，使它延长，而不致在乱动中轻轻浪费掉。甚至这看法还是文明人的主观，态度还不够积极。节奏是为减轻疲乏的吗？如果疲乏是讨厌的，要不得的，不如干脆放弃它。放弃疲乏并不是难事，在那月夜，如果怕疲乏，躺在草地上对月亮发愣，不就完了吗？如果原始人真怕疲乏，就干脆没有舞那一套，因为无论怎样加以调整，最后疲乏总归是要来到的，不，他们的目的是在追求疲乏，而舞（节奏的动）是达到那目的最好的通路。一位著者形容新南威尔斯土人的舞说："……鼓声渐渐紧了，动作也渐渐快了。直至达到一种如闪电的速度。随时全体一跳跳到半空，当他们脚尖再触到地面时，那分开着的两腿上的肉腓，颤动得直使那白垩的条纹，看去好像蠕动的长蛇，同时一阵强烈的嘶声充满空中（那是他们的喘息声）。"非洲布须曼人的摩科马舞（Mokoma）更是我们不能想象的。"舞者跳到十分疲劳，浑身淌着大汗，口里还发出千万种叫声，身体做着各种困难的动作，以至一个一个的，跌倒在地上，浴在源源而出的鼻血泊中。因此他们便叫这种舞作'摩科马'，意即血的舞。"总之，原始舞是一种剧烈的，紧张的，疲劳性的动，因为只有这样他们才体会到最高限度的生命情调。

实用性的意义

西方学者每分舞为模拟式的与操练式的二种，这又是文明人的主观看法。二者在形式上既无明确的界线，在意义上尤其相同。所谓模拟舞者，其目的，并不如一般人猜想的，在模拟的技巧本身，而是在模拟中所得的那逼真的情绪。他们甚至不是在不得已的心情下以假代真，或在客观的真不可能时，乃以主观的真权当客观的真。他们所求的只是那能加强他们的生命感的一种提炼的集中的生活经验——一杯能使他们陶醉的醇醴而酷烈的酒。只要能陶醉，那酒是真是假，倒不必计较，何况真与假，或主观与客观，对他们本没有多大区别呢！他们不因舞中的"假"而从事于舞，正如他们不以巫术中的"假"而从事巫术。反之，正因他们相信那是真，才肯那样做，那样认真的做（儿童的游戏亦复如此）。既然因日常生活经验不够提炼与集中，才要借艺术中的生活经验——舞来获得一醉，那么模拟日常生活经验，就模拟了它的不提炼与集中，模拟得愈像，便愈不提炼，愈不集中，所以最彻底的方法，是连模拟也放弃了，而仅剩下一种抽象的节奏的动，这种舞与其称为操练舞，不如称为“纯舞”，也许还比较接近原始心理的真相。一方面，在高度的律动中，舞者自身得到一种生命的真实感（一种觉得自己是活着的感觉），那是一种满足。另一方面，观者从感染作用，也得到同样的生命的真实感，那也是一种满足，舞的实用意义便在这里。

社会性的功能

或由本身的直接经验（舞者），或者感染式的间接经验（观者），因而得到一种觉着自己是活着的感觉，这虽是一种满足，但还不算满足的极致。最高的满足，是感到自己和大家一同活着，各人以彼此的“活”互相印证，互相支持，使各人自己的“活”更加真实，更加稳固，这样满足才是完整的，绝对的。这群体生活的大和谐的意义，便是舞的社会功能的最高意义，由和谐的意识而发生一种团结与秩序的作用，便是舞的社会功能的次一等的意义。关于这点，高罗斯（Ernest Groose）讲得最好：“在跳舞的白热中，许多参与者都混成一体，好像是被一种感情所激动而动作的单一体。在跳舞期间，他们是在完全统一的社会态度之下，舞群的感觉和动作正像一个单一的有机体。原始跳舞的社会意义全在乎统一社会的感应力。他们领导并训练一群人，使人们在一种动机，一种感情之下，为一种目的而活动（在他们组织散漫和不安定的生活状态中，他们的行为常被各个不同的需要和欲望所驱使）。它至少乘机介绍了秩序和团结给这狩猎民族的散漫无定的生活中。除战争外，恐怕跳舞对于原始部落的人，是惟一的使他们觉着休戚相关的时机。它也是对于战争最好的准备之一，因为操练式的跳舞有许多地方相当于我们的军事训练。在人类文化发展上，过分估计原始跳舞的重要性，是一件困难的事。一切高级文化，是以各个社会成分的一致有秩序的合作为基础的，而原始人类却以跳舞训练这种合作。”舞的第三种社会功能更为实际。上文说过，主观的真与客观的真，在原始人类意识中没有明确的分野。在感情极度紧张时，二者尤易混淆，所以原始舞往往弄假成真，因而发生不少的暴行。正因假的能发生真的后果，所以他们常常因假的作为勾引真的媒介。许多关于原始人类战争的记载，都说是以跳舞开场的，而在我国古代，武王伐纣前夕的歌舞，即所谓“武宿夜”者，也是一个例证。

司命考

一　从空桑说起

从《大司命》“逾空桑兮从女”一语，我们猜着司命就是帝颛顼之佐，玄冥。

考颛顼的统治地区是空桑。《吕氏春秋·古乐》篇：“帝颛顼生自若水，实处空桑。”这是明证。又《淮南子·本经》篇“共工振滔洪水，以薄空桑”，和《史记·律书》“颛顼有共工之陈（阵）以平水害”，所讲的都是颛顼与共工争帝的故事，《淮南子》所谓薄空桑即伐颛顼，因为空桑是颛顼的居地。空桑一作穷桑，《路史·后纪》八引《尚书大传》：“穷桑，颛帝所居。”玄冥是颛顼之佐，所以他的居地也是空桑或穷桑。《左传·昭二十九年》蔡墨曰：“修及熙为玄冥，世不失职，遂济穷桑。”《九叹·远逝》：“考玄冥于空桑。”这些又是玄冥居空桑的确证。歌曰：“逾空桑兮从女。”又曰：“导帝之兮九坑。”我们疑心司命即玄冥，所导之帝即帝颛顼。

二　虚北二星

《史记·天官书》曰："北宫玄武：虚，危。"这是五行说应用到天文学上，将虚危二星派作北方帝的分星，虚既是北方帝的分星，而北方帝是颛顼，所以虚又名颛顼之虚。(《尔雅·释天》："颛顼之虚，虚也。")但我们猜想，在天上既有星代表着颛顼，可能也就有星代表着作为颛顼之佐的玄冥。经过研究，我们才知道，这星有是有的，不过它不是以玄冥的名字出现，而是以司命的名字出现的。《月令》《疏》引熊氏转引石氏《星经》，和《开元占经·甘氏中宫占》篇引甘氏《星经》都说"司命二星在虚北"，这靠近虚，即靠近颛顼的司命二星，无疑就是玄冥。

虚北的司命二星，和另外的司禄二星，司危二星，司非二星，共总称为四司。《开元占经·甘氏中宫占》篇引《甘氏赞》曰："四司续功，采麻襄鹿。"四司的采麻和《大司命》的"折疏麻兮瑶华"，应该是一回事，虽则关于司命与麻的关系的详情，我们还没获得充分的资料来予以说明。

三　冬与阴阳

五行系统中，北方帝主冬，《淮南子·天文》篇："北方，水也，其帝颛顼，其佐玄冥，执权而治冬。"冬的特征，据《月令》仲冬之月，说是"日短至，阴阳争，诸生荡。"所以"君子斋戒，处必掩，身欲宁……以待阴阳之所定。"这就说：冬至后，时而阴盛，时而阳盛，动荡不定，所以要"待阴阳之所定"。《大司命》的"壹阴兮壹阳"是以冬日的时阴时晴，变化无常，来象征阴阳二气动荡不定的状态。他说这现象是他"所为"的，正因为他是颛顼之佐，而颛顼是治冬的。

因为颛顼所主治的季节是冬，地区是属于虚星的分野的北方，所以虚星和冬，在五行家的概念中便发生了联系。《史记·律书》："虚者，能实能虚，言阳气冬则宛藏于虚，日冬至，则一阳下藏，一阴上舒，故曰虚。"这样解释虚字的意义，是否正确，是另一问题，但以阴阳变化来说明颛顼的星名，虚字的涵义，这和佐颛顼的大司命（玄冥）自称其行为为“壹阴兮壹阳”，倒是十分吻合的。

四　由空桑到九冈

《大司命》曰“逾空桑兮从女”，又曰“导帝之兮九阬”，旧校引《文苑》，阬作冈，冈是正字。空桑与九冈都是山名。这两座山究竟在那里呢?

古代地名空桑的不只一处，但最初颛顼所统治的空桑当在北方。《北山经》:“空桑之山，无草木，冬夏有雪，空桑之水出焉，东流注于虖沱。”郝懿行说它当在赵代间，大概是对的。我们以为颛顼所居的就是这个空桑。

《左传·昭十一年》:“楚子灭蔡，用隐太子于冈山。”冈山，杜预《释例》只说它“必是楚地山”，而不能确指其地处。我们以为就是九冈山，王逸《机赋》“逾五岭，越九冈。”《古今图书集成》、《方舆汇编》、《职方典》、《荆州府部》、《山川考·二之五·松滋县》“九冈山，去县治九十里，秀色如黛，婉蜒虬曲”。《舆地□□》“荆州松滋县有九冈山，郢都之望也。”我们猜想楚祖颛顼的庙就在这山上，所以他们灭了敌国之后，就到这里来，用那最隆重的人祭的典礼，告庙献俘。本篇的九冈就是《左传》的冈山，“导帝之兮九冈”，帝即颛顼，前面已经证明过。

近代学者们早就疑心楚人是从北方迁徙到南方来的。大司命“逾（越了）空桑”之后，又“导帝之兮九闪”，这不只反映了颛顼的族人由北而南的移殖的事实，而且明确地指出了那趟路程。

东皇太一考

一

作为天神的太一，在古代哲学家的概念里，是宇宙的本体，一种不可思议的超自然力。

《淮南子·诠言》篇："洞同天地，浑沌为朴，未造而成物，谓之太一。"注云："太一，天[①]神总万物者。"

他创作了一切，

《吕氏春秋·大乐》篇："太一出两仪，两仪出阴阳。"注云："万物所出，造于太一，化于阴阳。"

《礼记·礼运》篇："是故礼必本于太一，分而为天地，转而为阴阳，变而为四时。"

支配着一切，

① 本作元，误。

《淮南·本经》篇："太一者，牢笼天地，弹压山川，含吐阴阳，伸曳四时，纪纲八极，经纬六合。"

道家称之为道，

《吕氏春秋·大乐》篇："道也者，至精也，不可为形，不可为名，强为之名[①]，谓之太一。"

《庄子·天下》篇："关尹老聃……主之以太一。"

《易·传》称之为太极，

《易·系辞上传》："是故易有太极，是生两仪，两仪生四象，四象生八卦。"虞翻《注》："太极，太一也，今为天地，故生两仪也。"

《纬》书称之为元苞，

《易是类谋》："天以变化，地以纪州，人以受国，三节同本，同出元苞。"郑注："天地同出元苞，谓太极混沦之义也矣。"

把这种权能人格化了，在盘古的故事没有出现以前传说的古代王中，我们以为只有伏羲才当得起。

讲到伏羲，便不能和女娲分开，因为他们是以夫妇而并御天下的。

《易乾凿度》郑注："女娲……道（导）人神运轴，腾天元气，令物生生相续，新新不停。"

《说文》女部："娲，古之神圣女，化生万物者也。"

女娲是创造万物的，所以《天问》曰："女娲有体，孰制匠之？"意谓万物的形体是女娲造的，女娲的形体又是谁造的呢？这些虽是女娲的传说，其实也包括了伏羲。至于关于伏羲自己的这类的原始传说，则

---

① 从毕沅朴。

多因儒者的“艾凡每”化的改造而湮没了。然而偶尔也留下了一些痕迹，例如在画八卦的故事里。八卦既然代表宇宙，画八卦便象征着创造宇宙。八卦当然不可能是某一个人的发明，但传说不把这功绩送给任何旁的一个圣人，而单送给伏羲，确乎是有着一个历史的原因的。

不管是化生万物，或创造宇宙，总归得有一个先决条件，那便是，他必需是最首先出世的一个人。这一层，文献上倒是坦白的承认了的。《汉书・古今人表》列宓羲氏第一，《律历志》引《世纪》曰："炮牺维天而王，为百王先首。"《武梁祠刻石》的古帝王画像中，也是以伏羲为首，并有题字曰："伏羲苍精，始造王业。"证以《管子・轻重戊》篇："自理国虑戏以来，未有不以轻重而能成其王者也。"《荀子・成相》篇："文武之道同伏戏"[①]等语，可知这确是先秦以来的旧说。其实，以“百王先首”或“始造王业”来说明伏羲年代之久远，还只是据人类社会组织发展到国家形式的阶段以后的观念立说的。国家的出现，在整部人类历史的进程中，只算得是昨天的事，而伏羲，照真正原始的传说，应该是人类历史最初一页上的最初一个人物。《广雅・释天》说："天地辟设，人皇以来，至鲁哀公十有四年，积二百七十六万岁。"人皇即伏羲。按《广雅》的语气，开天辟地之后，就有伏羲。这个说法，大概是根据《纬》书的[②]，一般来说，《纬》书是比较能保存原始传说的真相的。

既然承认了伏羲是开天辟地后最先出现的人物，这便意味着宇宙间的一切都是他创造的，因而他的权能就非有如上揭诸书所形容的太一样不可了。

以上我们比较了太一和伏羲的权能与功绩，觉得他们很有类似，因而推测太一就是伏羲的化名。截至目前为止，这只是一个假设，根据这假设，下面我们便开始搜求证据了。

① 意谓远如伏羲，近如文武，其道皆同，又《荀子・正论篇》："自太皞、燧人，莫不有也。"《周书・太子晋篇》："自太皞以下，至于尧舜禹，未有一姓而再有天下者"，皆以太皞为最古的帝王、太皞亦即伏羲。

② 《续汉书・律历志》注引蔡邕“《元命苞》、《乾凿度》皆以为可辟至获麟，二百七十六万岁”。

二

我们刚才指出伏羲是最初的人和最初的王的时候，我们曾立刻想起那和伏羲联系着的一串名号中的“太”或“泰”的意义。太本训始训初，伏羲是最初的人和最初的王，所以他又有“泰氏”、“太皇”或“泰皇”，“泰帝”或“太帝”，和“太皞”等名号。

《史记·泰本纪》载王绾等奏曰：“古有天皇，有地皇，有泰皇，泰皇最贵。”《路史·前纪二》引《春秋后语》云：“泰皇乃人皇。”《尚书大传·略说》：“伏羲以人事纪，故托戏皇于人。”这就是说，人皇即伏羲，也就是泰皇。至于伏羲称泰帝或太帝，见于《史记·封禅书》索隐引孔文祥云：“泰帝，泰昊也。”《汉书·郊祀志》注作“奉帝，泰昊伏羲氏也。”又《荀子·正论》篇：“何世而无嵬，何时而无琐，自太皞、燧人莫不有也。”《周书·太子晋》篇：“自太皞以下，至于尧舜禹，未有一姓而再有天下者。”这都是以太皞为最初的帝王。前面我们讲过，伏羲是最初的帝王。如果最初的不容许有两个，那么太皞伏羲就不可能是二人，而是一人两个称呼了[①]。考《纬》书以下所记有人名的三皇说，凡有四种，都以伏羲居首。这就是说，伏羲是最初的帝王。

《庄子·应帝王》篇：“有虞氏不及泰氏。”注家都不知道泰氏是谁？其实就字面讲，氏是尚未形成国家组织的氏族社会（或部落社会），泰即太字，训始训初，泰氏即最初的氏族（部落）。按照上述的理由，泰氏应该就是伏羲氏。伏羲本是氏族名，同时又是人名。《庄子》又说：“泰氏其卧徐徐，其觉于于，一以己为马，一以己为牛，不知情（诚）信，其德甚真，而未始入於非人。”这种生活，正合于一般原始氏族社会的景况。

《史记·始皇本纪》：“天皇、地皇、泰皇。”《封禅书》作“天一、

① 相传伏羲即太昊，崔述及近人多疑之。验之古籍旧说，似不为无据。举二证以明之。《左传》昭公十七年郯子云：“太皞以龙纪，故为龙师而龙名。”《文选·鲁灵光殿赋》注引《玄中记》：“伏羲龙身。”案伏羲龙身，太皞龙名，伏羲风姓，太皞亦风姓，是伏羲即太皞，其证一。《汉书·律历志》：“炮牺继天而王，为百王先首，德始于木，故为帝太昊。”又《汉书·古今人表》：“太昊帝宓羲氏。”此其证二。

地一、太一”。《郊祀志》:“画天、地、泰一诸神”,是泰皇即太一。《淮南子·天文》篇、《春秋元命苞》都称紫宫为“太一常居”,这紫宫就在悬圃之上,所以《甘泉赋》说:“配帝居之悬圃兮,象泰(太)一之尊神。”而《淮南子·地形》篇:“……或上陪之,是谓悬圃……或上陪之,乃维上天,登之乃神,是谓太帝之居。”所以《春秋合诚图》曰:“紫微太帝室,太一之精也。”《史记·封禅书》载武帝时公卿大夫说:“太(《汉书·郊祀志》作泰)帝使素女歌五十弦瑟。”《淮南子·俶真》篇注曰:“白雪,师旷所奏太一五弦之琴乐曲。”(《览冥篇》注作“太乙五十弦琴瑟乐名”。)案高诱的意思,太帝就是太一,也是很明显的。

太一又称东皇太一,则东皇也就是伏羲。《离骚》:“诏西皇使涉予。”《史记·淮南衡山王传》载伍被述徐福语曰:“臣见海中大神曰:‘汝西皇之使耶?”’又《远游》:“遇蓐收乎西皇”,当指西皇之山(西皇之山,见《西山经》)。神名乐皇,显然是对西皇而言的,犹山名东皇(见《后汉书·郡国志》注),最初也当是对西皇之山而言的。西皇是少皞(《封禅书》:“秦襄公既侯,居西陲,自以主少皞之神,作西畤,祠白帝。”),则东皇必是太皞。五帝系统中之太皞即三皇系统中之伏羲,东皇是太皞,也便是伏羲了。《西山经(次二)》记“皇人之山……西三百里曰中皇之山……又西三百五十里曰西皇之山”。皇人之山在西皇之山的东面,可能就是东皇之山,如今称为皇人之山,我想皇人或许是人皇之倒。人皇就是伏羲。如果此说不错,也是东皇即伏羲之一证。太一既称东皇太一,东皇是伏羲,则太一也必定是伏羲了。

伏羲是苗族传说中全人类共同的始祖,这在芮逸夫《苗族洪水故事与伏羲女娲的传说》中已经讲过,我这里不重复了。如前面所说,伏羲即太一,那么楚人为什么祭他呢?这是因为楚地本是苗族的原住地,楚人自北方移殖到南方,征服了苗族,依照征服者的惯例,他们接受了被征服者的宗教,所以《九歌》里把太一当作自家的天神来祭,而《高唐赋》叙述楚襄王的故事,也说到“醮诸神,礼太一”。汉高祖本是楚人,武帝时方士谬忌表祭祀太一的仪注说:“天神贵者太一……古者天子以春秋祭太一东南郊。”不能说是完全没有根据的。

人民的诗人
——屈原

古今没有第二个诗人像屈原那样曾经被人民热爱的。我说“曾经”，因为今天过着端午节的中国人民，知道屈原这样一个人的实在太少，而知道《离骚》这篇文章的更有限。但这并不妨碍屈原是一个人民的诗人。我们也不否认端午这个节日，远在屈原出世以前，已经存在，而它变为屈原的纪念日，又远在屈原死去以后。也许正因如此，才足以证明屈原是一个真正的人民诗人。惟其端午是一个古老的节日，“和中国人民同样的古老”，足见它和中国人民的生活如何不可分离，惟其中国人民愿意把他们这样一个重要的节日转让给屈原，足见屈原的人格，在他们生活中，起着如何重大的作用。也惟其远在屈原死后，中国人民还要把他的名字，嵌进一个原来与他无关的节日里，才足见人民的生活里，是如何的不能缺少他。端午是一个人民的节日，屈原与端午的结合，便证明了过去屈原是与人民结合着的，也保证了未来屈原与人民还要永远结合着。

是什么使得屈原成为人民的屈原呢？

第一，说来奇怪，屈原是楚王的同姓，却不是一个贵族。战国是一个封建阶级大大混乱的时期，在这混乱中，屈原从封建贵族阶级，早被打落下来，变成一个作为宫廷弄臣的卑贱的伶官，所以，官爵尽管很高，生活尽管和王公们很贴近，他，屈原，依然和人民一样，是在王公们脚下被践踏着的一个。这样，首先在身分上，屈原是属于广大人民群众的。

第二，屈原最主要的作品——《离骚》的形式，是人民的艺术形式，“一篇题材和秦始皇命博士所唱的《仙真人诗》一样的歌舞剧”。虽则它可能是在宫廷中演出的。至于他的次要的作品 .——《九歌》，是民歌，那更是明显，而为历来多数的评论家所公认的。

第三，在内容上，《离骚》“怨恨怀王，讥刺椒兰”，无情地暴露了统治阶层的罪行，严正地宣判了他们的罪状，这对于当时那在水深火热中敢怒而不敢言的人民，是一个安慰，也是一个兴奋。用人民的形式，喊出了人民的愤怒，《离骚》的成功不仅是艺术的，而且是政治的，不，它的政治的成功，甚至超过了艺术的成功，因为人民是最富于正义感的。

但，第四，最使屈原成为人民热爱与崇敬的对象的，是他的“行义”，不是他的“文采”。如果对于当时那在暴风雨前室息得奄奄待毙的楚国人民，屈原的《离骚》唤醒了他们的反抗情绪，那么，屈原的死，更把那反抗情绪提高到爆炸的边沿，只等秦国的大军一来，就用那溃退和叛变的方式，来向他们万恶的统治者，实行报复性的反击（楚亡于农民革命，不亡于秦兵，而楚国农民的革命性的优良传统，在此后陈胜吴广对秦政府的那一著上，表现得尤其清楚）。历史决定了暴风雨的时代必然要来到，屈原一再地给这时代执行了“催生”的任务，屈原的言行，无一不是与人民相配合的，虽则也许是不自觉的。有人说他的死是“匹夫匹妇自经于沟壑”，对极了，匹夫匹妇的作风，不正是人民革命的方式吗?

以上各条件，若缺少了一件，便不能成为真正的人民诗人。尽管陶渊明歌颂过农村，农民不要他，李太白歌颂过酒肆，小市民不要他，因为他们既不属于人民，也不是为着人民的。杜甫是真心为着人民的，然而人民听不懂他的话。屈原虽没写人民的生活，诉人民的痛苦，然而实质的等于领导了一次人民革命，替人民报了一次仇。屈原是中国历史上唯一有充分条件称为人民诗人的人。

屈原问题

——敬质孙次舟先生

一

不久以前，在成都，因孙次舟先生闯了一个祸，久不听见的文学史问题争论战又热闹过一阵。在昆明不大能见到那边的报纸和刊物，所以很少知道那回事的。但孙先生提出的，确乎是个重要问题，它不但属于文学史，也属于社会发展史的范围，如果不是在战时，我想它定能吸引更广大的，甚而全国性的热烈的注意。然而即使是战时，在适当的角度下，问题还是值得注目的。

孙先生说屈原是个“文学弄臣”，为读者的方便，我现在把他的四项论证，叙述如下。

（一）《史记》不可靠。司马迁作《屈原传》，只凭传说，并没有“史源”，所以那里所载的屈原事迹，都不可靠（论证从略）。

（二）战国末年纯文艺家没有地位。孙先生认为文人起于春秋战国间，那时政论家已经取得独立的社会地位，纯文艺家则没有。这情形到战国末年——屈宋时代，还是一样，就是西汉时也还没有多大改变，所以东方朔、郭舍人、枚皋一流人都“见视如倡”，司马相如虽有点政治才能，仍靠辞赋为进身之阶（一多案：也得仰仗狗监推荐！），甚至连司马迁都叹道“固主上所戏弄，倡优蓄之”。孙先生又说，经过西汉末扬雄、桓谭、冯衍等的争取，文人的地位，这才渐见提高，到东汉，史书里才出现了《文苑传》。

（三）以宋玉的职业来证屈原的身分。从《高唐》、《神女》、《登徒子好色》三赋里，孙先生证明了宋玉不过是陪着君王说说笑笑，玩玩耍耍的一个“面目佼好，服饰华丽的小伙子”，态度并且很不庄重。而司马迁明说宋玉是“祖屈原之从容辞令”的，那么，屈原当日和怀王在一起的生活情形，也便可想而知了。

（四）《离骚》内证。孙先生发现战国时代有崇尚男性姿容和男性的姿态服饰以模拟女性为美的风气，他举墨子《尚贤》篇“王公大人，有所爱其色而使”，“今王公大人，其所富，其所贵，皆王公大人骨肉之亲，无故富贵，面目好美者也”，和《荀子·非相》篇“今世俗之乱君，乡曲之儇子，莫不美丽妖冶，奇衣妇饰，血气态度，拟于女子”等语为证。他说，作为文学弄臣的男性，正属于这类，而屈原即其一例。《离骚》中每以美人自拟，以芳草相比，说“昭质未亏”，说“孰求美而释女”；又好矜夸服饰，这都代表着那一时的风气。《离骚》据孙先生看，当作于怀王入秦以前，是这位文学弄臣，因与同列（靳尚之流）争宠，遭受谗言，使气出走，而年淹日久，又不见召回，以致绝望而自杀时的一封绝命书。他分析其内容，认为那里“充满了富有脂粉气息的美男子的失恋泪痕”：

> 众女嫉余之蛾眉兮，谣诼谓余以善淫。（后宫弄臣姬妾争风吃醋）
>
> 初既与余成言兮，后悔遁而有他。（男女情人相责的口吻）
>
> 余既不难夫离别兮，伤灵修之数化。（眷恋旧情，依依不舍）
>
> 汩余若将不及兮，恐年岁之不吾与。——惟草木之零落兮，恐美人之迟暮。——老冉冉其将至兮，恐修名之不立。——及年岁之未晏兮，时亦犹其未央。（顾惜青春，惟恐色衰）
>
> 心犹豫而狐疑兮，欲自适而不可。（旁人劝他自动回宫，他依然负气，不肯服软）
>
> 苟中情其好修兮，又何必用夫行媒？（自想请人疏通，恐怕也是枉然）
>
> 曾歔欷余郁邑兮，哀朕时之不当，揽茹蕙以掩涕兮，霑余襟之浪浪。（但知自伤命薄，做出一副女儿相）

闺中既已邃远兮，哲王又不寤，怀朕情而不发兮，焉能忍与此终古！（终以热情难制，决定自杀）

至于篇中所以称述古代的圣主贤臣，孙先生以为，那还是影射怀王对他宠信不终，听信谗言，乃至和他疏远那一连串事实的。“因为屈原和怀王有一种超乎寻常君臣的关系”，他说，“所以在《离骚》中多有暧昧不清的可作两面解释的辞句”。但他确是一个“天质忠良”、“心地纯正”，而且“情感浓烈”的人，不像别人，只一意地引导着君王欢乐无度，不顾“皇舆之败绩”，他——屈原，是要让怀王欢乐而不妨国政，以期“及前王之踵武”的。然而他究竟是一个“富有娘儿们气息的文人”。孙先生还申斥道：“‘无能的’把事情闹糟，即使能够知耻的以死谢国人，那也逃不了孔子‘自经于沟渎’是‘匹夫匹妇之谅也’的严正批评的。”总之，他“是文人发展史上一个被时代牺牲了的人物”（因为男色的风习，在古代中国并不认为是不道德的）。但我们也不应因此就“剥夺他那《离骚》在文学史上的地位”。

二

述完了孙先生的话，我还要讲讲关于他如何提出这问题，和我个人如何对它发生兴趣的一些小故事。本年九月间，朱佩弦先生从成都给我一封信，内附孙次舟先生的一篇文章，题作“屈原是‘文学弄臣’的发疑（兼答屈原崇拜者）”，是从成都《中央日报》的“中央副刊”剪下的。信上说，在本年成都的“诗人节”纪念会上，孙先生提出了这问题，立时当地文艺界为之大哗，接着就向他发动围攻，直到最近，孙先生才开始公开抵抗，那便是这篇文章的来由。佩弦先生还说到他自己同情孙先生的意思。后来他回到昆明，我们见着便谈起这事，我问他还记不记得十几年前，我和他谈到孙先生类似的意见，他只摇摇头（十几年是一个太长的时间，我想）。这里让我打一个岔。就在本年暑假中，我接到某官方出版机关一封信，约我写一本《屈原传》一类的小书，我婉词谢绝了，读者此刻可以明白我当时的苦衷吧！好了，前几天佩弦先生又给我送来孙先生的第二篇文章，在这篇《屈原讨论的最后申辩》的附白中，孙先生转录了李长之兄给他通信里这样一段话："昔闻一多先生亦有类似之说，以屈原与梅兰芳相比。"本来我看到孙先生第一篇文章时，并没有打算对这问题参加讨论，虽则心里也会发生过一点疑问：让孙先生这样一个人挨打，道义上是否说过得去呢？如今长之兄既把我的底细揭穿了，而孙先生也那样客气地说道："闻一多先生大作如写成，定胜拙文远甚"（这仿佛是硬拖人下水的样子，假如不是我神经过敏的话）。这来，我的处境便更尴尬了，我当时想，如果再守口如瓶，岂不成了临阵脱逃吗？于是我便决定动笔了。

然而我虽同情孙先生，却不打算以同盟军的姿态出马，我是想来冒险作个调人的。老实说，这回的事件并不那样严重，冲突的发生只由于一点误会。孙先生以屈原为弄臣，是完全正确地指出了一桩历史事实，不幸的是，他没有将这事实在历史发展过程中所代表的意义，充分地予以说明，这，便是误会之所由发生吧！我以为，事实诚然有些讨厌，然而不先把意义问个水落石出，便一窠蜂地拥上来要捣毁事实，以图泄愤，这是文艺界朋友们太性急点，至于这时不赶紧宣布意义，让意义去保护事实，却只顾在事实的圈子里招架，也不能不说是孙先生的失策。其实事实讨厌，意义不一定讨厌。话说穿了，屈原在文学史上的地位，不惟不能被剥夺，说不定更要稳固，到那时，我相信我们的文艺界还要欢迎孙先生所指出的事实，岂只不拒绝它？

三

除一部分尚未达到奴隶社会阶段的原始民族外，全人类的历史便是一部奴隶解放史。在我们的历史上，最下层的离开贵族（奴隶领主）最远的农业奴隶，大概最先被解放。次之是工商业奴隶。在古代自足式的社会里，庶民的衣食器用都不必假手于人，所以在民间，工商是不成其为独立职业的。只养尊处优的贵族们，才需要并且能够豢养一群工商奴隶，给他们制造精巧的器具，采办珍奇的货物。商处于市井，是在贵族都邑的城圈内的，工处于官府，简直在贵族家里了。这两种奴隶被解放的时期的先后，便依他们所在地离开贵族的远近而定，但比起农人来，可都晚得多了。

但解放得最晚的，还是帖紧的围绕着主人身边，给主人充厮役、听差遣、供玩弄、和当清客——总而言之，在内廷帮闲的奴隶集团。这其间所包括的人物，依后世的说法，便有最狎昵的姬妾幸臣，最卑贱的宫娥太监，较高等的乐工舞女和各色技艺人才，以及扈从游宴的“文学侍从之臣”等等。论出身，他们有的本是贵族，或以本族人而获罪，降为皂隶，或以异族人而丧师亡国，被俘为奴，或以出国为“质”，不能返国，而沦为臣妾，此外自然也有奴隶的子孙世袭为奴隶的。若就男性来讲，因为本是贵族子弟，所以往往眉清目秀，举止娴雅，而知识水准也相当高。从此我们可以明白，像这样的家内奴隶（包括孙先生所谓“文学弄臣”在内），身分虽低，本质却不坏，职事虽为公卿大夫们所不齿，才智却不必在他们之下。他们确乎是时代的牺牲者，当别的奴隶阶层（农、工、商）早已获得解放，他们这群狐狸、兔子、鹦鹉、山鸡和金鱼，却还在金丝笼和玻璃缸里度着无愁的岁月，一来是主人需要他们的姿色和聪明，舍不下他们，二来是他们也需要主人的饲养和鉴赏，不愿也不能舍弃主人。他们不幸和主人太帖近了，主人的恩泽淹灭了他们的记忆，他们失去自由太久了，便也失去了对自由的欲望。他们是被时代牺牲了。然而也被时代玉成了。玲珑细致的职业，加以悠闲的岁月，深厚的传统，给他们的天才以最理想的发育机会，于是奴隶制度的粪土中，便培养出文学艺术的花朵来了。没有弄臣的屈原，哪有文学家的屈原？历史原是在这样的迂回过程中发展着，文化也是在这样的迂回中长成的。

四

更重要的是奴隶制度不仅产生了文学艺术，还产生了“人”。本来上帝没有创造过主人和奴隶，他只创造了“人”，在血液中，屈原和怀王尤其没有两样（他们同姓），只是人为的制度，把他们安排成那可耻的关系。可是这里“人定”并没有“胜天”，反之，倒是人的罪孽助成了天的意志。被谗、失宠和流落，诱导了屈原的反抗性，在出走和自沉中，我们看见了奴隶的脆弱，也看见了“人”的尊严。先天的屈原不是一个奴隶，后天的屈原也不完全是一个奴隶。他之不能完全不是一个奴隶，我们应该同情（那是时代束缚了他）。他之能不完全是一个奴隶，我们尤其应该钦佩（那是他在挣脱时代的束缚）。要了解屈原的人格，最好比较比较《离骚》和《九辩》。

伏（服）清白以死直兮，固前圣之所厚。
虽体解吾犹未变兮，岂余心之可惩？
不量凿以正枘兮，固前修以菹醢。

《九辩》里何曾发过这样的脾气！尤其那两篇的结尾——一边是

已矣哉！国无人莫我知兮，又何怀乎故都？
既莫足与为美政兮，吾将从彭咸之所居！

一边是

愿皇天之厚德兮，还及君之无恙！

那坚强的决裂，和这“临去秋波那一转”，是多么有讽刺性的对照！我同意孙先生从宋玉的身分里看屈原的身分，但我不相信从宋玉的人格里找寻到屈原的人格，因此我不同意孙先生的“以情推度”，说“若《高唐赋》《神女赋》这类的作品屈原当也写了不少”。

我也不十分同意孙先生只称许一个“无质忠良”，“心地纯正”和

“忠款与热情”的屈原。这些也许都是实情，但我觉得屈原最突出的品性，无宁是孤高与激烈。这正是从《卜居》、《渔父》的作者到西汉人对屈原的认识。到东汉，班固的批评还是“露才扬己，怨怼沉江”和什么“不合经义”，这里语气虽有些不满，认识依然是正确的。大概从王逸替他和儒家的经术拉拢，这才有了一个纯粹的“忠君爱国”的屈原，再经过宋人的吹嘘，到今天，居然成了牢不可破的观念。可是这中间，我记得，至少还有两个人了解屈原，一个是那教人“痛饮酒，熟读《离骚》，便可称名士”的王孝伯，一个是在《通鉴》里连屈原的名字都不屑一提的司马光，前者一个同情的名士，后者一个敌意的腐儒，都不失为屈原的知己，一个孤高激烈的奴隶，决不是一个好的奴隶，所以名士爱他，腐儒恨他。可是一个不好的奴隶，正是一个好的“人”。我在孙先生的第二篇文章里领教过他的“火气”哲学，十分钦佩。如今孙先生察觉了屈原的“脂粉气”而没有察觉他的“火气”，这对屈原是不大公平的。

五

孙先生承认“陪着楚王玩耍或歌舞的人物，有时要诙笑嫚戏，有时也要出入宫廷，传达命令”。既然常传达命令，则日子久了，干预政治，是必然之势。既有机会干预政治，就可能对政治发生真实的兴趣。“天质忠良”，“心地纯正”的屈原，为什么对当时的政治，不是真心想“竭忠尽智”呢？孙先生说屈原的“上称帝喾，下道齐桓，中述汤武”，与孔孟之称道古帝王不同，“他的著重点都只在怀王对他宠信不终，而听信谗言，疏远了他这一种为自己身上的打算上”。我只知道圣人也是“三月无君，则皇皇如也”的，为什么孔孟的称道古帝王是完全为别人打算，屈原的称道就完全为自己呢？并且什么古代圣主贤臣，风云际会，打得火热的那一套，也不过是当时的老生常谈而已，除老庄外，先秦诸子哪一家不会讲？何只孔孟？

孙先生大概认定弄臣只是弄臣，其余一切，尤其国家大事，便与他们无干，所以不相信《史记》里那些关于屈原政治生活的记载。《史记·屈原传》未必全部可靠，正如《史记》的其它部分一样，但那不能不说是“事出有因”。孙先生说它没有“史源”，许是对的。但说是“史源”便可靠，是“传说”便全无价值，却不尽然。依我看来，倒是官方或半官方式的“史源”可靠的少，而民间道听途说式的“传说”，十有八九是真话。你不能专从字面上读历史，《史记·屈原传》尽管是一笔糊涂账，可是往往是最糊涂的账中泄露了最高度的真实。从来“内廷”和“外廷”的界限就分不清楚，屈原是个文学弄臣，并不妨碍他是个政治家。从“赘婿”出自的淳于髡，不正是个“滑稽多辩”的文学弄臣吗？如果孙先生不又抹煞“传说”的话，淳于髡不也曾带着“黄金千镒，白璧十双，车马百驷”，为齐使赵，而得到成功吗？因此，我们又明白了，“滑稽多辩”是弄臣必需的条件，也是使臣必需的条件，正如作为辞赋起源的辞令，也就是那人臣们“使于四方”用以“专对”的辞令，“登高能赋”是古代“为大夫”的资格，也合了后世为弄臣，为使臣的资格，弄臣使臣，职务虽然两样，人物往往不妨只有一个。也许正因屈原是一个“博闻强志……娴于辞令”的漂亮弄臣，才符合了那“出则接遇宾客，应对诸侯”的漂亮外交家的资格。战国时代本不是一个在传统意义下讲资格、讲地位的时代，而是一个一切价值在重新估定的时代，那年头谁有活动的能力，便不愁没有活动的机会。讲到身分，苏秦张仪也够卑贱的，然而不妨碍他们致身卿相，然则在另一属性上身分也是卑贱的屈原，何以不能做三闾大夫和左徒呢？在屈原看来，从来倒是“肉食者鄙”，而你看，奴隶群中却不断站起了辉煌的人物：

> 说操筑于傅岩兮，武丁用而不疑，
> 吕望之鼓刀兮，遭周文而得举，
> 宁戚之讴歌兮，齐桓闻以该辅。

屈原，自己一个文化奴隶，站起来又被人挤倒，他这段话真是有慨乎言之啊！一个文化奴隶（孙先生叫他作“文学弄臣”）要变作一个政治家，到头虽然失败，毕竟也算翻了一次身，这是文化发展的迂回性的另一方面。

六

中国文学有两个截然不同的传统，一个是《诗经》，一个是《楚辞》，历来总喜欢把它们连成一串，真是痴人说梦。《诗经》不属本文的范围，姑且不去管它。关于《楚辞》这传统的来源，从来没有人认真追究过，对于它的价值，也很少有正确的估计。我以为在传统来源问题的探究上，从前廖季平先生的《离骚》即秦博士的《仙真人诗》的说法，是真正着上了一点边儿，此外便要数孙先生这次的“发疑”贡献最大。像孙先生这样的看法，正如上文说过的，我从前也想到了。但我以为光是这样的看法，并不能解决《离骚》全部的问题，质言之，依孙先生的看法，只可以解释这里面男人为什么要说女人话，还不能解释人为什么要说鬼话（或神话）。自“驷玉虬以乘鹭兮，溘埃风余上征”以下一大段，中间讲到羲和，望舒，飞廉，雷师，讲到宓妃，有娀，有虞二姚，整个离开了这个现实世界，像这类的话，似乎非《仙真人诗》不足以解释（当然不是秦博士的《仙真人》诗，屈大夫为什么不也可以作这样的诗呢！）关于这点的详细论证，此地不能陈述。总之，我不相信《离骚》是什么绝命书，我每逢读到这篇奇文，总仿佛看见一个粉墨登场的神采奕奕，潇洒出尘的美男子，扮演着一个什么名正则，字灵均的“神仙中人”说话（毋宁是唱歌）。但说着说着，优伶丢掉了他剧中人的身分，说出自己的心事来，于是个人的身世，国家的命运，变成哀怨和愤怒，火浆似的喷向听众，炙灼着，燃烧着千百人的心——这时大概他自己也不知道是在演戏，还是骂街吧！从来艺术就是教育，但艺术效果之高，教育意义之大，在中国历史上，这还是破天荒第一次。

《诗经》时代是一个朴质的农业时代，《三百篇》的艺术效果虽低，但那里艺术与教育是合一的。到了战国，商业资本起来了，艺术遂随着贵族生活的骄奢淫逸，而与教育脱节，变成了少数人纵欲的工具，因之艺术工作者也就变成了为少数人制造这种工具的工具。这现象在《诗经》时代是没有的。屈原的功绩，就是在战国时代进步的艺术效果之基础上，恢复了《诗经》时代的教育意义，那就是说，恢复了《诗经》时代艺术的健康性，而减免了它的朴质性。从奴隶制度的粪土中不但茁出了文学艺术，而且这文学艺术里面还包含着了作为一切伟大文学艺术真实内容的教育意义，因此，奴隶不但重新站起来做了“人”，而且做了“人”的导师。《离骚》之堪“与日月争光”，真能如孙先生所说，是“汉以还人误解”了吗？

七

总上所述，我们可以知道孙先生的误会，是把事实看到了头，那便是说，事实本是先有弄臣，而后变成文人（而且不是一个寻常的文人！）孙先生却把它看成先有文人，而后变成弄臣。这一来，真是“失之毫厘，谬以千里”了！依我们的看法，是反抗的奴隶居然挣脱枷锁，变成了人，依孙先生的看法，是好好的人偏要跳入火坑，变了奴隶，二者之间，何啻天渊之隔！没有人愿做奴隶，没有人愿看着好好的人变成奴隶，更没有人愿看见他自己的偶像变成奴隶，所以依照孙先生指出的事实，加上他的看法，文艺界对他群起而攻之，是极自然的现象，反之，假如他们不这样做，那倒可怪哩！

我曾经深思过，以孙先生的博学和卓识，何以居然把事实看倒了头呢？恕我不敬，我的解答是下面这一连串东西：士大夫的顽固的道德教条主义——统治阶级，剥削阶级的优越感——封建生产关系的狭隘性的残余意识，因为上述的这些毒素，因为压迫者对于被压迫者的本能的嫌恶，孙先生一发现屈原的那种身分，便冒火。他是“嫉恶如仇”的，所以要“除恶务尽”，他的正义感使他不问青红皂白，看见奴隶就拳打脚踢，因此他虽没有把一切于屈原有利的都否认了，他确乎把一切于他有损的都夸大了。“缺少屈原也没来头……即使我真是

‘信口开河’……也不应得什么罪过”，他还说。先生！这就是罪过。对奴隶，我们只当同情，对有反抗性的奴隶，尤当尊敬，不是吗？然而，摧残屈原的动机是嫌恶奴隶，救护屈原的动机也是嫌恶奴隶啊！文艺界也是见奴隶就冒火的，所以听人说屈原是奴隶就冒火。为了嫌恶奴隶，他们与孙先生是同样的勇敢，因为在这社会制度下，对于被压迫者，人人都是迫害狂的病患者啊！

我们当怎样估计过去的每一个伟大的艺术家呢？高尔基指示我们说，应该从两方面来着眼，一方面是作为“他自己的时代之子”，一方面就是作为“一个为争取人类解放而具有全世界历史意义的斗争的参加者”。我们要注意，在思想上，存在着两个屈原，一个是“竭忠尽智，以事其君”的集体精神的屈原，一个是“露才扬己，怨怼沉江”的个人精神的屈原。在前一方面，屈原是“他自己的时代之子”，在后一方面，他是“一个为争取人类解放……的斗争的参加者”。他的时代不允许他除了个人搏斗的形式外任何斗争的形式，而在这种斗争形式的最后阶段中，除了怀沙自沉，他也不可能有更凶猛的武器，然而他确乎斗争过了，他是“一个为争取人类解放而具有全世界历史意义的斗争的参加者”。如果我也是个“屈原崇拜者”，我是特别从这一方面上着眼来崇拜他的。

三十三年十二月，昆明（《中原》第二卷第二期）

什么是九歌

一　神话的九歌

传说中九歌本是天乐。赵简子梦中升天所听到的“广乐九奏万舞”，即《九歌》与配合着《九歌》的韶舞。(《离骚》“奏九歌而舞韶兮”)《九歌》自被夏后启偷到人间来，一场欢宴，竟惹出五子之乱而终于使夏人亡国。这神话的历史背景大概如下。《九歌》韶舞是夏人的盛乐，或许只郊祭上帝时方能使用。启曾奏此乐以享上帝，即所谓钧台之享。正如一般原始社会的音乐，这乐舞的内容颇为猥亵。只因原始生活中，宗教与性爱颇不易分，所以虽猥亵而仍不妨为享神的乐。也许就在那次郊天的大宴享中，启与太康父子之间，为着有仍二女（即“五子之母”）起了冲突。事态扩大到一种程度，太康竟领着弟弟们造起反来，结果敌人——夷羿乘虚而入，把有夏灭了。(关于此事，另有考证。)启享天神，本是启请客。传说把启请客弄成启被请，于是乃有启上天作客的故事。这大概是因为所谓“启宾天”的“宾”字(《天问》“启棘宾商”即宾天，《大荒西经》“开上三嫔于天”，嫔宾同)，本有“请客”与“作客”二义，而造成的结果。请客既变为作客，享天所用的乐便变为天上的乐，而奏乐享客也就变为作客偷乐了。传说的错乱大概只在这一点上，其余部分说启因《九歌》而亡国，却颇合事实。我们特别提出这几点，是要指明《九歌》最古的用途及其带猥亵性的内容，因为这对于下文解释《楚辞》《九歌》是颇有帮助的。

二 经典的九歌

《左传》两处以九歌与八风，七音，六律，五声连举（昭二十年，二十五年），看去似乎九歌不专指某一首歌，而是歌的一种标准体裁。歌以九分，犹之风以八分，音以七分……那都是标准的单位数量，多一则有余，少一则不足。歌的可能单位有字，句，章三项。以字为单位者又可分两种。（一）每句九字，这句法太长，古今都少见。（二）每章九字，实等于章三句，句三字。这句法又嫌太短。以上似乎都不可能。若以章为单位，则每篇九章，连《诗经》里都少有。早期诗歌似乎不能发展到那样长的篇幅，所以也不可能。我们以为最早的歌，如其是以九为标准的单位数，那单位必定是句—— 便是三章，章三句，全篇共九句。不但这样篇幅适中，可能性最大，并且就“歌”字的意义看，《九歌》也必须是每歌九句。“歌”的本音应与今语“啊”同，其意义最初也只是唱歌时每句中或句尾一声拖长的“啊……”（后世歌辞多以兮或猗，为，我，乎等字拟其音。）故《尧典》曰“歌永言”，《乐记》曰“故歌之为言也，长言之也”。然则“九歌”即九“啊”。九歌是九声“啊”，而“啊”又必在句中或句尾，则九歌必然是九句了。《大风歌》三句共三用“兮”字，《史记·乐书》称之为“三侯之章”，兮侯音近，三侯犹言三兮。《五噫诗》五句，每句末于“兮”下复缀以“噫”，全诗共用五“噫”字，因名之曰“五噫”。九歌是九句，犹之三侯是三句，五噫是五句，都是可由其篇名推出的。

全篇九句即等于三章，章三句。《皋陶谟》载有这样一首歌。（下称《元首歌》）

元首起哉！股肱喜哉！百工熙哉！

元首明哉！股肱良哉！庶事康哉！

元首丛脞哉！股肱惰哉！庶事隳哉！

唐立庵先生根据上文“箫韶九成”、“帝用作歌”二句，说它便是《九歌》。这是很重要的发现。不过他又说即《左传》文七年郤缺引《夏书》“戒之用休，董之用威，劝之以九歌，勿使坏”之九歌，那却不然。因为上文已证明过，书传所谓九歌并不专指某一首歌，因之《夏书》“劝之以九歌”只等于说“劝之以歌”。并且《夏书》三句分指礼、刑、乐而言，三“之”字实谓在下的臣民，而《元首歌》则分明是为在上的人君和宰辅发的。实则《元首歌》是否即《夏书》所谓九歌，并不重要，反正它是一首典型的《九歌》体的歌（因为是九句），所以尽可称为《九歌》。

和《元首歌》格式相同的，在《国风》里有《麟之趾》《甘棠》《采葛》《著》《素冠》等五篇。这些以及古今任何同类格式的歌，实际上都可称为《九歌》。（就这意义说，九歌又相当于后世五律，七绝诸名词。）九歌既是表明一种标准体裁的公名，则神话中带猥亵性的启的九歌，和经典中教诲式的《元首歌》，以及《夏书》所称而却缺所解为“九歌之歌”的九歌，自然不妨都是九歌了。

神话的九歌，一方面是外形固守着僵化的古典格式，内容却在反动的方向发展成教诲式的“九德之歌”一类的九歌，一方面是外形几乎完全放弃了旧有的格局，内容则仍本着那原始的情欲冲动，经过文化的提炼作用，而升华为飘然欲仙的诗——那便是《楚辞》的《九歌》。

三 “东皇太一”“礼魂”何以是迎送神曲

前人有疑《礼魂》为送神曲的，近人郑振铎、孙作云、丁山诸氏又先后一律主张《东皇太一》是迎神曲。他们都对，因为二章确乎是一迎一送的口气。除这内在的理由外，我们现在还可举出一般祭歌形式的沿革以为旁证。

迎神送神本是祭歌的传统形式，在《宋书·乐志》里已经讲得很详细了。再看唐代多数宗庙乐章，及一部分文人作品，如王维《祠渔山神女歌》等，则祭歌不但必须具有迎送神曲，而且有时只有迎送神曲。迎送的仪式在祭礼中的重要性于此可见了。本篇既是一种祭歌，就必须含有迎送神的歌曲在内，既有迎送神曲，当然是首尾两章。这是常识的判断，但也不缺少历史的证例。以内容论，汉《郊祀歌》的首尾两章——《练时日》与《赤蛟》相当于《九歌》的《东皇太一》与《礼魂》(参看原歌便知)，谢庄又仿《练时日》与《赤蛟》作宋《明堂歌》的首尾二章(《宋书·乐志》:“迎送神歌，依汉《郊祀》三言四句一转韵。”)而直题作《迎神歌》,《送神歌》。由《明堂歌》上推《九歌》,《东皇太一》《礼魂》是迎送神曲，是不成问题的。

或疑《九歌》中间九章也有带迎送意味，甚至明出迎送字样的(《湘夫人》“九嶷缤兮并迎”,《河伯》“送美人兮南浦”。)怎见九章不也有迎送作用呢？答：九章中的迎送是歌中人物自相迎送，或对假想的对象迎送，与二章为致祭者对神的迎送迥乎不同，换言之，前者是粉墨登场式的表演迎送的故事，后者是实质的迎送的祭典。前人混为一谈，所以纠缠不清。

除去首尾两章迎送神曲，中间所余九章大概即《楚辞》所谓《九歌》。《九歌》本不因章数而得名，已详上文。但因文化的演进，文体的篇幅是不能没有扩充的。上古九句的《九歌》，到现在——战国，涨大到九章的《九歌》，乃是必然的趋势。

四　被迎送的神只有东皇太一

《东皇太一》既是迎神曲，而歌辞只曰“穆将愉兮上皇”(上皇即东皇太一)，那么辞中所迎的，除东皇太一外，似乎不能再有别的神了。《礼魂》是作为《东皇太一》的配偶篇的送神曲，这里所送的，论理也不应超出先前所迎的之外。其实东皇太一是上帝，祭东皇太一即郊祀上帝。只有上帝才够得上受主祭者楚王的专诚迎送。其他九神论地位都在王之下，所以曲礼中只为他们设享，而无迎送之礼。这样看来，在理论原则上，被迎送的又非只限于东皇太一不可。对于九神，既无迎送之礼，难怪用以宣达礼意的迎送神的歌辞中，绝未提及九神。

但请注意：我们只说迎送的歌辞，和迎送的仪式所指的对象，不包括那东皇太一以外的九神。实际上九神仍不妨和东皇太一同出同进，而参与了被迎送的经验，甚至可以说，被“饶”给一点那样的荣耀。换言之，我们讲九神未被迎送，是名分上的未被迎送，不是事实的。谈到礼仪问题，当然再没有比名分观念更重要的了。超出名分以外的事实，在礼仪的精神下，直可认为不存在。因此，我们还是认为未被迎送，而祭礼是专为东皇太一设的。

五　九神的任务及其地位

祭礼既非为九神而设，那么他们到场是干什么的？汉《郊祀歌》已有答案：“合好效欢虞太……《九歌》毕奏斐然殊。”《郊祀歌》所谓“九歌”可能即《楚辞》十一章中之九章之歌（详下），九神便是这九章之歌中的主角，原来他们到场是为着“效欢”以“虞太一”的。这些神道们——实际是神所“凭依”的巫们——按照各自的身分，分班表演着程度不同的哀艳的，或悲壮的小故事，情形就和近世神庙中演戏差不多。不同的只是在当时，戏是由小神们做给大神瞧的，而参加祭礼的人们是沾了大神的光而得到看热闹的机会；现在则专门给小神当代理人的巫既变成了职业戏班，而因尸祭制度的废弃，大神只是一只“土木形骸”的偶像，并看不懂戏，于是群众便索兴把他撇开，自己霸占了戏场而成为正式的观众了。

九神之出现于祭场上，一面固是对东皇太一“效欢”，一面也是以东皇太一的从属的资格来受享。效欢时是立于主人的地位替主人帮忙，受享时则立于客的地位作陪客，作陪凭着身分（二三等的神），帮忙仗着伎能（唱歌与表情）。九神中身分的尊卑既不等，伎能的高下也有差，所以他们的地位有的作陪的意味多于帮忙，有的帮忙的意味多于作陪。然而作陪也是一种帮忙，而帮忙也有吃喝（受享），所以二者又似可分而不可分。

六 二章与九章

因东皇太一与九神在祭礼中的地位不同，所以二章与九章在十一章中的地位也不同。在说明这两套歌辞不同的地位时，可以有宗教的和艺术的两种相反的看法。就宗教观点说，二章是作为祭歌主体的迎送神曲，九章即真正的《九歌》，只是祭歌中的插曲。插曲的作用是凑热闹，点缀场面，所以可多可少，甚至可有可无。反之，就艺术观点说，九章是十一章中真正的精华，二章则是传统形式上一头一尾的具文。《楚辞》的编者统称十一章为“九歌”，是根据艺术观点，以中间九章为本位的办法。《楚辞》是文艺作品的专集，编者当然只好采取这种观点。如果他是《郊祀志》的作者，而仍采用了这样的标题，那便犯了反客为主和舍己从人的严重错误，因为根据纯宗教的立场，十一章应改称“楚《郊祀》歌”，或更详明点，“楚郊祀东皇太一《乐歌》”，而《九歌》这称号是只应限于中间的九章插曲。或许有人要说，启享天神的乐称《九歌》，《楚辞》概称祀东皇太一的全部乐章为《九歌》，只是沿用历史的旧名，并没有什么重视《九歌》艺术性的立场在背后。但他忘记诸书谈到启奏《九歌》时不满的态度。不是还说启因此亡国吗？须知说启奏《九歌》以享天神，是骂他胡闹，不应借了祭天的手段来达其“康娱而自纵”（《离骚》）的目的，所以又说“章闻于天，天用弗式。”（《墨子・非乐》篇引《武观》）。他们言外之意，祭天自有规规矩矩的音乐，那太富娱乐性的《九歌》是不容搀进祭礼来的亵渎神明的。他们反对启，实即反对《九歌》，反对《九歌》的娱乐性，实即承认了它的艺术性。在认识《九歌》的艺术性这一点上，他们与《楚辞》的编者没有什么不同，不过在运用这认识的实践行为上，他们是凭那一点来攻击启，《楚辞》的编者是凭那一点来欣赏文艺而已。

七 九章的再分类

不但十一章中，二章与九章各为一题，若再细分下去，九章中，前八章与后一章（《国殇》）又当分为一类。八篇所代表的日，云，星（指司命，详后），山，川一类的自然神（《史记·留侯世家》“学者多言无鬼神，然言有物”，物即自然神。）依传统见解，仿佛应当是天神最贴身的一群侍从。这完全是近代人的想法。在宗教史上，因野蛮人对自然现象的不了解与畏惧，倒是自然神的崇拜发生得最早。次之是人鬼的崇拜，那是在封建型的国家制度下，随着英雄人物的出现而产生的一种宗教行为。最后，因封建领主的逐渐兼并，直至大一统的帝国政府行将出现，像东皇太一那样的一神教的上帝才应运而生。八章中尤其《湘君》《湘夫人》等章的猥亵性的内容（此其所以为淫祀），已充分暴露了这些神道的原始性和幼稚性。（苏雪林女士提出的人神恋爱问题，正好说明八章宗教方面的历史背景，详后。）反之，《国殇》却代表进一步的社会形态，与东皇太一的时代接近了。换言之，东君以下八神代表巫术降神的原始信仰，《国殇》与东皇太一则是进步了的正式宗教的神了。我们发觉国殇与东皇太一性质相近的种种征象，例如祭国殇是报功，祭东皇太一是报德，国殇在祀家的系统中当列为小祀，东皇太一列为大祀等等都是。这些征象都是国殇与东皇太一帖近，同时也使他去八神疏远。这就是我们将九章又分为八神与《国殇》二类的最雄辩的理由。甚至假如我们愿走极端，将全部十一章分为二章（《东皇太一》《礼魂》）、一章（《国殇》），与八章三个平列的大类，似亦无不可，我们所以不那样做，是因为那太偏于原始论的看法。在历史上，东皇太一，国殇，与八神虽发生于三个不同的文化阶段，而各有其特殊的属性，但那究竟是历史。在《九歌》的时代，国殇恐怕已被降级而与八神同列了。至少楚国制定乐章的有司，为凑足九章之歌的数目以合传统《九歌》之名，已决意将国殇排入八神的班列，而让他在郊祀东皇太一的典礼里，分担着陪祀意味较多的助祀的工作。（看歌辞八章与《国殇》皆转韵，属于同一类型，制定乐章者的意向益明。）他这安排也许有点牵强，但我们研究的是这篇《九歌》，我们的任务是了解制定者用意，不是修改他的用意。这是我们不能不只认八章与《国殇》为一大类中之两小类的另一理由。

<table>
<tr><th colspan="6" rowspan="2">神道及其意义</th><th colspan="6">歌辞</th></tr>
<tr><th colspan="4">内容的特征与情调</th><th colspan="2">外形</th></tr>
<tr><td rowspan="2">客体</td><td>东君、云中君、湘君、湘夫人、大司命、小司命、河伯、山鬼</td><td>（自然神）物</td><td>淫祀</td><td>助祀</td><td rowspan="2">报功</td><td rowspan="2">杂曲（九章）</td><td>用独白或对话的形式抒写悲欢离合的情绪</td><td>似风（恋歌）</td><td>哀艳</td><td>长短句</td><td rowspan="2">转韵</td></tr>
<tr><td>国殇</td><td>鬼</td><td>小祀</td><td>陪祀</td><td>叙述战争的壮烈，颂扬战争的英勇</td><td>似雅（挽歌）</td><td>悲壮</td><td>七字句</td></tr>
<tr><td>主体</td><td>东皇太一</td><td>神</td><td>大祀</td><td>正祀</td><td>报德</td><td>迎神曲送神曲（二章）</td><td>铺叙祭礼的仪式和过程</td><td>似颂（祭歌）</td><td>肃穆</td><td>长短句</td><td>不转韵</td></tr>
</table>

为醒目，我们再将上述主要各点依一种新的组织制成上表。有些意思，因行文的限制，上文来不及阐明的，大致已在表中补足了。

八 “赵代秦楚之讴”

《汉书·礼乐志》曰：

> 武帝定郊祀之礼，祠太一于甘泉……乃立乐府，采诗夜诵，有赵代秦楚之讴。以李延年为协律都尉，多举司马相如等数十人造为诗赋，略论律吕，以合八音之调，作为十九章之歌。以正月上辛用事圜丘，使童男女七十人俱歌，昏祠至明。

“有赵代秦楚之讴”对我们是一句极关重要的话，因为经我们的考察，九章之歌所代表诸神的地理分布，恰恰是赵、代、秦、楚。现在即依这国别的顺序，逐条分述如下：

1.《云中君》 罗膺中先生曾据“览冀州兮有余”及《史记·封禅书》“晋巫祠五帝东君云中君……”之语，说云中即云中郡之云中。这是一个重要的发现。云中是赵地（《史记·赵世家》：“武灵王……欲从云中、九原直南袭秦。”）赵是三晋之一，正当古冀州地。

2.《东君》 依照以东方殷民族为中心的汉族本位思想，日神羲和是女性（《大荒南经》“有女子名羲和……帝俊之妻，生十日”，《七发》“神归日母”。）但《九歌》的日神东君是男性（《九歌》诸神凡称君的皆男性。）可能他是一位客籍的神。《史记·赵世家》《索隐》引谯周曰“余尝闻之，代俗以东西阴阳所出入，宗其所谓之王母父。”阴阳指日月（《大戴记·曾子天圆》篇“阳之精气日神，阴之精气月灵”。）似乎以日为阳性的男神，本是代俗。据《封禅书》，东君也是晋巫所祠，代地本近晋，古本歌辞次第，《东君》在《云中君》前（今本错置，详拙著《楚辞校补》。）是以二者相次为一组的。《史记·封禅书》及《索隐》引《归藏》亦皆东君、云中君连称。这种排列，大概是依农业社会观念，象征着两个对立的重要自然现象——晴与雨的。云中君在赵，东君的地望想必与他相近，不然是不会和他排在一起的。

3.《河伯》《穆天子传》一“天子西征，鹜行至阳纡之山，河伯冯夷之所都”，据《尔雅·释地》与《淮南子·地形》篇，阳纡是秦的泽薮，可见河伯本是秦地的神，所以祭河为秦国的常祀。《史记·六国年表》“秦灵公八年，初以君主妻河”，《封禅书》“及秦并天下，令祠官所常奉天地名山大川鬼神……水曰河，祠临晋”是其证。《封禅书》又曰“昔秦文公出猎，获黑龙（案即水神玄冥。）此其水德之瑞，于是秦更命河曰德水”，这是秦祀河的理论根据。

4.《国殇》 歌曰“带长剑兮挟秦弓”，罗先生据此疑国殇即《封禅书》所谓“南山巫祠南山秦中。秦中者二世皇帝”。我们以为说国殇是秦人所祀则可，以为即二世则不可。二世是赵高逼死在望夷宫中的，并非死于疆场。且若是二世，《九歌》岂不降为汉代的作品？但截至目前，我们尚无法证明《九歌》必非先秦楚国的乐章。

5.6.《湘君》《湘夫人》　这还是南楚湘水的神。即令如钱宾四先生所说，湘水即汉水，那还是在楚境。

7.8.《大司命》《少司命》　大司命见于金文《洹子（即田桓子）孟姜壶》，而《风俗通·祀典》篇也说“司命……齐地大尊重之”，似乎司命本是齐地的神。但这时似乎已落籍在楚国了。歌中空桑，九坑皆楚地名可证（《大招》“魂乎归徕，定空桑中”。九坑《文苑》作九冈，九冈山在今湖北松滋县，即昭十一年《左传》“楚子…… 用隐太子于冈山”之冈山。）《封禅书》且明说“荆巫祠司命”。

9.《山鬼》　顾天成《九歌解》主张《山鬼》即巫山神女，也是《九歌》研究中的一大创获。详孙君作云《九歌山鬼考》。我们也完全同意。然则山鬼也是楚神。

以上除（2）（4）二项证据稍嫌薄弱，其余七项可算不成问题，何况以（2）属代，以（4）属秦，充其量只是缺证，并没有反证呢？“赵代秦楚之讴”是汉武因郊祀太一而立的乐府中所诵习的歌曲，《九歌》也是楚祭东皇太一时所用的乐曲，而《九歌》中九章的地理分布，如上文所证，又恰好不出赵代秦楚四国的范围，然则我们推测《九歌》中九章即《汉志》所谓“赵代秦楚之讴”，是不至离事实太远的。并且《郊祀歌》已有“《九歌》毕奏斐然殊”之语，这“《九歌》”当亦即“赵代秦楚之讴”。《礼乐志》称祭前在乐府中练习的为“赵代秦楚之讴”，《郊祀歌》称祭时正式演奏的为“《九歌》”，其实只是一种东西（《礼乐志》所以不称“《九歌》”而称“赵代秦楚之讴”，那是因为“有赵代秦楚之讴”一语是承上文“采诗夜诵”而言的。上文说“采诗”，下文点明所采的地域，文意一贯。）由上言之，赵代秦 楚既恰合九章之歌的地理分布，而《郊祀歌》又明说出“《九歌》”的名字，然则所谓“赵代秦楚之讴”即《九歌》，更觉可靠了。总之，今《楚辞》所载《九歌》中作为祀东皇太一乐章中的插曲的九章之歌，与夫汉《郊祀歌》所谓“合好效欢虞太一……《九歌》毕奏斐然殊”的

《九歌》，与夫《礼乐志》所谓因祠太一而创立的乐府中所“夜诵”的“赵代秦楚之讴”，都是一回事。

承认了九章之歌即“赵代秦楚之讴”，我们试细玩九章的内容，还可发现一个有趣的现象。九章之歌依地理分布，自北而南，可排列如下：

《东君》	代
《云中君》	赵
《河伯》(《国殇》)	秦
《大司命》《少司命》《山鬼》	楚
《湘君》《湘夫人》	南楚

国殇是人鬼，我们曾经主张将他和那八位自然神分开。现在我们即依这见解，暂时撇开他，而单独玩索那代表自然神的八章歌辞。这里我们可以察觉，地域愈南，歌辞的气息愈灵活，愈放肆，愈顽艳，直到那极南端的《湘君》《湘夫人》，例如后者的“捐余袂兮江中，遗余褋兮醴浦”二句，那猥亵的含意几乎令人不堪卒读了。以当时的文化状态而论，这种自北而南的气息的渐变，不是应有的现象吗?

九　楚九歌与汉郊祀歌的比较

虽然汉郊祀太一是沿用楚国的旧典，虽然汉祭礼中所用以娱神的《九歌》也就是楚人在同类情形下所用的《九歌》，但汉《郊祀歌》十九章与楚《九歌》十一章仍大有区别。汉歌十九章每章都是祭神的乐章，因为汉礼除太一外，还有许多次等的神受祭。但楚歌十一章中只有首尾的《东皇太一》与《礼魂》(相当于汉歌首尾的《练时日》与《赤蛟》)，是纯粹祭神的乐章。其余九章，正如上文所说，都只是娱神的乐章。楚礼除东皇太一外，是否也有纯粹陪祭的次等神如汉制一样，今不可知。至少今《九歌》中不包含祭这类次等神的乐章是事实。反之，楚歌将娱神的乐章（九章）与祭神的乐章（二章）并列而组为一套歌辞。汉歌则将娱神的乐章完全摒弃，而专录祭神的乐章。总之楚歌与汉歌相同的是首尾都分列着迎送神曲，不同的是中间一段，一方是九章娱神乐章，一方是十七章祭次等神的乐章。这不同处尤可注意。汉歌中间与首尾全是祭神乐章（迎送神曲也是祭神乐章），他的内容本是一致的，依内容来命名，当然该题作“《郊祀歌》”。楚歌首尾是祭神，中间是娱神，内容既不统一，那么命名该以何者为准，便有选择的余地了。若以首尾二章为准，自然当题作“楚《郊祀歌》”。现在他不如此命名，而题作“《九歌》”，可见他是以中间九章娱神乐章为准的。以汉歌与楚歌的命名相比较，益可证所谓“《九歌》”者是指十一章中间的九章而言的。

十 巫术与巫音

苏雪林女士以“人神恋爱”解释《九歌》的说法，在近代关于《九歌》的研究中，要算最重要的一个见解，因为他确实说明了八章中大多数的宗教背景。我们现在要补充的，是“人神恋爱”只是八章的宗教背景而已，而不是八章本身。换言之，八章歌曲是扮演“人神恋爱”的故事，不是实际的“人神恋爱”的宗教行为。而且这些故事之被扮演，恐怕主要的动机还是因为其中“恋爱”的成分，不是因为那“人神”的交涉，虽则“人神”的交涉确乎赋予了“恋爱”的故事以一股幽深、玄秘的气氛，使它更富于麻醉性。但须知道在领会这种气氛的经验中，那态度是审美的，诗意的，是一种 make believe，那与实际的宗教经验不同。《吕氏春秋·古乐》篇曰：“楚之衰也，作为巫音。”八章诚然是典型的“巫音”，但“巫音”断乎不是“巫术”，因为在“巫音”中，人们所感兴趣的，毕竟是“音”的部分远胜于“巫”的部分。“人神恋爱”许可以解释《山海经》所代表的神话的《九歌》，却不能字面的 literally 说明《楚辞》的《九歌》。严格地讲，二千年前《楚辞》时代的人们对《九歌》的态度，和我们今天的态度，并没有什么差别。同是欣赏艺术，所差的是，他们是在祭坛前观剧——一种雏形的歌舞剧，我们则只能从纸上欣赏剧中的歌辞罢了。在深浅不同的程度中，古人和我们都能复习点原始宗教的心理经验，但在他们观剧时，恐怕和我们读诗时差不多，那点宗教经验是躲在意识的一个暗角里，甚至有时完全退出意识圈外了。

《九歌》的结构

王夫之首先主张《礼魂》为送神曲，后来王邦采、王闿运、梁启超等皆赞成之。近人郑振铎、孙作云、丁山诸先生又以《东皇太一》为迎神曲。这一来，十一篇除去首尾二篇，余下九篇，篇目与篇名的数字合了，于是九歌之所以称为《九歌》，他们说是得到了解释。但有人以为这说法太巧，不敢置信，依然倾向九为虚数的解释，那未免太拘泥了。然而这拘泥也许是有点道理的。因为专凭一个数字的吻合来断定《东皇太一》《礼魂》为迎送神曲．这种说法确乎是太重视形式，而且把问题看得太简单了。其实十一篇中的二篇（《东皇太一》、《礼魂》）自有其本然的和内在独立性；这独立性并不因中间是否恰恰九篇而动摇。换言之，假如中段是八篇或十篇，那首尾两篇依然应当是迎送神曲。

迎神送神本是祭歌的传统形式，沈约说得最透彻：

> 宋及东晋，太祝惟送神而不迎神。近议者或云："庙以居神，恒如在也，不应有迎送之事。"意以为并乖其衷。立庙居灵，四时致享，以申孝思之情。夫神升降无常，何必恒安处所？故《祭义》云："乐以迎来，哀以送往。"郑注云：迎来而乐，乐亲之来，送往而哀，哀亲之往，其享否不可知也。"《尚书》曰："祖考来格。"《诗》云："神保遹归。"注曰："归于天地也。"此并言神有去来，则有送迎明矣。即周"肆夏"之名，备迎送之乐。古以尸象神，故《仪礼》祝

> 有迎尸送尸。近代虽无尸，岂可阙迎送之礼？又傅玄有迎神送神哥（歌）辞，明江左不迎，非旧典也。(《宋书·乐志一》)

《东皇太一》、《礼魂》中迎送的口气，原文已表现得相当显著。再看两汉以来继承《九歌》系统的祭歌，便更明白。汉《郊祀歌》是仿《九歌》而作的，《练时日》与《赤蛟》相当于《东皇太一》与《礼魂》，其间迎送的口气至少是依然保存着，假如没有加强的话。

谢庄作宋《明堂歌》，其首尾两篇直题曰《迎神歌》、《送神歌》，而《宋书·乐志》明说这“迎送神歌，依汉郊祀三言四句一转韵”。

	九　歌	汉　郊　祀　歌
迎神	吉日兮辰良	练时日兮侯有望
	蕙肴蒸兮兰藉，奠桂酒兮椒浆	牲茧栗兮盛香，尊（奠）桂兮宾迎八乡（鄉）
	灵偃蹇兮姣服，芳菲菲兮满堂	众嫭并兮绰奇丽，颜如荼兮兆（逃）逐靡，被华文兮厕雾縠，曳阿锡兮珠玉
	五音纷兮繁会，君欣欣兮乐康〔东皇太一〕	灵已坐兮五音饬，虞（娱）至旦兮承兮乐康〔东皇太一〕灵億（意）〔练时日〕
送神	成礼兮会鼓	礼乐成兮将归
	长无绝兮终古〔礼魂〕	托玄德兮长无衰〔赤蛟〕

《明堂歌》出于《郊祀歌》，《郊祀歌》出于《九歌》。《明堂歌》有迎神送神，则《九歌》的《东皇太一》、《礼魂》即迎送曲，更觉可靠了。此后唐代的宗庙乐章，如《五郊》、《朝日》，《祭神州》，《祭太社》，《蜡百神》等，往往只有迎送神曲二章。尤其有趣的是文人模仿九歌体的作品，如王维《祠渔山神女歌》，也沿用着这种格式。我们因此疑心一迎一送是原始祭歌的本然形式，《九歌》中段九篇是演化过程中随后插入的。二篇的原始形式是固定的，插入的部分便可不拘定数，故《九歌》插入九篇，《郊祀歌》十七篇，《明堂歌》七篇。唐宗庙乐章和王维《祀渔山神女歌》只一迎一送共两篇，可说明又回到原始祭歌的本然形式。由此看来，我们又可以说，今《九歌》十一篇中首尾两篇是主体，其余九篇是客体。今以《九歌》统称十一篇，不

免有反客为主的嫌疑。

就历史上祭歌形式的沿革来推求两篇的独立性，只是一种表面的、初步的观察。那样的结论只能给我们提供一个假设，我们还得分析《九歌》本身，来试验那假设的准确性。我们最好能在内容和音节等方面，找出二篇与九篇的差别，以为坐实那假设的根据。现在即依理想，将我们分析《九歌》的结果列表于下：

		内容				音节	篇幅
二篇	《东皇太一》 《礼　魂》	铺叙祭祀的仪式与过程	肃穆	似颂	祭歌	不转韵	短
九篇	《东　君》 《云中君》 《湘　君》 《湘夫人》 《大司命》 《少司命》 《河　伯》 《山　鬼》	用独白或对白的方式陈述悲欢离合的故事	哀艳	似风	恋歌	转韵	多
	《国　殇》	铺陈战争的壮烈，赞颂战士的英勇	悲壮	似小雅	挽歌		

虽然九篇中本身也不甚一致（这问题下文再讨论），但二篇之当单独为一类，则甚显然。音节上转韵或不转韵是一个最干脆最富客观性的事实，恰巧在这一栏里，二篇与全部九篇有立于相反的地位，这是值得注意的观象。内容四栏的顺序排列下来的，在第四栏里我们直认两篇为祭歌，而九篇之中两组皆否，这与上文我们说两篇是《九歌》的主体，九篇是客体，意义完全一致。这是极端重要的一点，因为它表明历史的观察与九歌本文的分析——内证与外证——完全符合了。《东皇太一》与《礼魂》在十一篇中，不但合构成一个独立的单位，而且是主要的基本的单位。根据上文所引沈约的话，祭祀中最主要最基本的活动，莫过于迎神送神，《东皇太一》、《礼魂》在乐章中既是主要的基本的部分，那么二者即迎送神曲，自然不成问题。

既然只有迎送神曲才是真正的祭歌，而十一篇中迎神题作《东皇太一》，送神题作《礼魂》，看来这祭典中被祭的对象很可能只《东皇太一》一神。《东皇太一》词曰："穆将愉兮上皇。"上皇即"东皇太一"，那么，唱《东皇太一》时所迎的神，即"东皇太一"，是不成问题的。迎的既是"东皇太一"，而《礼魂》正是配合着《东皇太一》而为一迎一送的送神曲，那么唱《礼魂》时所送的神似乎也还是"东皇太一"了。就《礼魂》的标题看，诚然不能得到这结论（详下），就歌词看，却是可能的。比方歌词中"春兰兮秋菊"一语，所表示的致祭的季节，便与谬忌方祀太一所谓"古者天子以春秋祭太一东南郊"（《史记·封禅书》）相合，若谬忌方与《礼魂》相参证，《礼魂》与《东皇太一》的关系便不难窥见了。总之，《东皇太一》所迎的，与夫《礼魂》所送的神应该都是"东皇太一"，这也是最自然最合理的看法。

在前面的表里，我们指出了二篇是祭歌，同时也指出九篇的前八篇是恋歌，后一篇是挽歌，总之都是非祭歌。九篇既非祭歌，然则那九种神是干什么来的呢？这问题汉《郊祀歌》中有了答案：

> 千童罗舞成八溢（佾），
> 合好效欢虞（娱）太一，
> 九歌毕奏斐然殊，
> 鸣琴竽瑟会轩朱。（《郊祀歌·天地章》）

这九歌正指那除去一头一尾的九篇。"九歌毕奏"既是"虞（娱）太一"的手段，那么九篇便该是娱神的节目，或侑神的乐章，因之那九种神的地位便等于被请来助祭或助兴的陪客。现在参照着汉人所记载的汉制，我们可以想象出当时祭场上有如这样的一幅画面：代表东皇太一的灵保（神尸）庄严而玄默地坐在广三十步高三十丈"有文章采镂黼黻之饰"的八觚形的紫坛上，在五音繁会之中，享用着那蕙肴兰藉，桂酒椒浆的盛馔，坛下簇拥着扮演各种神灵及其从属的童男童女，多则三百人，少亦七十人，分为九班，他们依次地走到坛前，或在各自被指定的班位上，舞着唱着，表演着种种程度不同的哀情的以及悲壮的小故事，以"合好效欢虞太一"。这情形实在等于近世神庙中的演戏，不同的只是在古代，戏本是由小神们演出给大神瞧的，而参加祭典的人们只是沾大神的光而得到看热闹的机会而已。在上述情形之下所演出的九出小歌舞剧，便是所谓《九歌》了。

讲到这里，我们必定马上想到现在《楚辞》中《九歌》的总标题和一部分小标题很不妥当。被祭的神本只有东皇太一，而祭东皇太一的典礼，实即郊祀，这是可以从下列各汉人记载推测出来的：

> 古者天子春秋祭太一东南郊。（《史记·封禅书》引谬忌方）鼓和乐于东郊，致魂灵，下太一之神。（《初学记》一五引《乐叶图征》）
>
> 武帝定郊祀之礼，祠太一于甘泉。（《汉书·礼乐志》）
>
> 合好效欢虞太一。（《汉郊祀歌》）

汉《郊祀歌》辞出于《九歌》，上文已经提到，汉郊祀礼大概也出于楚制。汉人祭太一的歌辞称《汉郊祀歌》，楚祭东皇太一的歌辞，所以应称《楚郊祀歌》，或详细点，叫《楚郊祀东皇太一乐歌》。十一篇中首尾二篇今称《东皇太一》与《礼魂》，也不妥当，不如仿《汉郊祀歌》摘篇首数字为题之例，称为《吉日》与《成礼》，或径称为《迎神歌》与《送神歌》亦可。今将新旧标题对照列表于后：

楚郊祀东皇太一乐歌		**九歌**
吉日（迎神歌辞）		东皇太一
东君		东君
云中君		云中君
湘君		湘君
湘夫人		湘夫人
大司命	九歌（侑神歌辞）	大司命
少司命		少司命
河伯		河伯
山鬼		山鬼
国殇		国殇
成礼（送神歌辞）		礼魂

一切混沌的观念被澄清了，淆乱的名称被纠正了以后，侑神歌辞

恰恰剩下九篇，我们满以为《九歌》的名称便是适应这九篇的数字而产生的。其实不然。问题还不只那样简单。九篇侑神辞并不成为一个单纯的、统一的单位，我们在前面已经提过了。关于九篇中前八篇与后一篇《国殇》的差别，在前面我们只指出一部分。现在合并前面已经指出的，再将全部的差异点列成下表：

	剧中人物	歌唱的对象	歌词内容			歌词形式
八篇	自然神	以一个中心人物或二个对手人物为对象	恋歌	哀艳	似风	参差的长短句
国殇	人鬼	似无中心人物的群体为对象	挽歌	悲壮	似小雅	整齐的七字句

诚然八篇之中也有些不一致的地方，但其差别远不如八篇与《国殇》之间大。对于《国殇》，八篇又自成一单位，是很显著的事实。

然而问题的复杂性似尚不止此。《礼魂》这标题的意义是可疑的。今本《楚辞》题为《礼魂》的歌词，是送神，不成问题。但《礼魂》二字的意义却与送神（东皇太一）无涉。东皇太一即上帝，上帝不当称魂（魂只是人的精气）。以“成礼兮会鼓”与“礼魂”字面相同为理由，来证明《礼魂》为此篇原有的标题，是似是而非的话。《成礼》之礼分明是名同。《礼魂》之礼则非动词即形容词，两礼字根本不是一回事，那只是字面的偶合而已。《礼魂》似当与《国殇》为一类。洪兴祖曰：“或曰，《礼魂》谓以礼善终者。”意谓其与死于非命的国殇为同类而相反的两种人鬼，这似乎是最合理的一种解释。我们还可以引汉人的话来支持他。

> “宗庙小祀，谓祭殇与无后，及司勋功臣亦祭于庙。”（《周礼》酒正、肆师两疏引马融说）

很可能《国殇》祭殇与无后，《礼魂》祭司勋功臣，而祭东皇太一（上帝）是宗庙大礼，祭国殇、礼魂是随着大祀举行的小祀。如果这推测是对的，则今本《楚辞》的《礼魂》有目无词，后人以《礼魂》之目加之于送神的《成礼》章的词上，是张冠李戴。这样看来，除迎送神曲二篇外，《九歌》本有十篇。第十篇即《礼魂》，原辞之所以被遗失，许即误于那历史上相传的《九歌》的旧名，原始《九歌》之“九”本不是代表篇目的数字（但也不是虚数，说详下。）楚郊祀侑神乐歌，相沿亦称《九歌》。后人误会，以为《九歌》不当有十篇，于是删去最后一篇，以求合于歌名数字。然而词删而目未删。未被删去的目无所附丽，久而久之便黏上了距程最短的送神曲，而成为今本《楚辞》的《礼魂》了。依上文的分析，十一篇之词又当分为下列三组：

（一）东皇太一，二篇（迎神送神）

（二）国殇、礼魂——二篇亡一篇

（三）东君、云中君湘君、湘夫人大司命、少司命河伯、山鬼……八篇

就宗教的意义讲，郊祀的对象是东皇太一，所以（一）是主体，（二）（三）都是客体，因之（二）（三）性质相近，可合为一类。就伦理的意义讲，（一）祭上帝（东皇太一），所谓宗庙大祀，是报德。（二）祭国殇、礼魂，所谓小祀，是报功，二者都是较理性化，较进步的宗教祀曲。相反的，（三）东君以下都是自然神（二司命本是星名），他们的出场实代表着较幼稚，较原始的巫术降神。所以依这种观点，（一）（二）性质反而相近，可合为一类，（三）则独为一类。依前一种看法，（二）（三）合为一类，则《九歌》有十篇。依后一种看法，（三）单独为一类，则九歌只八篇。所以经过仔细分析，所谓（九歌）者偏偏任凭怎么计算，总不是九篇。但正如前面我们所说的，纵使中间是八篇或十篇，也不妨害那首尾两篇是迎送神曲。

律诗底研究

蜜月著《律诗底研究》稿脱赋感

春绾香闺镇彩霓，东莱贷笔漫灾棃——杖摇藜火兼燃梦，管秃龙须半扫眉。手假研诗方剖旧，眼光烛道故疑西。洛阳异代疏泉出，谁订“黄初二月”疑！

一九二二年三月八日

第一章 定义

定义总是不可靠的。我这个律诗底定义，尤其不可靠。我说：“律诗是一种短练，紧凑，整齐，精严的抒情体的，合乎一种定格之平仄的五言或七言八句四韵或五韵诗——中间四句必为对仗。”前半解其性质是举其荦荦大者，还有许多原素没有包括在内；后半说其形式处，没有一条没有变例。所以这条定义表面上虽象是很蕴括的，其实也少不了要带些附注，才能信得过。且待看到下文，便知道了。

唐时凡近体诗皆为律诗。李汉编《昌黎集》，绝句都收入律诗。白香山《长庆后集》分格律二体，将古调、乐府、歌行编入格律诗，凡六句律、排律，皆为律诗。绝句被斥到律诗范围之外不知始于何时。自高秉《唐诗品汇》因元微之李杜优劣论“铺陈终始，排比声韵”之语，遂创排律之名。排律与八句四韵律之分当从此始。我们以后凡说律诗即专指这八句四韵之五言七言两类律诗。绝句与排律根本上性情本异，不得混合而论。六句律除太白、退之、香山偶为之，后人作之者绝少，亦可置勿论。

第二章　溯源

律诗之名是唐朝沈佺期、宋之问们创的。但律诗底起源还要远些。远到什么时代，却不能明确地划出来，因为诗从古体变为律体，这个历程是潜隐而且浸渐的。然而精细地讨溯起来，蛛丝马迹，未尝全无线索可寻。五律始于齐梁底“新体诗”。但这是说到这个时期，五律才神完体备了。在这以前其实早有个雏形的五律在那里日滋月长，渐臻成熟。这个雏形底征象至迟在魏晋人底作品中能找得出。律诗所以异于他种体裁的，只在其组织与声调。如今且就这两端分别考察之。

第一节　律诗底章底组织

诗至魏晋组织已渐趋近体，只声律还没有调协。排偶句法当然屡见不鲜，如“日下荀鸣鹤，云间陆士龙”一联，不独对得精巧，而且声调亦全协律体了。甚至有全诗章法，宛然律体——首尾各为起结，中间都是整整齐齐的律句。如魏张协底《杂诗》第二首：

> 朝霞迎白日，丹气临旸谷。翳翳结繁云，
> 森森散雨足，轻风摧劲草，凝霜竦高木；
> 密叶日夜疏，丛林森如束。畴昔叹时迟，
> 晚节悲年促。岁暮怀百忧，将从季主卜。

陆机、潘岳尤多这种作品。陆之《赠弟士龙》云：

行矣怨路长，惄焉伤别促；指途悲有余，
临觞欢不足。我若西流水，子为东峙岳；
慷慨逝言感，徘徊居情育。安得携手俱，
契阔成排服！

曹毗底《夜听捣衣》惟三四稍欠整饬，余亦尽合律体：

寒兴御纨素，佳人理衣衾。冬夜清且永，
皓月照堂阴。纤手叠轻素，朗杵叩鸣砧。
清风流繁节，回飙洒微吟。嗟此往运速，
悼彼幽滞心——二物感余怀，岂但声与音？

颜延之“镂金错采”，可称这时底代表。《读夏夜呈从兄散骑车长沙》、《车驾幸京口三月三日侍游曲阿后湖作》诸篇，可见其裁句之工整。《五君咏》阮步兵、嵇中散、向常侍三首不独章法恰合，而且是八句四韵。嵇中散一首又是押的平声韵，五六亦是纯粹的律句；“迕”字虽然失粘，却“洽”字救回了：

中散不偶世，本自餐霞人——形解验默仙，
吐论知凝神；立俗迕流议，寻山洽隐沦。
鸾翮有时铩，龙性谁能驯！

此后谢惠连、鲍照间有此体，如谢之《西陵遇风献康乐》第二首、鲍之《箫史曲》，皆律体。到了谢朓才作得多了。集中全律体押平韵而且裁对工整者多至八首。共押仄韵及裁对未工者为二十七首。其后，这种作品几不胜数，如刘绘之《有所思》，简文帝之《折杨柳》，元帝之《咏阳云楼檐柳》、《折杨柳》，沈约之《伤谢朓》，江淹之《效阮公诗》第三首，任昉之《出郡传舍哭范仆射》第一首，柳恽之《祷衣诗》第二首、第四首，吴均之《主人池前鹤》，何逊之《临行与故游夜别》、《慈姥矶》，王籍之《入若耶溪》，是其尤脍炙人口者。

第二节　律诗底句底组织

律诗底章底组织，前面已讲是颜延之完成的。律诗底句底组织，脱胎更早。盖卓文君底《白头吟》中已有：

"皑如山上雪，皎若云间月。"

之句。苏武《杂诗》亦云：

"欢娱在今夕，燕婉及良时。"

此实五言律句底萌芽。魏晋人铺用渐多，而裁对益整。于前录颜、谢、鲍诸作中，可以概见，然犹呆板生硬得很。如：

"虎啸深巷底，鸡鸣桑树巅。"
"南津有绝济，北渚无河梁。"
"百城各异俗，千室非良邻。"

等联都是勉强凑对，全无诗味，不过粗具偶句之间架而已。直到谢灵运底妙笔施以雕琢绘饰，然后"美轮美奂"，庶几邻于大成。

大谢纪游诸作其神工默运，摹画山水处，实开唐律声色之先河。观其名句如：

"野旷沙岸净，天高秋月明。"
"池塘生春草，园柳变鸣禽。"
"崖倾光难留，林深响易奔。"
"云日相辉映，空水共澄鲜。"

乃知其功候之深，亦即律诗底进化之又一进步也。梁、陈、隋间人专工琢句。如庾肩吾《泛舟后湖》："残虹收度雨，缺岸上新流"；张正见《赋得白云临浦》："疏叶临嵇竹，轻鳞入郑船"；江总《赠人》："露洗山扉月，霜开石路烟"；隋炀帝："鸟击初移树，鱼寒欲隐苔”，皆成名隽。章法既备，句法复成，律诗底进化之组织底一部份已经告毕了。

但专有组织不能称律诗，必更平仄协稳，声调铿锵而后可。次论律诗底声调底进化。

第三节　五律底平仄

声调本包括平仄与韵法。律诗二、四、六、八句为韵（间亦有起句入韵者），是中国诗最古最普通的韵法，不必赘论。兹专论平仄。

有句（单句）底平仄，有节（两句为一节）底平仄，有章底平仄。盖字与字相协则句有平仄，句与句相协则节有平仄，节与节相协则章有平仄。单句底平仄兼见于古、近体，故勿论。惟两句相连，各相调协，即谓节底平仄是也。古体中间有之，然较仅矣。节底平仄愈多，则古变近之征也。节节皆有平仄，且互相调协，则全近体矣。

五言诗节底平仄，自五言诗体诞生之日便有了。苏武《杂诗》中

> “四海皆兄弟，谁为行路人？”
> “征夫怀往路，起视夜何其。”
> “寒冬十二月，晨起践严霜。”

之句，已经平仄妥帖了。不过这还是散句。律诗底特点在其对句，故论律诗底平仄当自对句节底平仄起。对句节底平仄苏武底诗中也有了。如：

> “欢娱在今夕，燕婉及良时。”

一联便是。东汉辛延年底《羽林郎》中亦有数联：

> “长裾连理带，广袖合欢襦。”
> “头上蓝田玉，耳后大秦珠。”
> “男儿爱后妇，女子重前夫。”

宋子侯底《董娇娆》中亦有一联：

"秋时自零落，春月复芬芳。"

谢榛曰："建安之作，率多平仄稳帖，此声律之渐，而后流于六朝，千变万化，至盛唐极矣。"今观魏晋作品而果然。

如曹植之：

"行徒用息驾，休者以忘餐。"

下录乃兼组织与声调而俱律者。其散句之音响入律者更不胜枚计。

"边城多警急，胡虏数迁移。"
"始出严霜结，今来白露晞。"
"居欢惜夜促，在戚怨宵长。"
"丹唇列素齿，翠彩发蛾眉。"
"志士惜日短，愁人知夜长。"

诗至陶潜，音节渐入流畅。往往有四五句相连，平仄不乱者。如《丙辰岁八月中于下噀田舍获》中之：

"郁郁荒山里，猿声闲且哀；悲风爱静夜，林鸟喜晨开。"

又如《辛丑岁七月赴假还江陵夜行途中作》中之

"叩枻新秋月，临流别友生——凉风起将夕，夜景湛虚明。"

至如下列各联则亦全乎律句：

"暮作归云宅，朝为飞鸟堂。"
"正尔不能得，哀哉亦可伤。"

“放览周王传，流观山海图。”

颜延之亦有同类的句子：

“侧听风薄木，遥睇月开云。”
“立俗迕流议，寻山洽隐沦。”

到了大谢，不独属对叶声之稳，而且见琢词运意之工。兹稍摘数联以为例：

“乱流趋正绝，孤屿媚中川。”
“长林罗户穴，积石拥阶基。”
“铜陵映碧涧，石磴泻红泉。既枉隐沦客，亦栖肥遁贤。”
“攀崖照石镜，牵叶入松门。三江事多往，九派理空存。”

鲍照集中此类句子更不胜枚数。聊录数联，当举隅：

“乱流瀿大壑，长雾匝高林。”
“归华先委露，别叶早辞风。”
“蜀琴抽白雪，郢曲发阳春。”
“阴崖积夏雪，阳谷散秋荣。”

其实鲍照已经将律体（组织与声调）完成了。其《箫史曲》除“长”、“雾”、“登”三字失粘，已经是纯粹的一首五言律：

“箫史爱长年，嬴女吝童颜；火粒愿排弃，霞雾好登攀，龙飞逸天路，凤起出秦关。身去长不返，箫声时往还！”

谢朓有《奉和随王殿下》第十四首，只一个“金”字失粘，其余的平仄，比前一首，还要完全些：

“分悲玉瑟断，别绪今樽倾——风入芳帷散，缸华兰殿明。想折中园柳，共知千里情；行云故乡色，赠此一离声。”

梁简文帝底《折杨柳》只第六句二、四两字失粘：

“杨柳乱成丝，攀折上春时——叶密鸟飞碍，风轻花落迟。城高短箫发，林空画角悲——曲中无别意，并是为相思！”

元帝底《咏阳云楼檐柳》只末句二、三、四字失粘：

“杨柳非花树，依楼自觉春——枝边通粉色，叶里映红巾，带日交帘影，因吹扫席尘。拂檐应有意，偏宜桃李人。”

元帝又有《折杨柳》，吴均有《春咏》、《主人池前鹤》及柳恽底《捣衣诗》第一、四首，皆有数字失粘。何逊底《慈姥矶》，平仄颇安，然三、四裁对尚不工整：

“暮烟起遥远，斜日照安流。一同心赏夕，暂解在乡忧。野岸平沙合，连山远雾浮。客悲不自已，江上望归舟。”

王籍底《入若耶溪》裁对工了，平仄还有毛病：

“艅艎何泛泛，空水共悠悠。阴霞生远岫，阳景逐回流；蝉噪林逾静，鸟鸣山更幽。——此地动归念，长年悲倦游！”

以后诸家作品甚多，都有微瑕。直到张正见底《关山月》才纯粹了：

“岩间度月华，流彩映山斜；晕逐连城璧，轮随出塞车。唐蓂遥合影，秦桂远分花。欲验盈虚理，方知道路赊。

梁刘勰曰：“左碍而寻右，末滞而讨前；则声转于吻，玲玲如振玉，词靡于耳，累累如贯珠。”此即沈约所谓“前有浮声，后须切响”者是也。可知当时于声调一道，研究到很精细了。

第四节 七律底进化

律诗之发展，丝变毫移，初非旦夕之功。其始也，有句底组织，有章底组织，亦有句底声调，有节底声调，有章底声调，或隔代备体，或殊方创格；然后后起者掇拾前法，拼缀众制，初犹彼备此缺，前洽后乖，继乃渐臻纯粹，以成律体；正如沙中和丸，愈转愈大，愈转愈圆也。

大概到六朝，作诗不独为抒写性情，且成为一种艺术了。当时，虽然兵患频仍，究竟苦的只是平民；那些贵胄底奢靡，实为空前所未有。物质的享乐无极，艺术便因之而兴。从曹氏父子以至隋炀帝，中间的帝王公子鲜有不工吟咏者。于是文士才人，飙兴云集，会中于皇宫；君臣酬唱，蔚为奇观。这种情形，方之欧西，则法之路易十四时，庶几近之。盖艺术必茁于优游侈丽的环境中，而绮靡如律诗之艺术为尤然。

五律之源，既已溯矣，则七律不必缕论。因后者乃前者所茁之枝也。汉初《鸡鸣歌》曰：

“曲终漏尽严具陈，月没星稀天下旦。”

此七言律句之祖也。唐山夫人《安世房中歌》曰：

“大海荡荡水所归，高贤愉愉民所怀。”

亦七言律句之滥觞也。此后七言诗不可多见，间有之，率皆散行。鲍照底《行路难》中有句曰：

“红颜零落岁将暮，寒光宛转时欲沉。”

然在当时竞尚五言，七言垂绝之际，忽得此联，真凤毛麟角也。梁简文帝有《春情》一首，属对绝似七律，唯篇末杂以五言二句。至江总时，五律之体毕具，乃有《闺怨篇》，大似七言排律：

"寂寂青楼大道边，纷纷白雪绮窗前；池上鸳鸯不独自，帐中苏合还空然；屏风有意障明月，灯火无情照独眠。辽西水冻春应少，蓟北鸿来路几千。愿君关山及早度，照妾桃李片时妍！"

温子升之《捣衣》，王勣之《北山》，及陈后主之《听筝》，皆简文《春情》之类，兹不赘录。唯庾信之《乌夜啼》组织始全律体：

"促柱繁纺非子夜，歌声舞态异前溪；御史府中何处宿？洛阳城头那得栖？弹琴蜀郡卓家女，织锦秦川窦氏妻，讵不自惊长泪落——到头啼乌恒夜啼？"

然其声律犹多未谐。至唐兴宋之问、沈佺期等起而"研揣声音，浮切不差"，于是七律之体制，始大备矣。

盖历汉、魏、晋、宋，七言之制寥寥焉。齐、梁而还，作者渐众，七律之胚胎亦见于此时。曾几何时，递阅陈、隋以及初唐，而其体制，遂告大成；抑何其进化之速也！且七律之体，不成于五律之前，而成于其后，又岂偶然哉？吾故曰七律未尝独立而进化，盖实五律之苗枝耳。夫七律五律，仅句间字数不同，初未有他别。故五律之体既成，七律实亦在其中；二者固无异源之理也。然谓七律与古诗全无关系，则亦拘论。七律虽出自五律，然断不致全乎不受此前若断若续之七言古体之影响；至少，其七言之句格则固古诗之遗也。今将五律七律之源流，列为图式以醒目：

第三章 组织

有句底的组织，有章底组织。格律矩范悉求工整；此律诗之名之所由起也。

第一节 对仗

句指对仗句也。此乃律诗之发端。句底组织底正格是上联第一字对下联第一字，第二字对第二字，以此类推。如：

绿垂风折笋，红绽雨肥梅。
蒹葭淅沥含秋雾，桔柚玲珑透夕阳。

然大家每以诡变出奇，于是有借对、扇对、就对诸法焉。借对之种类甚多，有借字音者，有借字义者。借字音者如：

樽开柏叶酒，灯发九枝花。
根非生下土，叶不坠秋风。
高腾霄凤渚，下睨塞鸿宾。
次第寻书札，呼儿检赠诗。
厨人具鸡黍，稚子摘杨梅。
天子居丹扆，廷臣献六箴。
青门无外事，尺地是生涯。
白发不愁身外事，六么且听醉中词。

此借“柏”作“百”以对“九”，借“下”作“夏”以对“秋”，借“渚”作“主”以对“宾”，借“第”作“弟”以对“子”，借“杨”作“羊”以对“鸡”，借“六”作“绿”以对“丹”，借“尺”作“赤”以对“青”，又借“六”作“绿”以对“白”也。借字义者如：

羊肠连九阪，熊耳对双峰。

“熊耳”本山名，此则借“熊”以对“羊”，借“肠”以对“耳”；取其字之义也。又如：

崩石欹山树，清涟曳水衣。

“水衣”本藻名，此则借其字之义，以“水”对“山”，以“衣”对“树”。又如：

此日六军同驻马，他年七夕笑牵牛。

“七夕”是专名，“六军”是泛名，对其字之义也；“牵牛”亦一专名，“驻”为动词，“马”为泛名词，对以“牵”与“牛”，亦取其字之义。他如：

面带霜威辞凤阙，口传天语到鸡林。
千寻铁锁沉江底，一片降幡出石头。

“鸡林”、“石头”皆地名，此借其字义以对“凤阙”、“江底”。

“对月夜穷黄石略，望云秋计黑山程。”

“黄石”人名，“黑山”山名，不当为对；对其字之义也。

身无彼我那怀土，心会真如不读经。

“真如”佛语也，“谓实体实性而永久不变之真理”，以对“彼我”，又借其字之义耳。又如杜诗：

酒债寻常行处有，人生七十古来稀。

一联亦属此类。刘熙《释名》谓：“十丈曰寻，倍寻曰常。”是

“寻常”亦数目字，故能借以对“七十”。王安石诗：

自喜田园安五柳，但嫌尸祝扰庚桑。

《石林诗话》谓：“‘庚’亦自是数，盖以十干数之也。”故得借之以对“五”。

律诗中又有所谓扇对者：三与五对，四与六对也。此法白居易常用之，然后世治之者甚少。例如：

新篇日日成，不是爱声名；旧句时时改，无妨悦性情。

又如：

我随鹓鹭入烟云，谬上丹墀为近臣；群同鸾凤栖荆棘，犹著青袍作选人。

就对者，就本句中自以为对也。有字与字为对者，有词与词为对者。字与字为对者如：

气色皇居近，金银佛寺开。
四十明朝过，飞腾暮景斜。
身无彼我那怀土，心会真如不读经。
却缘桂玉无门住，不算山川去路赊。
等闲遇事成歌咏，取次冲筵隐姓名。

不知者将谓“气色”断难对“金银”，“四十”更不能对“飞腾”。岂知此处“气”对“色”，“金”对“银”，“四”对“十”，“飞”对“腾”哉？余皆以此类推。

词与词对者如：

才归龙尾含鸡舌，更立螭头运兔毫。
桃花细逐杨花落，黄鸟时兼白鸟飞。
九陌尘埃千骑合，万方臣妾一声欢。
一枝一影寒山里，野水野花清露时。
鸟去鸟来山色里，人歌人哭水声中。
银台直北金銮外，暑雨初晴皓月中。
乱山孤店雁声晚，一马二童溪路秋。

此则“龙尾”对“鸡舌”，“螭头”对“兔毫”。余以类推。李商隐有《当句有对》一诗，则通首皆用就对法者：

密迩平阳接上兰，秦楼鸳瓦汉宫盘；池光不定花光乱，日气初含雾气干。但觉游蜂饶舞蝶，岂知孤凤忆离鸾。三星自转三山远，紫府程遥碧落宽！

大凡对仗，骈字俪词而已。至于全句之意，对与不对，无关系也。如：

树头蜂抱花须落，池面鱼吹柳絮行。
感时花溅泪，恨别鸟惊心。

此字对词对而兼对全句之意者也。

今君度砂碛，累月断人烟。
亲朋尽一哭，鞍马去孤城。
乐哉容膝地，著此曲肱崩。
中秋云净出沧海，半夜露寒当碧天。
青云满眼应骄我，白发浑头莫恨渠。
睫在眼前犹不见，道非身外更何求？
身事未知何日了，马蹄唯觉到秋忙。
岂意青州六从事，化为乌有一先生？
请看行路无穷泪，尽是当年不忍欺。

岂知鹤发残年叟，犹读蝇头细字书？

上列各联，意皆直贯，而非并列，然字面词面则犹对偶也。苏轼有一联，虽为古诗，然最能代表这种句底组织法：

守子不贪宝，完我无瑕玉。

至于对字对词有一即可。如：

千寻铁锁沉江底，一片降幡出石头。
贝多纸上经文动，如意瓶中佛爪飞。

前联字对而词不对，后联词对而字不对。若：

前身自是卢行者，后学过呼韩退之。

则词字兼对者也。

第二节　章底边帧

八句为一章，此律诗之定格也。汪师韩曰："《三百篇》之诗，章八句者为多，此外则十二句为止耳。唐律限以八句，虽体格非古，不可谓非天地自然之节奏也。风雅之诗，独《宾之初筵》一诗有多至章十四句者……孔疏所谓'真言写志，不必殷勤'者也。近有作诗话者，谓齐、梁以来，乐府限以八句，不复有咏歌嗟叹之意。夫齐、梁以来乐府，固是不如汉魏。然其所以不如者，岂八句之谓？"律诗乃抒情之工具，宜乎约辞含意，然后句无余字，篇无长语，而一唱三叹，自有弦外之音。抒情之诗，无中外古今，边帧皆极有限，所谓"天地自然之节奏"，不其然乎？故中诗之律体，犹之英诗之"十四行诗"（Sonnet）不短不长实为最佳之诗体。律诗八句为一章，取数之八，又非无谓。盖均齐为中国艺术之特质，八之为数，最均齐之数也

（参观辨质章）。

然律诗亦有六句便成一首者。李白《送羽林陶将军》云：

将军出使拥楼船，江上旌旗拂紫烟：万里横戈探虎穴，三杯拔剑舞龙泉。莫道词人无胆气，临行将赠绕朝鞭。

此为六句律诗之始。以后惟白居易最多，如《寒闺夜》、《县西郊秋寄马造》、《留题杭州郡斋》、《感芍药花寄正一上人》、《孤竹寺石榴花侍御小妓乞诗》，皆用此体。《昌黎集》中亦间有之，如《谢李员外寄纸笔》云：

题是临池后，分从寄草余；兔尖针莫并，茧净雪难如。莫怪殷勤谢，虞卿正著书。

此又五言之六句律体诗也。

第三节　章底局势

律诗之最正当的局势为颈腹两联平行并列，首尾各作一束。若以图式表之，当如下形：

盖起首及收尾底两句实是两读；须两读相合，才能完成一个意思——才能算一个整句子。例如杜审言《和晋陵陆丞相早春游望》起以：

独有宦游人，偏惊物候新。

结以：

忽闻歌古调，归思欲沾襟。

这都是两读合说一意；拆开便不成语。至于其中的两联：

云霞出海曙，梅柳渡江春；淑气催黄鸟，晴光转绿苹。

便是平行并列，各自成句了。七言中如杜牧底《街西长句》：

碧池新涨浴娇鸦，分锁长安富贵家——游骑偶同人斗酒，名园相倚杏交花，银鞍骚袅嘶宛马，绣鞅璁珑走钿车。一曲将军何处笛——连云芳树日初斜！

又如陆游底《初秋骤凉》：

我比严光胜一筹，不教俗眼识羊裘——沧波万顷江湖晚，渔唱一声天地秋。饮酒何尝能作病？登楼是处可消忧。名山海内知何恨！准拟从今更烂游。

都是好例。右列各例为律体底正格。然亦有变格；种类甚多，有一二为对者，如杜甫底《奉和贾至舍人早朝大明宫》：

五夜漏声催晓箭，九重春色醉仙桃。

又如李商隐底《牡丹》则起句人韵又与二为对者：

锦帷初卷卫夫人，绣被犹堆越鄂君。

有七八为对者，即杜甫底《闻官军收河南河北》：

即从巴峡穿巫峡，便下襄阳向洛阳。

又有通首皆对者，如苏轼底《舟行至清远县见顾秀才极谈惠州风物之美》：

到处聚观香案吏，此邦宜著玉堂仙；江云漠漠桂花湿，海雨翛翛荔子然。闻道黄柑常抵鹊，不容朱橘更论钱。恰从神武来弘景，便向罗浮觅稚川。

又有三四不对者，五律如李白底《夜泊牛渚怀古》：

牛渚西江夜，青天无片云；登舟望秋月，空忆谢将军—— 余亦能高咏，斯人不可闻。明朝挂帆席，枫叶落纷纷。

又如杜甫底《月夜》，孟浩然底《与诸子登岘山》，都属此体。七律如崔颢底《黄鹤楼》：

昔人已乘黄鹤去，此地空余黄鹤楼；黄鹤一去不复返，白云千载空悠悠。晴川历历汉阳树，芳草萋鹦鹉洲；日暮乡关何处是？烟波江上使人愁。

然第五六则未有不对者。惟白居易有通首不对，但平仄甚调者自编在律诗中。如重题《西宁寺牡丹忆元九》云：

往年曾向东都去，曾叹花时君未回；今年况作临江别，惆恨花前又独来。只愁离别长如此，不道明年花不开。

然白之外，绝少人作。不当列为律体。

总观上述的句底组织及章底组织，其共同的根本原则为均齐。作者尽可变化翻新，以破单调之弊，然总必须在均齐底范围之内。如此则于“均齐中之变异”一律始相吻合。夫既择作律体，则已承认将作均齐之艺术，犹言自甘承受均齐律之镣锁；乃复擅用散句，置诗律于不顾，是则自相矛盾也。若诚嫌律体之缚束，则径作古体可耳。况抒情之作，不容不用律体，自大有道理在也（律诗底美质，参阅辨质章）！

第四章　音节

音节包括二部分：一为平仄，一为逗，一为韵。

第一节　逗

分逗之法本无甚可研究者，是以前人从未道及。惟其功用甚大，离之几不能成诗，余故特细论之。

魏来（Arthur Walay），一个中诗底译家，说中诗底平仄等于英诗底浮切（Stress）——平为浮音（Unaccented Syllable），仄为切音（Accented Syllable）。但在英诗里，一个浮音同一个切音即可构成一个音尺，而在中诗里，音尺实是逗，不当与平仄相混。例如：

春水　船如　天上坐

其天然的音尺为“春水”一尺，“船如”一尺，“天上坐”又一尺。其切音在“春”、“船”、“天”、“坐”四字上。但其平仄底位置则迥异：

春水船如天上坐
○●○○○●●

此则当读如“平仄平平平仄仄”，与上之“浮 切浮 切浮切浮”，显难印合。观此已可知平仄之非音尺也。且音尺必有一律之长度，而每句之音节又须有一律之数目；今于平仄中，绝无规律可寻。若按英诗 lambic trimeter 以定平仄，则平仄又乱：

V — V — V — V = 浮切
●○●○●○● = 平仄

然则平仄既不能合于浮切之音响，又无整齐之节奏，其非浮切之类，无疑矣。

大概音尺（即浮切）在中诗当为逗。“春水”、“船如”、“天上坐”

实为三逗。合逗而成句，犹合“尺”（meter）而成行（line）也。逗中有一字当重读，是谓“拍”。“春”、“船”、“天”、“坐”着拍之字也。至于平仄，乃中诗独有之物；因四声亦惟中国文字所独具，平仄出于四声者也。平仄出于声，而浮切属于音。声与音判若昼夜。是以魏来之说，牵强甚矣。

中国诗不论古近体，五言则前两字一逗，末三字一逗；七言则前四字每两字一逗，末三字一逗。五言底拍在第一、三、五字；七言在第一、三、五、七字。凡此皆为定格，初无可变通者。韩愈独于七古句中，颠倒逗之次序，以末之三字逗置句首，以首之两二字逗置句末，实为创法；然终不可读。如《送区宏》之：

落以斧，引以　缧徽。
子去矣，时若　发机。

又如《陆浑山火》之：

溺厥邑，囚之　昆仑。

真不堪入耳矣。古诗尚不能如此，况律诗乎？盖节奏实诗与文之所以异，故其关系于诗，至重且大；苟一紊乱，便失诗之所以为诗（参阅《诗底音节底研究》）。

第二节　平仄

然则如此固定之节奏，不嫌单调乎？曰：然。但非无救济之法。救济之法唯何？平仄是也。前既证明平仄与节奏，不能印合，且实似乱之者。诚然，乱之，正所以杀其单调之感动耳。盖如斯而后始符于“均齐中之变异”之律矣。平仄之功用犹不止此。最完全的平仄——律诗底平仄，是一个最自然的东西。从来不知诗的人，你对他讲了：“平平仄仄仄平平”，差不多他自己会替你续下去：“仄仄平平仄仄平……”

所以若讲了头句“平平仄仄仄平平”，第二句若不是“仄仄平平仄仄平”，听起来便很不顺耳。因为讲了头句，依着自然的趋势，你当然企望第二句，果然得不着第二句，或得着了又错了一二字，你的企望大失，便起了一种“不快感”。人底官能有一种“感觉之流”。“感觉之流”被阻滞，就是神经在没预备时忽受一个袭击，以致神经的平均冲坏，而起不快之感。大概平仄中定有一个天然律，与人底听觉适合，所以厌应人底感觉底企望而生愉快。但这是一个什么律，他是怎样合于听觉的，尚待研究。

平仄不独见于句间，尚有节（两句为一节）底平仄及章底平仄。字与字相协则句有平仄，句与句相协则节有平仄，节与节相协则章有平仄。句合而节离，节协而章乖，皆足以乱音节。句底平仄易明也。若上句合而下句离，如庾信《咏画屏风诗》：

路高山里树，云低马上人。

则节无平仄。以句而论，“° 云低马上人”平仄协矣。然上句既为“仄平平仄仄”，接以“平仄仄平平”，斯为不翻。必欲保下句之“平平仄仄平”，则须易上句为“仄仄平平仄”。又若全章四节时离时合，则章之平仄乱矣。如江总底《并州羊肠坂》：

三春别帝乡，五月度羊肠；本畏车轮折，翻嗟马骨伤。惊风起朔雁，落照尽胡桑——关山定何许，徒御惨悲凉！

“关山……”一节，以节而论，非不协律。惟置于此处，则当易“平平仄平仄，平仄仄平平”为“平仄平平仄，平平仄仄平”。

律诗底平仄，据王渔洋底《律诗定体》，分为四种：（一）仄起不入韵，（二）仄起入韵，（三）平起不入韵，（四）平起入韵。原书辨之甚详，兹不赘述。渔洋尝说：“律句只要辨一三五，俗云一三五不论，怪诞之极；决其终身必无通理。”研究声律者，此当注意。

七律有所谓拗体者别为一体。如：

郑县亭子涧之滨。
独立缥渺之飞楼。

之类是也。杜甫最多此类，专用古体，不谐平仄。中唐以后，则李商隐、赵嘏辈创为一种，以第三第五字平仄互易。如：

溪云初起日沉阁，山雨欲来风满楼。
残星几点雁横塞，长笛一声人倚楼。

之类，别有击撞波折之改。至元好问又创一种，在第六字。如：

来时珥笔夸健讼，去日攀车馀泪痕。
太行秀发眉宇见，老阮亡来樽俎闲。

之类，集中不可枚举。然后人习用者少。拗体偶尔用之，亦见新颖，但不可滥耳。

第三节　韵

律诗韵法简单。每二、四、六、八句必着韵脚。有起句入韵者，亦有起句不入韵者。故每章多则五韵，少则四韵。

通韵之法，独非古诗所有，律诗亦然，盖自唐已如是矣。所通之韵以东、冬、鱼、虞为尤多。如苏颋《出塞》五律乃微韵，次联用“麾”则支韵也。杜甫《崔氏玉山草堂》七律乃真韵，三联用“芹”字，则文韵也。刘长卿《登思禅寺》五律乃东韵，三联用“松”字，则冬韵也。戴叔伦《江乡故人集客舍》五律乃冬韵，三联用“虫”字，则东韵也。闾邱《晓夜渡淮》五律乃覃韵，次联用“帆”字，则咸韵也。魏兼恕《送张兵曹》五律乃东韵，首联用“农”字，则冬韵也。耿沣《紫芝观》五律乃冬韵，首联用“风”字，则东韵也。释澹交《望樊川》五律乃冬韵，首联用“中”字，则东韵也。至如李贺

《追赋画江潭苑》五律杂用“红”、“龙”、“空”、“钟”四字，此则开后人辘轳进退之格，诗中另为一种矣。其东韵之有“宗”字，鱼韵之有“胥”字，必是唐人原是如此，非属通韵。如耿沣《诣顺公问道》五律之末联，王维《和仆射晋公扈从温汤》长律之第八联，杨巨源《圣寿无疆词》长律其人之末联，司空曙《和常舍人集贤殿》长律之第三联，俱用东韵而有“宗”字（李白《鹦鹉洲》一章乃庚韵而押“青”字。此诗《唐文粹》编入七古，后人编入七律。具体亦可古可今，要皆出韵也。）唐律第一句多用通韵字，盖此句原不在四韵之数。是谓之“孤雁入群”。然不可通者，亦不用也。

凡前所举者皆通韵之泛用者。郑谷与僧齐已等始共完律诗通韵之定格三种：一曰葫芦，一曰辘轳，一曰进退。此则所谓“变异中之均齐”也。葫芦格者先二后四；辘轳格者双出双入；进退格者一进一退也。黄庭坚《谢送宣城笔》云：

> 宣城变样蹲鸡距，诸葛各家将鼠须，一束喜从公处得，千金求买市中无。漫没墨客摹科斗，胜与朱门饱蠹鱼。愧我初无草《玄》手，不将闲写吏文书？

此诗前二联押七虞，后二韵押六鱼；所谓双出双入者，辘轳韵也。苏轼《题南康寺重湖轩》曰：

> “八月渡重湖，萧条万象疏……秋风片帆急，暮霭一山孤。
> 许国心犹在，康时术已虚；岷峨千万里，投老将归无？”

此诗以鱼虞二韵相同而押，所谓一进一退也。《清波杂志》谓东坡自跋律诗可用两韵而引李诚之《送唐子方》两押“山”、“难”字为证。不知诚之所用者进退格耳。《湘素杂记》谓郑谷进退格两韵押某韵，两韵又押某韵，如先押十四寒两韵，再押十五删两韵也。然此体是双出双入，而非一进一退。又元人律诗多用进退格者。如元好问《望王李归程》乃“虞”韵中联用“徐”字；《寄杨飞卿》乃“冬”韵，中联用“虫”字;《华不注山》乃“删”韵，末联用“塞”字；虞集《还乡》乃“支”韵，末联用“如”字；萨都剌五言如《寄石氏瞻之》用“庚”“青”，七言如《酌桂芳庭》之用“青”“蒸”，五言《寄王御史》乃“真”韵而首联用“垠”，七言《病中夜坐》乃“文”韵而末联用“喧”；又如杨廉夫《益府白兔》用“寒”“删”,《出都》其二用“支”“微”,《乔夫人鼓琴》用“庚”“青”，皆进退格也。辘轳、进退诸格终须就可通之韵通之，否亦不可滥用。通韵昔本无规则，自此诸格成，而诗律乃愈析愈细，愈变愈奇。诗家之欲艺术化律诗之体，盖无孔不入矣。

第五章　作用

戏曲诗（Dramatic）中国无之。叙事诗（Epic）仅有且无如西人之工者。抒情诗（Lyric）则我与西人，伯仲之间焉。如叙焦仲卿夫妇之事，盖非古诗莫处。故古诗叙事之体也。至于抒情，斯唯律诗。厥理有四，请递述之。

第一节　短练底作用

抒情之作，宜短练也。比事兴物，侧托旁烘，“不着一字，尽得风流”，斯为上品。盖热烈之情感，不能持久，久则未有不变冷者。形之文词其理亦然。《三百篇》风雅之什多不过章十四句，少则八句；八句者什六七焉。古诗谣中恬淡如《击壤歌》，庄雅如《卿云歌》、《玉牒辞》、悲楚如杞梁殖妻《琴歌》,《易水歌》,《箜篌引》(“公无渡河”),《悲歌》(“悲歌可以当泣”)；旷达如《大人先生歌》；写情如《北方有佳人》；写景如《敕勒歌》，皆不过落落数语耳，然终为千古绝调。孔颖达曰 :“真言写志，不必殷情。”夫岂惟不必？ 是殷情不得，殷情徒损其言之价值耳。盖情则如是之多，铺延之以增其长度则密度减，缩之以损其长度则密度增。抒情之诗旨在言情，非为眩耀边幅，故宁略其词以浓其情。律诗之体制章才八句，七言不过五十六字，五言仅四十字耳。古诗嫌其长。绝句病其短；惟此适中，抒情之妙具也。

第二节　紧凑底作用

抒情之作，宜紧凑也。既能短练，自易紧凑。王渔洋说，诗要洗刷得尽，拖泥带水，便令人厌观。边幅有限，则不容不字字精华，榛芜尽芟。繁词则易肤泛，肤泛则气势平缓，平缓之作，徒引人入睡，焉足以言感人哉？艺术之所以异于非艺术，只在其能以最经济的方便，表现最多量的情感，此之谓也。何以知律诗之体裁之具有紧凑之质哉？此当取排偶句——律诗之特点——考察之。凡排偶之句总宜屏弃虚字，而以名、动、形容、状等词构之。盖虚字无意义，何以属对？实字则易于骈物比事矣。

五更鼓角声悲壮，三峡星河影动摇。
红稻啄余鹦鹉粒，碧梧栖老凤凰枝。
九天阊阖开宫殿，万国衣冠拜冕旒。
金蟾啮锁烧香入，玉虎牵丝汲井回。
永忆江湖归白发，欲回天地入扁舟。
万顷烟波鸥世界，九秋风露鹤精神。
乱山孤店雁声晚，一马二童溪路秋。

这些都是最能代表律诗的句法；在律诗中要占什之八九。其余像左列的这类句法，究竟少见；

求之流得岂易得？行矣关山方独吟！
君特未知其趣耳，我今时复一申之。
大冠长剑已焉哉！短褐秃巾归去来！
我本疏顽固当尔，子犹沦落况其余？
温纯如此岂复见？报施言之尤可疑。
倦客再游行老矣！高僧一笑故依然。

宋人一味想翻新出奇，别开蹊径，所以创出这种非驴非马的句格。说他是诗，他“之乎也者”地凑合一堆，尝来了无诗味；说他是文，他又队仗声响，俨然不差。还有人想用虚字想迫了，便将带虚字的人名嵌进句子里；这样把虚字当了实字，便容易驾驭得多了。例如：

前身自是卢行者，后学妄呼韩退之。
牧之宏放见文字，白也风流余酒樽。

两联便是。然就此也可见律句里运用虚字是极不自然的。律诗里一个字要当几个字用，所以只字半词都是珍贵的，那可容人“之乎也者”地浪费边幅呢？律句里如上举“金蟾……”一联本云：“金蟾啮锁虽固而烧香犹得入其内，井水虽深而玉虎亦能牵丝而汲回之。”是本有虚字甚多，不过作者欲其辞密而意深，乃故将虚字删掉。不然不值钱的虚字谁还不会用呢？如今有人反故避实字，强凑虚字以成句；在他们以为勾心斗角，自喜新奇，我却说是嗜痂转丸，“拂人之性”。

律诗往往一首中包括无数的意思。古诗叙事之作，性质本殊，无论矣。绝句限于字数往往不能不就一事说一事，就一感说一感。律诗则不然。发念虽一，而抽绪多端。作者每一动念，其所寄概者辄蝉联珠贯，凡吊古，伤时，感年，叹遇，思亲，怀土，千头万绪，莫不续起。例如老杜之《公安送韦二少府匡赞》末节云：

“时危兵革黄尘里，日短江湖白发前——古往今来皆涕泪，断肠分手各风烟！”

此真所谓“对此茫茫，百感交集”者也。他如杜之《阁夜》、《野望》、《愁》，皆此之类也。李商隐咏史诗竟有一句说一事者，则亦紧凑之一种也。例如《南朝》、《隋宫》、《随师东》诸作便是。盖白描直叙便词繁而犹晦，用典正能免此病。是以律诗之用典乃谋紧凑之最妙法门耳，乌可厚非哉？请观义山之《随师东》乃益喻：

> 东征日调万黄金，几竭中原买斗心！军今未闻诛马谡，捷书惟是报孙歆。但须鹫鹫巢阿阁，岂假鸱鸮在泮林？可惜前朝玄菟郡，积骸成莽阵云深！

刘勰曰："明理引乎成辞，征义举乎人事。"此之谓也。

第三节　整齐底作用

抒情之作，宜整齐也。律诗之整齐之质于其组织音节中兼见之。此均齐之组织，美学家谓之节奏（Rhythm）（斯宾塞谓复现 Repetition 底原理是节奏底基础。参阅《音节底研究》）。法人基耀（Guyau）于其《现代之美学问题（Les probemes de Les thetique contemporaine）里讲道："理想的诗（专指其声律讲）可以释为一切情感的思想所必造的形体。"感情之起，实赖节奏有以激荡之。他由接济"心体机关"（Psycho-physical organism）底震动以刺激情感使现于感觉。故虽至原始的艺术，只要他具有节奏之一质，便能感人。然情感有时达于烈度至不可禁。至此情感竟成神精之苦累。均齐之艺术纳之以就矩范，以挫其暴气，磨其棱角，齐其节奏，然后始急而中度，流而不滞，快感油然生矣。华茨活士（Wordsworth）曰："惊变是脑经底一个非常仅见之情势……若有一中节之物底同在……自不能不收调剂与节制情感之伟效。"因此悲剧入诗，不独较散文为可耐，且能发生快感焉（参阅 Alden: Introduction to poetry）。盖始则激之使急，以高其度，继又节之使和以延其时，艺术之功用，于斯备矣。律诗言情摅怨，从无发扬蹈厉之气而一唱三叹，独饶深致。盖以杜甫、陆游、元好问诸家每多此境。

第四节　精严底作用

抒情之作，宜精严也。精严之质与整齐有密切关系。艺术之格律不妨精严，精严则艺术之价值愈高。美原是抽象的感觉，必须一种工具——便是艺术——才能表现出来。工具越精密，那美便越表现得明显而且彻尽。诗之有藉于格律音节，如同绘画之藉于形色线。一方面形色线或格律音节虽然似能碍窒绘画或诗底美底充分之表现，其实他方面这些碍窒适以规范而玉成其美之表现。这个道理可以用席勒底游戏冲动说解明之。人底精力除消费于物质生活底营求之外，还有余裕。要求生活底绝对的丰瞻，这个余裕不得不予以发泄；其发泄底结果便是游戏与艺术。可见游戏、艺术同一泉源，亦可说是一而二，二而……下棋打球不能离规则，犹之作诗不能废格律。格律越严，艺术越有趣味。欧阳修说韩愈"得窄韵则不复傍出，而因难见巧，愈险愈奇……"又把用韵比作驭车，用窄韵便是"水曲蚁封，疾徐中节，而不稍蹉跌……"我说诗家作律诗，驰骤于律林法网之中，而益发意酣兴热，正同韩信囊沙背水，邓文縋兵人蜀一般的伎俩。白理（Bliss Perry）说得好："差不多没有诗人承认他们真正受缚于篇律。他们喜欢带着脚镣跳舞，并且要带着别个诗人底镣跳。"可知格律是艺术必须的条件。实在艺术自身便是格律。精缜的格律便是精缜的艺术。故曰律诗底价值即在其格律也。然则格律精严何以适于抒情哉？盖热烈的情感底赤裸之表现，每引起丑感。莎士比亚之名剧中，每到悲惨至极处，便用韵语以杀之。葛德作 *Faust* 时也发明了这点，曾于其致席勒的信里说过了的。韩愈《元和圣德诗》叙刘辟被擒，全家就戮底情景曰：

> 解脱挛索，夹以砧斧。婉婉弱子，赤立伛偻；牵头曳足，先断腰膂。次及其徒，体骸撑拄，末乃取阚，骇汗如雨，挥刀纷纭，争切脍脯。

苏辙谓其少蕴借，殊失雅颂之体。假使退之用了律体来形容，这段故事，我包他不改得这样的结果，令人发戴齿紧，不敢再读。因为精严的艺术能将丑恶的实象普遍化了，然后读者但觉其为人类同有的一个抽象的经验——即一个概念；而非为某人某地确有的事实。自然不觉其如彼之可嫌可怕也。杜甫诗曰：

> 晚节渐于诗律细。

这正是他工夫长进底宣言呵！

综观上述抒情诗所必需之四条件，律诗都有了。律诗实是最合艺术原理的抒情诗体。英文诗体以“商勒”为最高，以其格律独严也。然同我们的律体比起来，却要让他出一头地。

第六章　辨质

研究中国诗的，只要把律诗底性质懂清了，便窥得中国诗底真精神了。其余如古诗、绝句、乐府，都可不必十分注意。因为一则律诗是中国诗独有之体裁，二则他能代表中国艺术底特质，三则他兼有古诗绝句、乐府底作用。

第一节　中诗独有的体制

1. 别种体裁的诗在西方的文学中都可找出同类，只有律诗不能。别种诗都可翻译，律诗完全不能。他的意义有时还译得出，他的艺术——格律音节——却是绝对地不能译的。律体的美——其所以异于别种体制者，只在其艺术。这是译不出来，便等于不译了。英诗“商勒”颇近律体，然究不及。

2. 律诗底体格是最艺术的体格。他的体积虽极窄小，却有许多的美质拥挤在内。这些美质多半是属于中国式的。律体在中国诗中做得最多，几要占全体底半数。他的发展最盛时是在唐朝——中国诗最发达的时代。他是中国诗底艺术底最高水涨标。他是纯粹的中国艺术底代表。因为首首律诗里有个中国式的人格在。

第二节　均齐

若如西人所说建筑是文化底子宫，那么诗定是文化底胚胎。中国艺术中最大的一个特质是均齐，而这个特质在其建筑与诗中尤为显著。中国底这两种艺术底美可说就是均齐底美——即中国式的美。因为地理上中国底山川形势是极整齐的。我们的远祖从中亚细亚东徙而入中原，看见这里山川形势，位置整齐，早已养成其中正整肃底观念。加以其气候温和，寒暑中节，又铸成其中庸底观念。中庸原是不偏不倚之谓，其在空间，即为均齐。原来人类底种种意象——观念盖即自然底种种现象中所悟出来的。我们的先民观察了整齐的现象，于是影响到他们的意象里去，也染上整齐的色彩了。这个意象底符号便是《易经》里的八卦。他表现于智、情、意三方面的生活，便成我们现有的哲学、艺术、道德等理想；我们的真美善底观念之共同的原素（即其所以发育之细胞核）乃是均齐。如今便就这三方面次第论之。

（1）我们的形而上学当然以《易》为总汇。他的道理都是从阴阳（或曰乾坤，刚柔）两个原力变化出来的。《易》所谓“两仪”、“四象”、“八卦”，其数皆双。双是均齐底基本原素。“正”、“负”之名亦见于西方，但究不如中国底“阴”、“阳”用得普遍。便是中国的道术、医理等艺也都是傍着这两个字演出来的。《易》理不独是整齐，而且是有变异的整齐；这也可于八卦里看得出。

（2）中国的伦理观念也不出均齐底范围。梁漱溟先生讲：“孔子的伦理实寓有他所谓絜矩之道在内。父慈子孝，兄友弟恭，总使两方面调和而相剂，并不是专压一方面的……”梁任公先生以“相人偶”来解释“仁”字，同这个意思正合。两家底说法都与均齐主义相联。至中庸主义，前已稍论。孔子赞美大舜说：“执其两端，用其中于民。”又说：“我叩其两端而竭焉。”又曰：“攻乎异端，斯害也已。”（从梁任公先生底训释，见《国学小史》）这都讲道理的真理必须从两端推寻出来。这样看来，中国伦理也是脱胎于均齐之观念的，所以可说是均齐的伦理。

（3）《易》曰：“以制器者尚其象。”种种器物原来不过是前述的

“意象”底具体的仿本。艺术就广义而言，本概括一切人为之物，所谓“器”者是也。我们知道均齐的美在中国艺术品中表现得最圆满。这个无非因为均齐底观念浸透了中国人底脑筋。举一个最寻常的例。走进随便一个人家庭堂上去，总可看见那里的桌椅字画同一切供设的器物总是摆得齐齐整整地，左边一个，右边一个，毫不紊乱；而且这些器物又多半是正方形的。更大的像房屋亭阁底布置同形体也都是这样的。所以我在前边说中国建筑同诗最能代表均齐之质。再看中国字底形体又是方的，而均齐者几居三分之二。在篆文里这种原质尤为显明，如：

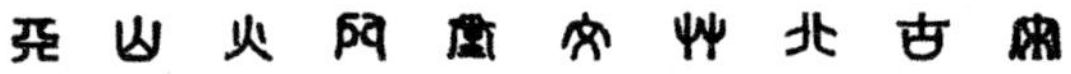

其在文学，律诗正是这个均齐底观念底造形。至于律诗之体制，在形式上，在意义上何以无一部分不合均齐底原理，则已具论在前。 还有律诗于均齐中复含有变异之一点，亦已散见于上文，今皆不赘述。

综观上述，均齐是中国的哲学、伦理、艺术底天然的色彩，而律诗则为这个原质底结晶；此其足以代表中华民族者一也。

第三节 浑括

中国幅员广大，兼占寒温热三带，形形色色的物产，无不毕备。众族杂处，其风俗语言，虽各各不同，然亦非过于殊悬以演成水火不相容之局。在全体上他们是有调和的，但在局部上他们又都能保其个性。譬如一样颜色，或许多颜色浑合太过改变为黑色，固然不能成画；但有了许多颜色而各不相调，也是不会美观的。中国底地图是许多相调和的颜色染成的一个 Symphony。律诗也是如此。前面已证明律诗具有紧凑之质。既说紧凑，则其内含之物必多。然律诗不独内含多物，并且这些物又能各相调和而不失个性。如今且将杜甫底《野望》借来剖析证验一番：

西山白雪三城戍，南浦清江万里桥；海内风尘诸弟隔，天涯涕泪一身遥——唯将迟暮供多病，未有涓埃答圣朝。跨马出郊时极目，不堪人事日萧条！

此诗内计所感到者，有兵患，旅愁，怀弟，惜老，愁病，伤遇，凡六事。事事不同，而其钥音 key note 则不外篇末“萧条”二字而已。此调和而不失个性之谓也。盖绝句只单记一事一感，则未免单调之病。必能如律诗这样的浑括，然后始能言调和也。此其所以能代表吾中华民族者二也。

第四节 蕴藉

艺术之于自然，非求抉剔其微琐，一一必肖于真，如摄影者然。盖在摄取其最精华处而以最简单的方法表现之。此所谓提示法也。局面既窄，而含意欲多，是则不能无赖于提示也。提示则有蕴藉。蕴藉者“不着一字，尽得风流”之谓欤。律诗底句法每为骈列数字，其间相互的关系，须读者自揣，故自表面观之，不识者或以为无意识也。不知此正其品格之高处也。此可以印象派之画理解释之，兹不细论。尝谓新体诗——白话诗——之所以不及旧诗处，此为大端。然则何以知蕴藉之质之合于中国国民性哉？此亦不得烦言而自解。吾人皆知中国人尚直觉而轻经验。尚直觉故其思想，制度，动作，每在理智底眼光里为可解不可解之间，此所谓神秘者是也。律诗之蕴藉之质正为此种性质之表现。王渔洋所创的“神韵”之说，严沧浪所谓“不涉理路，不落言诠”、“香象渡河，羚羊挂角”者，显为但凭直觉之谓也。此律诗之足以代表吾中华民族者三也。

第五节 圆满

圆满底感觉是美底必要的条件。圆满则觉稳固，稳固则生永久感觉，然后安心生而快感起矣。韩惕（Holman Hunt）与艾谋生（Emerson）之论诗皆以圆形比之。韩曰："美之圈。"艾曰："诗人……赍汝以堆积之彩如虹霓之泡，透明，涵虚而圆如地球……"阿尔敦（Alden）谓此与 Perfection 之观念实相连属。不知其与中文之"圆满"之词更相吻合，是亦可谓巧矣。凡律诗之组织，音节（在目为"圆满"，在耳为"节奏"，此亦阿尔敦之论），无不合圆满之义者。观在对偶平仄诸部分可谓至美尽善，无以复加。第观其对偶之工整，平仄之妥洽，便足起人快感；固不待其他部分之帮衬也。然律诗中此质亦非偶然，盖亦我国民族性之表现焉。我国地大物博，独据一洲。在形势上东南环海，西北枕山，成一天然的单位，在物产上，动植矿产备具，不须仰给于人而自赡饱。故吾人尝存满足观念；吾人之人生观则为保守主义，盖自谓生活底享乐，吾已尽有十分，无可复求者矣。我国又尝自称"中国"，以为天下文化尽在于此；四境之外，无美无善，不足论也。律诗之各部分之名称曰首，曰尾，曰颈联，曰腹联，又曰韵脚，曰诗眼，曰篇脉。是则古人默此之为一完全之动物。盖最圆满之诗体莫律诗若。无论以具体的格势论，或以抽象的意味论，律诗于质则为一天然的单位，于数为"百分之百"（hundred percent），于形则为三百六十度之圆形，于义则为理想，乌托邦的理想 Utopian ideal。此其所以能代表吾中华民族者四也。

观此四端，以律诗为中国艺术之代表亦宜矣。然此不过其荦荦大者，此外尚有次等的特质如调和、适变等，均不及细论，仅一提及之已足耳。

第六节　兼有的作用

律体还有古诗、绝句、乐府之作用。此语初听，颇似不经。

请研究之。律诗之所以别于古诗者，对仗与平仄也。然古诗竟有时亦使对仗第不协平仄耳。试问下列五言七言各两篇，究有何分别?

"中散不偶世，本自餐霞人——形解验默仙，吐论知凝神；立俗迕流议，寻山洽隐沦。鸾翮有时铩，龙性谁能驯！”

“将军胆气雄，臂悬两角弓；缠结青骢马，出入锦城中。时危未授钺，势屈难为功。宾客满堂上，何人高义同！”

“促柱繁弦非子夜，歌声舞态异前溪；御史府中何处宿？洛阳城头那得栖？弹琴蜀郡卓家女，织锦秦川窦氏妻，讵不自惊长泪落——到头啼乌恒夜啼？”

“城尖徑仄旌旆愁，独立缥缈之飞楼——峡坼云霾龙虎卧，江清日抱鼋鼍游；扶桑西枝对断石，弱水东影随长流。杖藜叹世者谁子，泣血迸空回白头？”

律诗有时绝似两首绝句并合而成者，其间断疆分域之处，历历可指。若将王维底《送梓州李使君》五律分作两段写，殆无人看得出是一首律诗：

“万壑树参天，千山响杜鹃；山中一夜雨，树杪百重泉。”

“汉女输橦布，巴人讼芋田；文翁翻教授，不敢倚先贤？”

七言如杜甫底《蜀相》亦然：

“丞相祠堂何处寻？锦官城外柏森森——映阶碧草自春色，隔叶黄鹂空好音！”

“三顾频烦天下计，两朝开济老臣心——出师未捷身先死，长使英雄泪满襟。”

至于乐府与非乐府之别，只在前者能入乐谱，后者不能。只要音调谐适，不论古体近体，都可为乐府。律诗也有入乐府的，如沈佺期底《独不见》便是：

“卢家少妇郁金香，海燕双栖玳瑁梁——九月寒砧催木叶，十年征戍忆辽阳；白狼河北音书断，丹凤城南秋夜长；谁为含愁独不见？更教明月照流黄！”

由上以观，律诗兼有古诗、绝句、乐府之作用，不其然乎？

第七节　律诗底价值

今之欲研究中国旧诗者，辄不知从何处下手，且绝无有统绪而且可靠的作指南底著作。余则谓须从律诗下手。一、因律诗为中国诗独有之体裁。以中诗之全数与西诗之全数相减，他种诗都相抵消，其余数则为律诗。故研究中国诗者若不着手于律诗，直等于没有研究中国诗。二、因律诗能代表中国艺术底特质，研究了律诗，中国诗底真精神，便探见着了。三、因律诗兼有古诗、绝句、乐府底作用。学者万一要遍窥中国诗底各种体裁，研究了律诗，其余的也可以知其梗概。如今做新诗的莫不痛诋旧诗之缚束，而其指摘律诗，则尤体无完肤。唉！桀犬吠尧，一唱百和，是岂得为知言哉？若问处于今世，律诗当仿作否，是诚不易为答。若因其不宜仿作，便束之高阁，不予研究，则又因噎废食之类耳。夫文学诚当因时代以变体；且处此二十世纪，文学尤当含有世界底气味；故今之参借西法以改革诗体者，吾不得不许为卓见。但改来改去，你总是改革，不是摈，弃中诗而代以西诗。所以当改者则改之，其当存之中国艺术之特质则不可没。今之新诗体格气味日西，如《女神》之艺术吾诚当见之五体投地；然谓为输人西方艺术以为创倡中国新诗之资料则不可，认为正式的新体中国诗，则未敢附和。盖郭君特西人而中语耳。不知者或将疑其所为译品。为郭君计，当细读律诗，取其不见于西诗中之原质，即中国艺术之特质，以融入其作品中，然后吾必其结果必更大有可观者。且蔡孑民先生曾把旧文学比作篆籀；习用行楷时，篆籀仍未全废，以其为一种美术品也；新文学兴后，旧文学亦可并存，正坐此故。以此推之，则律诗亦未尝不可偶尔为之。无论如何，律诗之艺术的价值，历万代而不泯也。创作家纵畏难却步，不敢尝试；律诗之永为鉴赏家之至宝，则万无疑义。

第七章　排律

唐人自六韵至百韵皆曰律诗。自高秉《唐诗品汇》因元微之李杜优劣论"铺陈终始，排比声律"之语，遂创"排律"之名。沈约《八咏诗》已全是五律，惟七八两句失粘耳。阴铿《安乐宫》诗则完全五言排律矣：

新宫实壮哉！云里望楼台——迢递翔鹍仰，联翩贺燕来；重檐寒雾宿，丹井夏莲开，砌石披新井，雕梁画早梅。欲知安乐盛，歌管杂尘埃。

薛道衡《昔昔盐》亦五排滥觞也：

"垂柳覆金堤，蘼芜叶复齐，水溢芙蓉沼，花飞桃李蹊。采桑秦氏女，织绵窦家妻，关山别荡子，风月守空闺；常敛千金笑，长垂双玉啼；盘龙随镜隐，彩凤逐帷低，飞魂同夜鹊，倦寝忆晨鸡，暗牖悬蛛网，空梁落燕泥。前年过代北，今岁往辽西；一去无消息，谁能惜马蹄！"

至于蔡孚底《打球篇》则又七言排律底先声了：

"德阳宫北苑东陬，云作高台月作楼，金鎚玉莹千金地，宝杖绸纹七宝毬。窦融一家尚三主，梁冀频封万户侯；容色从未荷恩顾，意气平生事侠游；共道用兵如断蔗，俱能走马入长楸。红鬣锦环风騄骥，黄络青丝电紫骝，奔星乱下花场里，初月飞来画杖头。自有长鸣须决胜，能驰骏足满先筹——曹五漫说弹棋妙，剧孟休矜六博投——薄暮汉宫愉乐罢，还归尧室绕垂旒。"

以艺术而论，排律远不如正律了。正律有平仄对仗，不多不少，洽到好处，排律便滥了。正律虽短，音响圆转，只用一韵，而不觉其平滑，排律体长，又不能换韵，则成单调，听来只觉令人昏睡。正律八句，排句散句各半；排律则排多于散，甚至数十倍者，故又生单调之弊。正律排律所共有的两个美质，排律都滥用了，以致变美为丑；其余的正律底美质如浑括、蕴藉、紧凑等，排律都没有了。还有古诗底拖泥带水，刺刺不休底毛病，排律又兼而有之。自来诗中排律底价值极低；照此看来，询不诬也。

参考书目

古诗源	清沈德潜
文选	梁昭明太子
文心雕龙	梁刘勰
十八家诗钞	清曾国藩
瓯北诗话	清赵翼
然镫记闻	清何世瑳
律诗定体	清王士祯
声调谱	清赵翼
谈龙录	清赵翼
国学小史	梁启超
中国哲学史大纲	胡适
东西文化及其哲学	梁漱溟
诗学餐闻	清汪师韩
漫堂诗话	清宋荦
策学备餐	沈祖燕吴颍炎
唐诗鼓吹	金郝天挺
释名	汉刘熙
石林诗话	宋叶梦得
昌黎全集	唐韩愈
六一诗话	宋欧阳修

诗的格律

一

假定“游戏本能说”能够充分的解释艺术的起源，我们尽可以拿下棋来比作诗；棋不能废除规矩，诗也就不能废除格律（格律在这里是 form 的意思。“格律”两个字最近含着了一点坏的意思；但是直译 form 为形体或格式也不妥当。并且我们若是想起 form 和节奏是一种东西，便觉得 form 译作格律是没有什么不妥的了。）假如你拿起棋子来乱摆布一气，完全不依据下棋的规矩进行，看你能不能得到什么趣味？游戏的趣味是要在一种规定的格律之内出奇致胜。做诗的趣味也是一样的。假如诗可以不要格律，做诗岂不比下棋、打球、打麻将还容易些吗？难怪这年头儿的新诗“比雨后的春笋还多些”。我知道这些话准有人不愿意听。但是 Bliss Perry 教授的话来得更古板。他说“差不多没有诗人承认他们真正给格律缚束住了。他们乐意戴着脚镣跳舞，并且要戴别个诗人的脚镣”。

这一段话传出来，我又断定许多人会跳起来，喊着“就算它是诗，我不做了行不行？”老实说，我个人的意思以为这种人就不作诗也可以，反正他不打算来戴脚镣，他的诗也就做不到怎样高明的地方去。杜工部有一句经验语很值得我们揣摩的“老去渐于诗律细”。

诗国里的革命家喊道“皈返自然！”其实他们要知道自然界的格律，虽然有些象蛛丝马迹；但是依然可以找得出来。不过自然界的格律不圆满的时候多，所以必须艺术来补充它。这样讲来，绝对的写实主义便是艺术的破产。“自然的终点便是艺术的起点”，王尔德说得很对。自然并不尽是美的。自然中有美的时候，是自然类似艺术的时候。最好拿造型艺术来证明这一点。我们常常称赞美的山水，讲它可以入画。的确中国人认为美的山水，是以像不像中国的山水画做标准的。欧洲文艺复兴以前所认为女性的美，从当时的绘画里可以证明，同现代女性美的观念完全不合；但是现代的观念不同希腊的雕像所表现的女性美相符了。这是因为希腊雕像的出土，促成了文艺复兴，文艺复兴以来，艺术描写美人，都拿希腊的雕像做蓝本，因此便改造了欧洲人的女性美的观念。我在赵瓯北的一首诗里发现了同类的见解。

> 绝似盆池聚碧孱，嵌空石笋满江湾。
> 化工也爱翻新样，反把真山学假山。

这径直是讲自然在模仿艺术了。自然界当然不是绝对没有美的。自然界里面也可以发现出美来，不过那是偶然的事。偶然在言语里发现一点类似诗的节奏，便说言语就是诗，便要打破诗的音节，要它变得和言语一样——这真是诗的自杀政策了（注意我并不反对用土白作诗，我并且相信土白是我们新诗的领域里，一块非常肥沃的土壤，理由等将来再仔细的讨论。我们现在要注意的只是土白可以“做”诗；这“做”字便说明了土白须要一番锻炼选择的工作然后才能成诗。）诗的所以能激发情感，完全在它的节奏；节奏便是格律。莎士比亚的诗剧里往往遇见情绪紧张到万分的时候，便用韵语来描写。歌德作《浮士德》也曾用同类的手段，在他致席勒的信里并且提到了这一层。韩昌黎“得窄韵则不复傍出，而因难见巧，愈险愈奇……”这样看来，恐怕越有魄力的作家，越是要戴着脚镣跳舞才跳得痛快，跳得好。只有不会跳舞的才怪脚镣碍事，只有不会做诗的才感觉得格律的缚束。对于不会作诗的，格律是表现的障碍物；对于一个作家，格律便成了表现的利器。

又有一种打着浪漫主义的旗帜来向格律下攻击令的人。对于这种人，我只要告诉他们一件事实。如果他们要像现在这样的讲什么浪漫主义，就等于承认他们没有创造文艺的诚意。因为，照他们的成绩看来，他们压根儿就没有注重到文艺的本身，他们的目的只在披露他们自己的原形。顾影自怜的青年们一个个都以为自身的人格是再美没有的，只要把这个赤裸裸的和盘托出，便是艺术的大成功了。你没有听见他们天天唱道“自我的表现”吗？他们确乎只认识了文艺的原料，没有认识那将原料变成文艺所必须的工具。他们用了文字作表现的工具，不过是偶然的事，他们最称心的工作是把所谓“自我”披露出来，是让世界知道“我”也是一个多才多艺，善病工愁的少年；并且在文艺的镜子里照见自己那倜傥的风姿，还带着几滴多情的眼泪，啊！啊！那是多么有趣的事！多么浪漫！不错，他们所谓浪漫主义，正浪漫在这点上，和文艺的派别绝不发生关系。这种人的目的既不在文艺。当然要他们遵从诗的格律来做诗，是绝对办不到的；因为有了格律的范围，他们的诗就根本写不出来了，那岂不失了他们那“风流自赏”的本旨吗？所以严格一点讲起来，这一种伪浪漫派的作品，当它作把戏看可以，当它作西洋镜看也可以，但是万不能当它作诗看。格律不格律，因此就谈不上了。让他们来反对格律，也就没有辨驳的价值了。

上面已经讲了格律就是 form。试问取消了 form，还有没有艺术？上面又讲到格律就是节奏。讲到这一层更可以明了格律的重要；因为世上只有节奏比较简单的散文，决不能有没有节奏的诗。本来诗一向就没有脱离过格律或节奏。这是没有人怀疑过的天经地义。如今却什么天经地义也得有证明才能成立，是不是？但是为什么闹到这种地步呢——人人都相信诗可以废除格律？也许是“安拉基”精神，也许是好时髦的心理，也许是偷懒的心理，也许是藏拙的心理，也许是……那我可不知道了。

二

前面已经稍稍讲了讲诗为什么不当废除格律。现在可以将格律的原质分析一下了。从表面上看来，格律可从两方面讲：(一)属于视觉方面的，(二)属于听觉方面的。这两类其实又当分开来讲，因为它们是息息相关的。譬如属于视觉方面的格律有节的匀称，有句的均齐。属于听觉方面的有格式，有音尺，有平仄，有韵脚；但是没有格式，也就没有节的匀称，没有音尺，也就没有句的均齐。

关于格式，音尺，平仄，韵脚等问题，本刊上已经有饶孟侃先生《论新诗的音节》的两篇文章讨论得很精细了。不过他所讨论的是从听觉方面着眼的。至于视觉方面的两个问题，他却没有提到。当然视觉方面的问题比较占次要的位置。但是在我们中国的文学里，尤其不当忽略视觉一层，因为我们的文字是象形的，我们中国人鉴赏文艺的时候，至少有一半的印象是要靠眼睛来传达的。原来文学本是占时间又占空间的一种艺术。既然占了空间，却又不能在视觉上引起一种具体的印象——这是欧洲文字的一个缺憾。我们的文字有了引起这种印象的可能，如果我们不去利用它，真是可惜了。所以新诗采用了西文诗分行写的办法，的确是很有关系的一件事。姑无论开端的人是有意的还是无心的，我们都应该感谢他。因为这一来，我们才觉悟了诗的实力不独包括音乐的美（音节）绘画的美（词藻）并且还有建筑的美（节的匀称和句的均齐）。这一来，诗的实力上又添了一支生力军，诗的声势更加扩大了。所以如果有人要问新诗的特点是什么，我们应该回答他：增加了一种建筑美的可能性是新诗的特点之一。

近来似乎有不少的人对于节的匀称和句的均齐表示怀疑，以为这是复古的象征。做古人的真倒霉，尤其做中华民国的古人！你想这事怪不怪？做孔子的如今不但“圣人”“夫子”的徽号闹掉了，连他自己的名号也都给褫夺了，如今只有人叫他作“老二”；但是耶稣依然是耶稣基督，苏格拉提依然是苏格拉提。你做诗摹仿十四行体是可以的，但是你得十二分的小心，不要把它做得像律诗了。我真不知道律诗为什么这样可恶，这样卑贱！何况用语体文写诗写到同律诗一样，是不是可能的？并且现在把节做到匀称了，句做到均齐了，这就算是律诗吗？

诚然，律诗也是具有建筑美的一种格式；但是同新诗里的建筑美的可能性比起来，可差得多了。律诗永远只有一个格式，但是新诗的格式是层出不穷的。这是律诗与新诗不同的第一点。做律诗无论你的题材是什么？意境是什么？你非得把它挤进这一种规定的格式里去不可，仿佛不拘是男人，女人，大人，小孩，非得穿一种样式的衣服不可。但是新诗的格式是相体裁衣。例如《采莲曲》的格式决不能用来写《昭君出塞》，《铁道行》的格式决不能用来写《最后的坚决》，《三月十八日》的格式决不能用来写《寻找》。在这几首诗里面，谁能指出一首内容与格式，或精神与形体不调和的诗来，我倒愿意听听他的理由。试问这种精神与形体调和的美，在那印板式的律诗里找得出来吗？在那乱杂无章，参差不齐，信手拈来的自由诗里找得出来吗？

律诗的格律与内容不发生关系，新诗的格式是根据内容的精神制造成的，这是它们不同的第二点。律诗的格式是别人替我们定的，新诗的格式可以由我们自己的意匠来随时构造。这是它们不同的第三点。有了这三个不同之点，我们应该知道新诗的这种格式是复古还是创新，是进化还是退化。

现在有一种格式：四行成一节，每句的字数都是一样多。这种格式似乎用得很普遍。尤其是那字数整齐的句子，看起来好像刀子切的一般，在看惯了参差不齐的自由诗的人，特别觉得有点希奇。他们觉得把句子切得那样整齐，该是多么麻烦的工作。他们又想到做诗是那样的麻烦，诗人的灵感不完全毁坏了吗？灵感毁了，还哪里去找诗呢？不错，灵感毁了，诗也毁了。但是字句锻炼得整齐，实在不是一件难事；灵感决不致因为这个就会受了损失。我曾经问过现在常用整齐的句法的几个作者，他们都这样讲；他们都承认若是他们的那一首诗没有做好，只应该归罪于他们还没有把这种格式用熟；这种格式的本身，不负丝毫的责任。我们最好举两个例来对照着看一看，一个例是句法不整齐的；一个是整齐的，看整齐与凌乱的句法和音节的美丑有关系没有——

“我愿透着寂静的朦胧，薄淡的浮纱，
细听着浙浙的细雨寂寂的在檐上，
激打遥对着远远吹来的空虚中嘘叹的声音，
意识着一片一片的坠下的轻轻的白色的落落。”

“说到这儿，门外忽然灯响，
老人的脸上也改变了模样；
孩子们惊望着他的脸色，
他也惊望着炭火的红光。”

到底哪一个的音节好些——是句法整齐的，还是不整齐？更彻底的讲来，句法整齐不但于音节没有妨碍，而且可以促成音节的调和。这话讲出来，又有人不肯承认了。我们就拿前面的证例分析一遍，看整齐的句法同调和的音节是不是一件事。

孩子们|惊望着|他的|脸色
他也|惊望着|炭火的|红光

这里每行都可以分成四个音尺，每行有两个“三字尺”（三个字构成的音尺之简称，以后仿此）和两个“二字尺”，音尺排列的次序是不规则的，但是每行必须还他两个“三字尺”两个“二字尺”的总数。这样写来，音节一定铿锵，同时字数也就整齐了。所以整齐的字句是调和的音节必然产生出来的现象。绝对的调和音节，字句必定整齐（但是反过来讲，字数整齐了，音节不一定就会调和，那是因为只有字数的整齐，没有顾到音尺的整齐——这种的整齐是死气板脸的硬嵌上去的一个整齐的框子，不是充实的内容产生出来的天然的整齐的轮廓。）

这样讲来，字数整齐的关系可大了，因为从这一点表面上的形式，可以证明诗的内在的精神——节奏的存在与否。如果读者还以为前面的证例不够，可以用同样的方法分析我的《死水》。

这首诗从第一行

这是|一沟|绝望的|死水

起，以后每一行都是用三个“二字尺”和一个“三字尺”构成的，所以每行的字数也是一样多。结果，我觉得这首诗是我第一次在音节上最满意的试验。因为近来有许多朋友怀疑到《死水》这一类麻将牌式的格式，所以我今天就顺便把它说明一下。我希望读者注意，新诗的音节，从前面所分析的看来，确乎已经有了一种具体的方式可寻。这种音节的方式发现以后，我断言新诗不久定要走进一个新的建设的时期了。无论如何，我们应该承认这在新诗的历史里是一个轩然大波。

这一个大波的荡动是进步还是退步，不久也就自然有了定论。

（原载《北平晨报》副刊，十五年五月十三日）

诗与批评

什么是诗呢？我们谁能大胆地说出什么是诗呢？我们谁能大胆地决定什么是诗呢？不能！有多少人是曾对于诗发表过意见，但那意见不一定是合理的，不一定是真理；那是一种个人的偏见，因为是偏见，所以不一定是对的。但是，我们怎样决定诗是什么呢？我以为，来测度诗的不是偏见，应该是批评。

对于“什么是诗”的问题，有两种对立的主张：

有一种人以为：“诗是不负责的宣传。”

另一种人以为：“诗是美的语言。”

我们念了一篇诗，一定不会是白念的，只要是好诗，我们念过之后就受了他的影响：诗人在作品中对于人生的看法影响我们，对于人生的态度影响我们，我们就是接受了他的宣传。诗人用了文字的魔力来征服他的读者，先用了这种文字的魅力使读者自然地沉醉，自然地受了催眠，然后便自自然然地接受了诗人的意见，接受了他的宣传。这个宣传是有如何的效果呢？诗人不问这个，因为他的宣传是不负责的宣传。诗人在作品里所表示的意见是可靠的吗？这是不一定的，诗人有他自己的偏见，偏见是不一定对的，好些人把诗人比做疯子，疯子的意见怎么能是真理呢？实在，好些诗人写下了他的诗篇，他并不想到有什么效果，他并不为了效果而写诗，他并不为了宣传而写诗，他是为写诗而写诗的；因之，他的诗就是一种不负责的东西了，不负责的东西是好的吗？这是一个很重要的问题，所以，第一种主张就侧重在这种宣传的效果方面，我想，这是一种对于诗的价值论者。

好些人念一篇诗时是不理会它的价值的，他只吟味于词句的安排，惊喜于韵律的美妙：完全折服于文字与技巧中。这种人往往以为他的态度仅止于欣赏，仅止于享受而已，他是为念诗而念诗。其实这是不可能的事，在文字与技巧的魅力上，你并不只享受于那份艺术的功力，你会被征服于不知不觉中，你会不知不觉的为诗人所影响，所迷惑。对于这种不顾价值，而只求感受舒适的人，我想他们是对于诗的效率论者。

这两种态度都不是对的。因为单独的价值论或是效率论都不是真理。我以为，从批评诗的正确的态度上说，是应该二者兼顾的。

柏拉图在他的《理想国》中赶走了诗人，因为他不满意诗人。他是一个极端的价值论者，他不满意于诗人的不负责的宣传。一篇诗作是以如何残忍的方式去征服一个读者。诗篇先以美的颜面去迷惑了一个读者，叫他沉迷于字面、音韵、旋律，叫他为了这些而奉献了自己，然而又以诗人的偏见深深烙印在读者的灵魂与感情上，然而这是一个如何的烙印——不负责的宣传已是诗的顶大的罪名了，我们很难有法子让诗人对于他的宣传负责（诗人是否能负责又是一个问题）。这样一来，为了防范这种不负责的宣传，我们是不是可以不要诗了呢？不行，我们觉得诗是非要不可，诗非存在不可的。既然这样，所以我们要求诗是“负责的宣传”。我们要求诗人对他的作品负责，但这也许是不容易的事，因之，我们想得用一点外力，我们以社会使诗人负责。

负责的问题成为最重要的了，我们为了诗的光荣存在而辩护，所以不能不要求诗的宣传作用是负责的，是有利益于社会的。我们想，若是要知道这宣传是否负责而用新闻检查的方式，实在是可笑的，我们不能用检查去了解，我们要用批评去了解；目前的诗著作是可用检查的方式限制的，但这限制至少对于古人是无用的；而且事实上有谁会想出这种类似焚书坑儒的事来折磨我们的诗人呢？我想应该不会，在苏联和别的国家也许用一种方法叫诗人负责，方法很简单，就是，拉着诗人的鼻子走，如同牵牛一样，政府派诗人做负责的诗，一个纪念，叫诗人做诗，一个建筑落成，叫诗人做诗，这样，好些“诗”是给写出来了，但结果，在这种方式下产生出来的作品，只是宣传品而不是诗了，既不是诗，宣传的力量也就小了或甚至没有了，最后，这些东西既不是诗又不是宣传品，则什么都不是了，我们知道马也可夫斯基写过诗，也写过宣传品，后来他自杀了，谁知道他为什么自杀呢？所以我想，拉着诗人的鼻子走的方式并不是好的方式。

政府是可以指导思想的。但叫诗人负责，这不是政府做得到的；上边我说，我们需要一点外边，这外力不是发自政府，而是发自社会，我觉得去测度诗的是否为负责的宣传的任务不是检查所的先生完成得了的，这个任务，应该交给批评家。

每个诗人都有他独特的性格、作风、意见与态度，这些东西会表现在作品里。一个读者要只单选上一位诗人的东西读，也许不是有益而且有害的，因为，我们无法担保这个诗人是完全对的，我们一定要受他的影响，若他的东西有了毒，是则我们就中毒了。鸡蛋是一种良好的食品，既滋补而又可口，但据说吃多了是有毒的，所以我们不能天天只吃鸡蛋，我们要吃别的东西。读诗也一样，我觉得无妨多读，从庞乱中，可以提取养料来补自己，我们可以读李白、村甫、陶潜、李商隐、莎士比亚、但丁、雪莱，甚至其他的一切诗人的东西，好些作品混在一起，有毒的部分抵消了，留下滋养的成分；不负责的部分没有了，留下负责的成分。因为，我们知道凡是能够永远流传下去的东西，差不多可以说是好的，时间和读者会无情地淘汰坏的作品。我以为我们可以有一个可靠的选本，让批评家精密地为各种不同的人选出适于他们的选本，这位批评家是应该懂得人生，懂得诗，懂得什么是效率，懂得什么是价值的这样一个人。

我以为诗是应该自由发展的。什么形式什么内容的诗我们都要。我们设想我们的选本是一个治病的药方，那末，里面可以有李白，有杜甫，有陶渊明，有苏东坡，有歌德，有济慈，有莎士比亚；我们可以假想李白是一味大黄吧，陶渊明是一味甘草吧，他们都有用，我们只要适当的配合起来，这个药方是对以治病的。所以，我们与其去管诗人，叫他负责，我们不如好好的找到一个批评家，批评家不单可以给我们以好诗，而且可以给社会以好诗。

历史是循环的，所以我现在想提到历史来帮助我们了解我们的时代，了解时代赋予诗的意义，了解我们批评诗的态度。封建的时代我们看得出只有社会，没有个人，《诗经》给他们一个证明。《诗经》的时代过去了，个人从社会里边站出来，于是我们发觉《古诗十九首》实在比《诗经》可爱，《楚辞》实在比《诗经》可爱。因为我们自己现在是个人主义社会里的一员，我们所以喜爱那种个人的表现，我们因之觉得《古诗十九首》比《诗经》对我们亲切。《诗经》的时代过去了之后，个人主义社会的趋势已经非常明显了。而且实实在在就果然进到了个人主义社会。这时候只有个人，没有社会。个人是耽沉于自己的享乐，忘记社会，个人是觅求“效率”以增加自己愉悦的感受，忘记自己以外的人群。陶渊明时代有多少人过极端苦难的日子，但他不管，他为他自己写下他闲逸的诗篇。谢灵运一样忘记社会，为自己的愉悦而玩弄文字——当我们想到那时别人的苦难，想着那幅流民图，我们实实在在觉得陶渊明与谢灵运之流是多么无心肝，多么该死——这是个人主义发展到极端了，到了极端，即是宣布了个人主义的崩溃，灭亡。杜甫出来了，他的笔触到广大的社会与人群，他为了这个社会与人群而同其欢乐，同其悲苦，他为社会与人群而振呼。杜甫之后有了白居易，白居易不单是把笔濡染着社会，而且他为当前的事物提出他的主张与见解。诗人从个人的圈子走出来，从小我而走向大我，《诗经》时代只有社会，没有个人，再进而只有个人没有社会，进到这时候，已经是成为了个人社会（Individual society）了。

到这里，我应提出我是重视诗的社会的价值了。我以为不久的将来，我们的社会一定会发展成为 Society of Individual，Individual for Society（社会属于个人，个人为了社会）的。诗是与时代同其呼吸的，所以，我们时代不单要用效率论来批评诗，而更重要的是以价值论诗了，因为加在我们身上的将是一个新时代。

诗是要对社会负责了，所以我们需要批评。《诗经》时代何以没有批评呢？因为，那些作品都是负责的，那些作品没有“效率”，但有“价值”，而且全是“教育的价值”，所以不用批评了（自然，一篇实在没有价值的东西也可以“说”得出价值来的，对这事我们可以不必论及了）。个人主义时代也不要批评，因为诗就只是给自己享受享受而已，反正大家标准一样，批评是多余的；那时候不论价值，因为效率就是价值（诗话一类的书就只在谈效率，全不能算是批评）。但今天，我们需要批评，而且需要正确而健康的批评。

春秋时代是一个相当美好的时代，那时候政治上保持一种均势。孔子删诗，孔子对于诗作过最好的，最合理的批评。在《左传》上关于诗的批评我认为是对的，孔子注重诗的社会价值。自然，正确的批评是应该兼顾到效率与价值的。

从目前的情形看，一般都只讲求效率了，而忽视了价值，所以我要大声疾呼请大家留心价值。有人以为着重价值就会忽略了效率，就会抹煞了效率。我以为不会。这种担心是多余的。我们不要以为效率会被抹煞，只要看看普遍的情形。我们不是还叫读诗叫欣赏诗吗？我们不是还很重视于字句声律这些东西吗？社会价值是重要的，我们要诗成为“负责的宣传”，就非得着重价值不可，因为价值实在是被“忽视”了。

诗是社会的产物。若不是于社会有用的工具，社会是不要它的，诗人掘发出了这原料，让批评家把它做成工具，交给社会广大的人群去消化。所以原料是不怕多的，我们什么诗人都要，什么样的诗都要，只要制造工具的人技术高，技术精。

我以为诗人有等级的，我们假设说如同别的东西一样分做一等二等三等，那么杜甫应该是一等的，因为他的诗博、大。有人说黄山谷、韩昌黎、李义山等都是从杜甫来的，那么杜甫是包罗了这么多“资源”，而这些资源大部是优良的美好的，你只念杜甫，你不会中毒；你只念李义山就糟了，你会中毒的，所以李义山只是二等诗人。陶渊明的诗是美的，我以为他诗里的资源是类乎珍宝一样的东西，美丽而没有用，是则陶渊明应在杜甫之下了。

所以，我们需要懂得人生，懂得什么是效率，懂得诗，懂得什么是价值的批评家为我们制造工具，编制选本，但是，谁是批评家呢？我不知道。

（原载三十三年九月一日重庆出版李一痕主编之《火之源丛刊》第二三集合刊）

宫体诗的自赎

宫体诗就是宫廷的，或以宫廷为中心的艳情诗，它是个有历史性的名词，所以严格地讲，宫体诗又当指以梁简文帝为太子时的东宫及陈后主、隋炀帝、唐太宗等几个宫廷为中心的艳情诗。我们该记得从梁简文帝当太子到唐太宗晏驾中间一段时期，正是谢朓已死，陈子昂未生之间一段时期。这其间没有出过一个第一流的诗人。那是一个以声律的发明与批评的勃兴为人所推重，但论到诗的本身，则为人所垢病的时期。没有第一流诗人，甚至没有任何诗人，不是一桩罪过。那只是一个消极的缺憾。但这时期却犯了一桩积极的罪。它不是一个空白，而是一个污点，就因为他们制造了些有如下面这样的宫体诗。

> 长筵广未同，上客娇难逼，还杯了不顾，回身正颜色。（高爽《咏酌酒人》）
>
> 众中俱不笑，座上莫相撩。（邓铿《奉和夜听妓声》）

这里所反映的上客们的态度，便代表他们那整个宫廷内外的气氛。人人眼角里是淫荡，

> 上客徒留目，不见正横陈。（鲍泉《敬酬刘长史咏名士悦倾城》）

人人心中怀着鬼胎。

春风别有意，密处也寻香。（李义府《堂词》）

对姬妾娼妓如此，对自己的结发妻亦然（刘孝威《都县寓见人织率尔赠妇》便是一例）。于是发妻也就成了倡家。徐悱写得出《对房前桃树咏佳期赠内》那样一首诗，他的夫人刘令娴为什么不可以写一首《光宅寺》来赛过他？索性大家都揭开了，

知君亦荡子，贱妾自倡家。（吴均《鼓瑟曲有所思》）

因为也许她明白她自己的秘诀是什么。

自知心所爱，出入仕秦宫，谁言连尹屈，更是莫遨通？（简文帝《艳歌篇》十八韵）

简文帝对此并不诧异，说不定这对他，正是件称心的消息。堕落是没有止境的。从一种变态到另一种变态往往是个极短的距离，所以现在像简文帝《娈童》，吴均《咏少年》，刘孝绰《咏小儿采莲》，刘遵《繁华应令》，以及陆厥《中山王孺子妾歌》一类作品，也不足令人惊奇了。变态的又一型类是以物代人为求满足的对象。于是绣领、柏腹、履、枕、席、卧具……全有了生命，而成为被沾污者。推而广之，以至灯烛，玉阶，梁尘，也莫不踊跃的助他们集中意念到那个荒唐的焦点，不用说，有机生物如花草莺蝶等更都是可人的同情者。

罗荐已擘鸳鸯被，绮衣复有葡萄带，残红艳粉映帘中，戏蝶流莺聚窗外。（上官仪《八咏应制》）

看看以上的情形，我们真要疑心，那是作诗，还是在一种伪装下的无耻中求满足。在那种情形之下，你怎能希望有好诗！所以常常是那套褪色的陈词滥调，诗的本身并不能比题目给人以更深的印象。实在有时他们真不像是在作诗，而只是制题。这都是惨淡经营的

结果：《咏人聘妾仍逐琴心》（伏知道），《为寒床妇赠夫》（王胄）。特别是后一例，尽有“闺情”，“秋思”，“寄远”一类的题面可用，然而作者偏要标出这样五个字来，不知是何居心。如果初期作者常用的“古意”“拟古”一类暧昧的题面，是一种遮羞的手法，那么现在这些人是根本没有羞耻了！这由意识到文词，由文词到标题，逐步的鲜明化，是否可算作一种文字的裎裸狂，我不知道，反正赞叹事实的‘诗’变成了标明事类的‘题’这附庸，这趋势去《游仙窟》一流作品，以记事文为主，以诗副之的形式，已很近了。形式很近，内容又何尝远？《游仙窟》正是宫体诗必然的下场。

我还得补充一下宫体诗在它那中途丢掉的一个自新的机会。这专以在昏淫的沉迷中作践文字为务的宫体诗，本是衰老的，贫血的南朝宫庭生活的产物，只有北方那些新兴民族的热与力才能拯救它。因此我们不能不庆幸庾信等之入周与被留，因为只有这样，宫体诗才能更稳固的移植在北方，而得到它所需要的营养。果然被留后的庾信的《乌夜啼》、《春别诗》等篇，比从前在老家作的同类作品，气色强多了。移植后的第二三代本应不成问题。谁知那些北人骨子里和南人一样，也是脆弱的，禁不起南方那美丽的毒素的引诱，他们马上又屈服了。除薛道衡《昔昔盐》、《人日思归》，隋炀帝《春江花月夜》三两首诗外，他们没有表现过一点抵抗力。炀帝晚年可算热忱的效忠于南方文化了，文艺的唐太宗，出人意料之外，比炀帝还要热忱。于是庾信的北渡完全白费了。宫体诗在唐初，依然是简文帝时那没筋骨，没心肝的宫体诗。不同的只是现在词藻来得更细致，声调更流利，整个的外表显得更乖巧，更酥软罢了。说唐初宫体诗的内容和简文时完全一样，也不对。因为除了搬出那僵尸“横陈”二字外，他们在诗里也并没有讲出什么。这又教人疑心这辈子人已失去了积极犯罪的心情。恐怕只是词藻和声调的试验给他们羁縻着一点作这种诗的兴趣（词藻声调与宫体有着先天与历史的连系。）宫体诗在当时可说是一种不自主的，虚伪的存在。原来从虞世南到上官仪是连堕落的诚意都没有了。此真所谓“萎靡不振”！

但是堕落毕竟到了尽头，转机也来了。

在窒息的阴霾中，四面是细弱的虫吟，虚空而疲倦，忽然一声霹雳，接着的是狂风暴雨！虫吟听不见了，这样便是卢照邻《长安古意》的出现。这首诗在当时的成功不是偶然的。放开了粗豪而圆润的嗓子，他这样开始，

> 长安大道连狭斜，青牛白马七香车，玉辇纵横过主第，金鞭络绎向侯家！龙衔宝盖承朝日，凤吐流苏带晚霞，百丈游丝争绕树，一群娇鸟共啼花。……

这生龙活虎般腾踔的节奏，首先已够教人们如大梦初醒而心花怒放了。然后如云的车骑，载着长安中各色人物 panorama 式的一幕幕出现，通过"五剧三条"的"弱柳青槐"来"共宿娼家桃李蹊"。诚然这不是一场美丽的热闹。但这颠狂中有战栗，堕落中有灵性。"得成比目何辞死，愿作鸳鸯不羡仙。"比起以前那光是病态的无耻——"相看气息望君怜，谁能含羞不肯前！"（简文帝《乌栖曲》）如今这是什么气魄！对于时人那虚弱的感情，这真有起死回生的力量。最后，"节物风光不相待，桑田碧海须臾改，昔时金阶白玉堂，即今唯见青松在！"似有"劝百讽一"之嫌。对了，讽刺，宫体诗中讲讽刺，多么生疏的一个消息！我几乎要问《长安古意》究竟能否算宫体诗。从前我们所知道的宫体诗，自萧氏君臣以下都是作者自身下流意识的口供，那些作者只在诗里，这回卢照邻却是在诗里，又在诗外，因此他能让人人以一个清醒的旁观的自我，来给另一个自我一声警告。这两种态度相差多远！

> 寂寂寥寥杨子居，年年岁岁一床书，独有南山桂花发，飞来飞去袭人裾。

这篇末四句有点突兀，在诗的结构上既嫌蛇足，而且这样说话，也不免暴露了自己态度的褊狭，因而在本篇里似乎有些反作用之嫌。可是对于人性的清醒方面，这四句究不失为一个保障与安慰。一点点

艺术的失败，并不妨碍《长安古意》在思想上的成功。他是宫体诗中一个破天荒的大转变。一手挽住衰老了的颓废，教给他如何回到健全的欲望，一手又指给他欲望的幻灭。这诗中善与恶都是积极的，所以二者似相反而相成。我敢说《长安古意》的恶的方面比善的方面还有用。不要问卢照邻如何成功，只看庾信是如何失败的。欲望本身不是什么坏东西。如果它走入了歧途，只有疏导一法可以挽救，壅塞是无效的。庾信对于宫体诗的态度，是一味的矫正，他仿佛是要以非宫体代宫体。反之，卢照邻只要以更有力的宫体诗救宫体诗，他所争的是有力没有力，不是宫体不宫体。甚至你说他的方法是以毒攻毒也行，反正他是胜利了。有效的方法不就是对的方法吗？

矛盾就是人性，诗人作诗本不必对自己的行为负责。原来《长安古意》的“年年岁岁一床书”，只是一句诗而已。即令作诗时事实如此，大概不久以后，情形就完全变了，骆宾王的《艳情代郭氏答卢照邻》便是铁证。故事是这样的：照邻在蜀中有一个情妇郭氏，正当她有孕时，照邻因事要回洛阳去，临行相约不久回来正式成婚。谁知他一去两年不返，而且在三川有了新人。这时她望他的音信既望不到，孩子也丢了。“悲鸣五里无人问，肠断三声谁为续！”除了骆宾王给寄首诗去替她申一回冤，这悲剧又能有什么更适合的收场呢？一个生成哀艳的传奇故事，可惜骆宾王没赶上蒋防、李公佐的时代。我的意思是：故事最适宜于小说，而作者手头却只有一个诗的形式可供采用。这试验也未尝可不作，然而他偏偏又忘记了《孔雀东南飞》的典型。凭一枝作判词的笔锋（这是他的当行），他只草就了一封韵语的书札而已。然而是试验，就值得钦佩。骆宾王的失败，不比李百药的成功有价值吗？他至少也替《秦妇吟》垫过路。

这以“一抔之土未干，六尺之孤何托”，教历史上第一位英威的女性破胆的文士，天生一副侠骨，专喜欢管闲事，打抱不平、杀人报仇、革命、帮痴心女子打负心汉，都是他干的。《代女道士王灵妃赠道士李荣》里没讲出具体的故事来，但我们猜到一半，还不是卢郭公案那一类的纠葛？李荣是个有才名道士（见《旧唐书·儒学罗道琮传》，卢照邻也有过诗给他。）故事还是发生在蜀中，李荣往长安去了，也是许久不回来，王灵妃急了，又该骆宾王给去信促驾了。不过这回的信却写得比较像首诗。其所以然，倒不在：

梅花如雪柳如丝，年去年来不自持，初言别在寒偏在，何悟春来春更思。

一类响亮句子，而是那一气到底而又缠绵往复的旋律之中，有着欣欣向荣的情绪。《代女道士王灵妃赠道士李荣》的成功，仅次于《长安古意》。

和卢照邻一样，骆宾王的成功，有不少成分是仗着他那篇幅的。上文所举过的二人的作品，都是宫体诗中的云冈造象，而宾王尤其好大成癖（这可以他那以赋为诗的《帝京篇》、《畴昔篇》为证）。从五言四句的《自君之出矣》，扩充到卢骆二人洋洋洒洒的巨篇，这也是宫体诗的一个剧变。仅仅篇幅大，没有什么，要紧的是背面有厚积的力量撑持着。这力量，前人谓之“气势”，其实就是感情。有真实感情，所以卢骆的来到，能使人们麻痹了百余年的心灵复活。有感情，所以卢骆的作品，正如杜甫所预言的，“不废江河万古流”。

从来没有暴风雨能够持久的。果然持久了，我们也吃不消，所以我们要它适可而止。因为，它究竟只是一个手段，打破郁闷烦躁的手段，也只是一个过程，达到雨过天青的过程。手段的作用是有时效的，过程的时间也不宜太长，所以在宫体诗的园地上，我们很侥幸地碰见了卢、骆，可也很愿意能早点离开他们——为的是好和刘希夷会面。

古来容光人所羡，况复今日遥相见？愿作轻罗著细腰，愿为明镜分娇面。（《公子行》）

这不是什么十分华贵的修词，在刘希夷也不算最高的造诣。但在宫体诗里，我们还没有听见过这类的痴情话。我们也知道他的来源是《同声诗》和《闲情赋》。但我们要记得，这类越过齐梁，直向汉晋人借贷灵感，在将近百年以来的宫体诗里也很少人干过呢？

> 与君相向转相亲，与君双栖共一身。愿作贞松千岁古，谁论芳槿一朝新！百年同谢西山下，千秋万古北邙尘。（《公子行》）

这连同它的前身——杨方《合欢》诗，也不过是常态的，健康的爱情中，极平凡，极自然的思念，谁知道在宫体诗中也成为了不得的稀世的珍宝。回返常态确乎是刘希夷的一个主要特质，孙翌编《正声集》时把刘希夷列在卷首，便已看出这一点来了。看他即便哀艳到如：

> 自怜妖艳姿，妆成独见时，愁心伴杨柳，春尽乱如丝。
> （《春女行》）
> 携笼长叹息，逶迤恋春色，看花若有情，倚树疑无力，
> 薄暮思悠悠，使君南陌头，相逢不相识，归过梦青楼。
> （《采桑》）

也从没有不归于正的时候。感情返到正常状态是宫体诗的又一重大阶段。唯其如此，所以烦躁与紧张都消失了，只剩下一片晶莹的宁静。就在此刻，恋人才变成诗人，憬悟到万象的和谐，与那一水一石一草一木的神秘的不可抵抗的美，而不禁受创似的哀叫出来：

> 可怜杨柳伤心树！可怜桃李断肠花！（《公子行》）

但正当他们叫着“伤心树”“断肠花”时，他已从美的暂促性中认识了那玄学家所谓的“永恒”——一个最缥缈，又最实在，令人惊喜，又令人震怖的存在，在它面前一切都变渺小了，一切都没有了。自然认识了那无上的智慧，就在那彻悟的一刹那间，恋人也就是变成哲人了：

> 洛阳城东桃李花，飞来飞去落谁家？洛阳女儿好颜色，坐见落花长叹息：——今年花落颜色改，明年花开复谁在！
>
> ……古人无复洛阳东，今年还对落花风，年年岁岁花相似，岁岁

年年人不同！（《代悲白头翁》）

相传刘希夷吟到“今年花落……”二句时，吃一惊，吟到“年年岁岁……”二句，又吃一惊。后来诗被宋之问看到，硬要让给他，诗人不肯，就生生的被宋之问给用土囊压死了。于是诗谶就算验了。编故事的人的意思，自然是说，刘希夷泄露了天机，论理该遭天谴。这是中国式的文艺批评，隽永而正确，我们在千载之下，不能，也不必改动它半点。不过我们可以用现代语替它诠释一遍，所谓泄露天机者，便是悟到宇宙意识之谓。从蜣螂转丸式的宫体诗一跃而到庄严的宇宙意识，这可太远了，太惊人了！这时的刘希夷实已跨近了张若虚半步，而离绝顶不远了。

如果刘希夷是卢骆的狂风暴雨后宁静爽朗的黄昏，张若虚便是风雨后更宁静更爽朗的月夜。《春江花月夜》本用不着介绍，但我们还是忍不住要谈谈。就宫体诗发展的观点看，这首诗，尤其有大谈的必要。

春江潮水连海平，海上明月共潮生，滟滟随波千万里，何处春江无月明！江流宛转绕芳甸，月照花林皆似霰，空里流霜不觉飞，汀上白沙看不见。

在这种诗面前，一切的赞叹是饶舌，几乎是渎亵。它超过了一切的宫体诗有多少路程的距离，读者们自己也知道。我认为用得着一点诠明的倒是下面这几句：

……江畔何人初见月？江月何年初照人？人生代代无穷已，
江月年年只相似，不知江月待何人，但见长江送流水！

更迥绝的宇宙意识！一个更深沉，更寥廓更宁静的境界！在神奇的永恒前面，作者只有错愕，没有憧憬，没有悲伤。从前卢照邻指点出“昔时金阶白玉堂，即今唯见青松在”时，或另一个初唐诗人——寒山子更尖酸的吟着“未必长如此，芙蓉不耐寒”时，那都是站在本体旁边凌视现实。那态度我以为太冷酷，太傲慢，或者如果你愿意，也可以带点狐假虎威的神气。在相反的方向，刘希夷又一味凝视着“以有涯随无涯”的徒劳，而徒劳地为它哀毁着，那又未免太萎靡，太怯懦了。只张若虚这态度不亢不卑，冲融和易才是最纯正的，“有限”与“无限”，“有情”与“无情”——诗人与“永恒”猝然相遇，一见如故，于是谈开了——“江畔何人初见月？江月何年初照人？……江月年年只相似，不知江月待何人？”对每一问题，他得到的仿佛是一个更神秘的更幽默的微笑，他更迷惘了，然而也满足了。于是他又把自己的秘密倾吐给那缄默的对方：

> 白云一片去悠悠，青枫浦上不胜愁，

因为他想到她了，那“妆镜台”边的“离人”。他分明听见她的叹喟：

> 此时相望不相闻，愿逐月华流照君！

他说自己很懊悔，这飘荡的生涯究竟到几时为止！

> 昨夜闲潭梦落花，可怜春半不还家，江水流春去欲尽，江潭落月复西斜！

他在怅惘中，忽然记起飘荡的许不只他一人，对此情景，大概旁人，也只得徒唤奈何罢？

> 斜月沈沈藏海雾，碣石潇湘无限路，不知乘月几人归，落月摇情满江树！

这里一番神秘而又亲切的，如梦境的晤谈，有的是强烈的宇宙意识，被宇宙意识升华过的纯洁的爱情，又由爱情辐射出来的同情心，这是诗中的诗，顶峰上的顶峰。从这边回头一望，连刘希夷都是过程了，不用说卢照邻和他的配角骆宾王，更是过程的过程。至于那一百年间梁陈隋唐四代宫庭所遗留下的那份最黑暗的罪孽，有了《春江花月夜》这样一首宫体诗，不也就洗净了吗？向前替宫体诗赎清了百年的罪，因此，向后也就和另一个顶峰陈子昂分工合作，清除了盛唐的路，——张若虚的功绩是无从估计的。

卅年八月二十二日陈家营

原载《当代评论》第十期

英译李太白诗

《李白诗集》The Works of Li Po，The Chinese poet.

小畑薰良译 Done into English Verse by Shigeyoshi Obata，E. P. Dutton Co, New York City, 1992.

小畑薰良先生到了北京，更激起了我们对于他译的《李白诗集》的兴趣。这篇评论披露出来了，我希望小畑薰良先生这件惨淡经营的工作，在中国还要收到更普遍的注意，更正确的欣赏。书中虽然偶尔也短不了一些疏忽的破绽，但是大体上看起来，依然是一件很精密，很有价值的工作。如果还有些不能叫我们十分满意的地方，那许是应该归罪于英文和中文两种文字的性质相差太远了；而且我们应注意译者是从第一种外国文字译到第二种外国文字。打了这几个折扣，再通盘计算起来，我们实在不能不佩服小畑薰良先生的毅力和手腕。

这一本书分成三部分：(一)李白的诗；(二)别的作家同李白唱和的诗，以及同李白有关系的诗；(三)序、传及参考书目。我把第一部分里面的李白的诗和译者的序，都很尽心的校阅了，我得到无限的乐趣，我也发生了许多的疑窦。乐趣是应该向译者道谢的，疑窦也不能不和他公开地商榷。

第一我觉得译李白的诗，最要注重鉴别真伪。因为集中有不少的"赝鼎"，有些是唐人伪造的，有些是五代中国人伪造的，有些是宋人伪造的，古来有识的学者和诗人，例如苏轼讲过《草书歌行》、《悲歌行》、《笑歌行》、《姑熟十咏》，都是假的；黄庭坚讲过《长干行》第二首和《去妇词》是假的；萧士赞怀疑过的有七篇，赵翼怀疑过的有两篇；龚自珍更说得可怕——他说李白的真诗只有一百二十二篇，算起来全集中至少有一半是假的了。

我们现在虽不必采纳龚自珍那样极端的主张，但是讲李白集中有一部分的伪作，是很靠得住的。况且李阳冰讲了“当时著作，十丧其九”，刘全白又讲“李君文集，家有之而无定卷”。韩愈又叹道：“惜哉传于今，泰山一毫芒。”这三个人之中，阳冰是太白的族叔，不用讲了。刘全白、韩愈都离着太白的时代很近，他们的话应当都是可靠的，但是关于鉴别真伪的一点，译者显然没有留意。例如：《长干行》第二首，他便选进去了。鉴别的工夫，在研究文艺，已然是不可少的，在介绍文艺，尤其不可忽略。不知道译者可承认这一点?

再退一步说，我们若不肯断定某一首诗是真的，某一首是假的，至少好坏要分一分。我们若是认定了某一首是坏诗，就拿坏诗的罪名来淘汰它，也未尝不可以。尤其像李太白这样一位专仗着灵感作诗的诗人，粗率的作品，准是少不了的。所以选诗的人，从严一点，总不会出错儿，依我的见解，《王昭君》、《襄阳曲》、《沐浴子》、《别内赴征》、《赠内》、《巴女词》，还有那证明李太白是日本人的朋友的《哭晁卿衡》一类的作品，都可以不必翻译。至于《行路难》、《饯别校书叔云》、《襄阳歌》、《扶风豪士歌》、《西岳云台歌》、《鸣皋歌》、《日出入行》等等的大作品，都应该入选，反而都落选了。这不知道译者是用的一种什么标准去选的，也不知道选择的观念到底来过他脑筋里没有。

太白最擅长的作品是乐府歌行，而乐府歌行用自由体译起来，又最能得到满意的结果。所以多译些《蜀道难》、《梦游天姥吟留别》一类的诗，对于李太白既公道，在译者也最合算。太白在绝句同五律上固然也有他的长处；但是太白的长处正是译者的难关。李太白本是古诗和近体中间的一个关键。他的五律可以说是古诗的灵魂蒙着近体的躯壳，带着近体的藻饰。形式上的秾丽许是可以译的，气势上的浑璞可没法子译了。但是去掉了气势，又等于去掉了李太白。“我来竟何事，高卧沙丘城？城边有古树，日月连秋声……”这是何等的气势，何等古朴的气势！你看译到英文，成了什么样子？

Why have I come hither, after all?
Solitude is my lot at Sand Hill city
There are old trees by the city wall
And many voices of autumn, day and night

这还算好的，再看下面的，谁知道那几行字就是译的“人烟寒橘柚，秋色老梧桐”。

The smoke from the cottages curls Up around the citron trees,
And the hues of late autumn are On the green paulownias.

这到底是怎么一回事，怎么中文的“浑金璞玉”，移到英文里来，就变成这样的浅薄，这样的庸琐？我说这毛病不在译者的手腕，是在他的眼光，就像这一类浑然天成的名句，它的好处太玄妙了，太精微了，是禁不起翻译的。你定要翻译它，只有把它毁了完事！譬如一朵五色的灵芝，长在龙爪似的老松根上，你一眼瞥见了，很小心地把它采了下来，供在你的瓶子里，这一下可糟了！从前的瑞彩，从前的仙气，于今都变成了又干又瘪的黑菌。你搔着头，只着急你供养的方法不对。其实不然，压根儿你就不该采它下来，采它就是毁它，“美”是碰不得的，一粘手它就毁了，太白的五律是这样的，太白的绝句也是这样的。

峨眉山月半轮秋，影入平羌江水流，
夜发青溪向三峡，思君不见下渝州。

The autumn moon is half round above Omei Mountain ;
Its pale light falls in and flows with the water of the Pingchang River.
In-night I leave Chingchi of the limpid stream for the Three Canyons,
And glides down past Yuchow, thinking of you whom I can not see.

在诗后面译者声明了，这首诗译得太对不起原作了。其实他应该道歉的还多着，岂只这一道吗？并且《静夜思》、《玉阶怨》、《秋浦歌》、《赠汪伦》、《山中答问》、《清平调》、《黄鹤楼送孟浩然之广陵》一类的绝句，恐怕不止小畑薰良先生，实在什么人译完了，都短不了要道歉的，所以要省了道歉的麻烦，这种诗还是少译的好。

我讲到了用自由体译乐府歌行最能得到满意的结果。这个结论是看了好几种用自由体的英译本得来的。读者只要看小畑薰良先生的《蜀道难》便知道了。因为自由体和长短句的乐府歌行，在体裁上相差不远；所以在求文字的达意之外，译者还有余力可以进一步去求音节的仿佛。例如篇中几句“蜀道难，难于上青天”，是全篇音节的锁钥，是很重要的。译作“The road to Shu is more difficult to climb than to climb the steep blue heaven”，两个（climb）在一句的中间作一种顿挫，正如两个“难”字的功效一样的；最巧的“难”同climb的声音也差不多，又如“上有六龙回日之高标；下有冲波逆折之洄川”译作：

> “Lo, the road mark high above, where the six dragons circle thesun!
>
> The stream far below, winding forth and winding back, breaks into foam.”

这里的节奏也几乎是原诗的节奏了。在字句的结构和音节的调度上，本来算韦雷（Arthur Waley）最讲究。小畑薰良先生在《蜀道难》、《江上吟》、《远别离》、《北风行》、《庐山谣》几首诗里，对于这两层也不含糊。如果小畑薰良同韦雷注重的是诗里的音乐，陆威尔（AmyLuwell）注重的便是诗里的绘画。陆威尔是一个imagist，字句的色彩当然最先引起她的注意，只可惜李太白不是一个雕琢字句，刻画词藻的诗人！跌宕的气势——排奡的音节是他主要的特性。所以译太白与其注重词藻，不如讲究音节了。陆威尔不及小畑薰良只因为这一点；小畑薰良又似乎不及韦雷，也是因为这一点。 中国的文字尤其中国诗的文字，是一种紧凑非常——紧凑到最高限度的文字。像“鸡声茅店月，人迹板桥霜”，这种句子连个形容词动词都没有了；不用说那“尸位素餐”的前置词，连读词等等的。这种诗意的美完全是靠“句法”表现出来的。你读这种诗仿佛是在月光底下看出水似的。一切的都幂在一层银雾里面，只有隐约的形体，没有鲜明的轮廓；你的眼睛看不准一种什么东西，但是你的想象可以告诉你无数的形体。温飞卿只把这一个一个的字排在那里，并不依着文法的规程替它们联络起来，好像新印象派的画家，把颜色一点一点地摆在布上，他的工作完了。画家让颜色和颜色自己去互相融洽，互相辉映——诗人也让字和字自己去互相融洽，互相辉映。这样得来的效力准是特别的丰富。但是这样一来中国诗更不能译了。岂只不能用英文译？你就用中国的语体文来试试，看你会不会把原诗闹得一团糟？就讲“峨眉山月半轮秋”，据小畑薰良先生的译文（参看前面），把那两个 the一个 is一个 above 去掉了，就不成英文，不去，又不是李太白的诗了。能够不移动原诗字句的次序，便不移动。小畑薰良先生关于这一点，确乎没有韦雷细心。那可要可不要的 and，though，while……小畑薰良先生随便就拉来嵌在句子里了。他并且凭空加上一整句，凭空又给拉下一句。例如《乌夜啼》末尾加了一句 for whom I wonder 是毫无必要的。《送汪伦》中间插上一句 It was you and your friends come to bid me farewell，简直是画蛇添足。并且译者怎样知道给太白送行的，不只汪伦一个人，还有“Your friends”呢？李太白并没有告诉我们这一层。《经乱离后天恩流夜郎忆旧游书怀赠江夏韦太守良宰》里有两句“江带峨眉雪，横穿三峡流”，他只译作 And lo，the river swelling with the tides of Three Canyong.

试问“江带峨眉雪”的“江”字底下的四个字，怎么能删得掉呢？同一首诗里，他还把“君登凤池去，勿弃贾生才”十个字整个儿给拉下来了。这十个字是一个独立的意思，没有同上下文重复。我想定不是译者存心删去的，不过一时眼花了，给看漏了罢了（这是集中最长的一首诗，诗长了，看漏两句准是可能的事）。可惜的只是这两句实在是太白作这一首诗的动机。太白这时贬居在夜郎，正在想法子求人援助。这回他又请求韦太守“勿弃贾生才”。小畑薰良先生偏把他的真正意思给漏掉了；我怕太白知道了，许有点不愿意罢？

译者还有一个地方太滥用他的自由了，一首绝句的要害就在三四两句。对于这两句，译者应当格外小心，不要损伤了原作的意味。但是小畑薰良先生常常把它们的次序颠倒过来。结果，不用说了，英文也许很流利，但是李太白又给挤掉了。谈到这里，我觉得小畑薰良先生的毛病，恐怕根本就在太用心写英文了。死气板脸地把英文写得和英美人写的一样，到头读者也只看见英文，看不见别的了。

虽然小畑薰良先生这一本译诗，看来是一件很细心的工作，但是荒谬的错误依然不少。现在只稍微举几个例子。“石径”决不当译作 stony wall;“章台走马著金鞭”的“著”决不当译作 lightly carried;“风流”决不能译作 wind and stream;“燕山雪花大如席”的“席”也决不能译作 Pillow;“青春几何时”怎能译作 Green Spring and what time 呢？扬州的“扬”从“手”，不是杨柳的“杨”。但是他把扬州译成了 willow valley。《月下独酌》里“圣贤既已饮”译作 Both the sages and the wise were drunkers，错了。应该依韦雷的译法——of saint and sage I have long quaffed deep，才对了。考证不正确的例子也有几个。“借问卢耽鹤”，卢是姓，耽是名字，译者把“耽鹤”两个字当作名字了。紫微本是星的名字。紫微宫就是未央宫，不能译为 imperial palace of purple。郁金本是一种草，用郁金的汁水酿成的酒名郁金香。所以“兰陵美酒郁金香”译作 The delicious wine of Lanling is of golden hue and flavorous, 也不妥当。但是，最大的笑话恐怕是《白纻辞》了。这个错儿同 Ezra Pound 的错儿差不多。Pound 把两首诗抟作一首，把第二首的题目也给抟到正文里去了。小畑薰良先生把第二首诗的第一句割了来，硬接在第一首的尾巴上。

我虽然把小畑薰良先生的错儿整套的都给搬出来了，但是我希望读者不要误会我只看见小畑薰良先生的错处，不看见他的好处。开章明意我就讲了这本翻译大体上看来是件很精密，很有价值的工作。一件翻译的作品，也许旁人都以为很好，可是叫原著的作者看了，准是不满意的，叫作者本国的人看了，满意的许有，但是一定不多。Fitzgerald 译的 Rubaiyat 在英文读者的眼里，不成问题，是译品中的杰作，如果让一个波斯人看了，也许就要摇头了。再要让我默自己看了，定要跳起来嚷道“牛头不对马嘴！”但是翻译当然不是为原著的作者看的，也不是为懂原著的人看的，翻译毕竟是翻译，同原著当然是没有比较的。一件译品要在懂原著的人面前讨好，是不可能的，也是没有必要的。假使小畑薰良先生的这一个译本放在我眼前，我马上就看出了这许多的破绽来，那我不过是同一般原文的人一样的不近人情。我盼望读者——特别是英文读者不要上了我的当。

翻译中国诗在西方是一件新的工作（最早的英译在一八八八年）。用自由体译中国诗，年代尤其晚。据我所知道的小畑薰良先生是第四个人用自由体译中国诗。所以这种工作还在尝试期中。在尝试期中，我们不应当期望绝对的成功，只能讲相对的满意。可惜限于篇幅，我不能把韦雷、陆威尔的译本录一点下来同小畑薰良先生的作一个比较。因为要这样，我们才能知道小畑薰良先生的翻译同陆威尔比要高明得多，同韦雷比，超过这位英国人的地方也不少。这样讲来，小畑薰良先生译的《李白诗集》在同类性质的译本里，所占的位置很高了。再想起他是从第一种外国文字译到第二种外国文字，那么他的成绩更有叫人钦佩的价值了。

原载《北平晨报·副刊》，十五年六月三日

杜甫

引言

明吕坤曰：“史在天地，如形之景。人皆思其高曾也，皆愿睹其景。至于文儒之士，其思书契以降之古人，尽若是已矣。”数千年来的祖宗，我们听见过他们的名字，他们生平的梗概，我们仿佛也知道一点，但是他们的容貌、声音，他们的性情、思想，他们心灵中的种种隐秘——欢乐和悲哀，神圣的企望，庄严的愤慨，以及可笑亦复可爱的弱点或怪癖……我们全是茫然。我们要追念，追念的对象在哪里？要仰慕，仰慕的目标是什么？要崇拜，向谁施礼？假如我们是肖子肖孙，我们该怎样的悲恸？怎样的心焦！

看不见祖宗的肖像，便将梦魂中迷离恍惚的，捕风捉影，摹拟出来，聊当瞻拜的对象——那也是没有办法的慰情的办法。我给诗人杜甫绘这幅小照，是不自量，是渎亵神圣，我都承认。因此工作开始了，马上又搁下了。一搁搁了三年，依然死不下心去，还要赓续，不为别的，只还是不奈何那一点“思其高曾，愿睹其景”的苦衷罢了。

像我这回掮起的工作，本来应该包括两层步骤，第一是分析，第二是综合。近来某某考证，某某研究，分析的工作做的不少了；关于杜甫，这类的工作，据我知道的却没有十分特出的成绩。我自己在这里偶尔虽有些零星的补充，但是，我承认，也不是什么大发现。我这次简直是跳过了第一步，来径直做第二步；这样作法，是不会有好结果的，自己也明白。好在这只是初稿，点要那“思其高曾，愿睹其景”的心情不变，永远那样的策励我，横竖以后还可以随时搜罗，随时拼补。目下我不敢说，这是真正的杜甫，我只说是我个人想象中的“诗圣”。

我们的生活如今真是太放纵了，太夸妄了，太渺小了，太龌龊了。因此我不能忘记杜甫，有个时期，华茨华斯也不能忘记弥尔敦，他喊——

Milton! thou shouldst be living at this hour：
England hath need of thee：she is a fen
Of stagnant waters：alter sword, and pen,
Fireside, the heroic wealth of hall and bower,
Have forfeited their ancient English dower
Of inward happiness, we are selfish men：
Oraise us up, return to us again；
And give us manners, virtue, freedom, power”.

一

当中一个雄壮的女子跳舞。四面围满了人山人海的看客。内中有一个四龄童子，许是骑在爸爸肩上，歪着小脖子，看那舞女的手脚和丈长的彩帛渐渐摇起花来了，看着，看着，他也不觉眉飞目舞，仿佛很能领略其间的妙绪。他是从巩县特地赶到郾城来看跳舞的。这一回经验定给了他很深的印象。下面一段是他几十年后的回忆：

“爠如羿射九日落，矫如群帝骖龙翔，来如雷霆收震怒，罢如江海凝清光。”

舞女是当代名满天下的公孙大娘。四岁的看客后来便成为中国有史以来第一个大诗人，四千年文化中最庄严，最瑰丽，最永久的一道光彩。四岁时看的东西，过了五十多年，还能留下那样活跃的印象，公孙大娘的艺术之神妙，可以想见，然而小看客的感受力，也就非凡了。

杜甫，字子美，生于唐睿宗先天元年（712）[①]；原籍襄阳，曾祖依艺作河南巩县县令，便在巩县住家了。子美幼时的事迹，我们不大知道。我们知道的，是他母亲死得早，他小时是寄养在姑母家里。他自小就多病。有一天可叫姑母为难了。儿子和侄儿都病着，据女巫说，要病好，病人非睡在东南角的床上不可；但是东南角的床铺只有一张，病人却有两个。老太太居然下了决心，把侄儿安顿在吉利的地方，用自家的儿子填了侄儿的空子。想不到决心下了，结果就来了。子美长大了，听见老家人讲姑母如何让表兄给他替了死，他一辈子觉得对不起姑母。

早慧不算希奇，早慧的诗人尤其多着。只怕很少的诗人开笔开得像我们诗人那样有重大的意义。子美第一次破口歌颂的，不是什么凡物。这“七龄思即壮，开口咏凤凰”的小诗人，可以说，咏的便是他自己。禽族里再没有比凤凰善鸣的，诗国里也没有比杜甫更会唱的。凤凰是禽中之王，杜甫是诗中之圣，咏凤凰简直是诗人自占的预言，从此以后，他便常常以凤凰自比（《凤凰台》，《赤凤行》便是最明白的表示）。这种比拟，从现今这开明的时代看去，倒有一种特别恰当的地方。因为谈论到这伟大的人格，伟大的天才，谁不感觉寻常文字的无效？不，无效的还不只是文字，你只愿呕尽心血来悬拟，揣测总归是隔膜，那超人的灵府中的秘密，他的心情，他的思路，像宇宙的谜语一样，决不是寻常的脑筋所能猜透的。你只懂得你能懂的东西，因此，谈到杜甫，只好拿不可思议的比不可思议的。凤凰你知道是神话，是子虚，是不可能。可是杜甫那伟大的人格，伟大的天才，你定神一想，可不是太伟大了、伟大得可疑吗？ 上下数千年没有第二个杜甫（李白有他的天才，没有他的人格），你敢信杜甫的存在绝对可靠吗？ 一切的神灵和类似神灵的人物都有人疑过，荷马有人疑过，莎士比亚有人疑过，杜甫失了被疑的资格，只因文献，史迹，种种不容抵

① 先天是唐玄宗号，712年8月玄宗即位，改元先天。——编者

赖的铁证一五一十，都在我们手里。

子美自弱冠以后，直到老死，在四方奔波的时候多，安心求学的机会很少。若不是从小用过一番苦功，这诗人的学力哪得如此的雄厚？生在书香门第，家境即使贫寒，祖藏的书籍总还够他餍饫的，从七八岁到弱冠的期间中，我们想象子美的生活，最主要的，不外作诗，作赋，读书，写擘窠大字……无论如何，闲游的日子总占少数（从七岁以后，据他自称，四十年中作了一千多首诗文；一千多首作品是要时候作的。）并且多病的身体当不起剧烈的户外生活，读书学文便自然成了唯一的消遣。他的思想成熟得特别早，一半固由于天赋，一半大概也是孤僻的书斋生活酿成的。在书斋里，他自有他的世界。他的世界是时间构成的；沿着时间的航线，上下三四千年，来往的飞翔，他沿路看见的都是圣贤、豪杰、忠臣、孝子、骚人、逸士——都是魁梧奇伟、温馨凄艳的灵魂。久而久之，他定觉得那些庄严灿烂的姓名，和生人一般的实在，而且渐渐活现起来了，于是他看得见古人行动的姿态，听得到古人歌哭的声音。甚至他们还和他揖让周旋，上下议论；他成了他们其间的一员。于是他只觉得自己和寻常的少年不同，他几乎是历史中的人物，他和古人的关系比和今人的关系密切多了。他是在时间里，不是在空间里活着。他为什么不那样想呢？这些古人不是在他心灵里活动，血脉里运行吗？他的身体不是从这些古人的身体分泌出来的吗？是的，那政事、武功、学术震耀一时的儒将杜预便是他的十三世祖；那宣言“吾文章当得屈宋作衙官，吾笔当得王羲之北面”的著名诗人杜审言，便是他的祖父；他的叔父杜升是个为报父仇而杀身的十三岁的孝子；他的外祖母便是张说所称的那为监牢中的父亲“菲屦布衣，往来供馈，徒行颡色，伤动人伦”的孝女；他外祖母的兄弟，崔行芳，曾经要求给二哥代死，没有诏准，就同哥哥一起就刑了，当时称为“死悌”。你看他自己家里，同外家里，事业、文章、孝行、友爱——立德、立功、立言的人物这样多；他翻开近代的史乘，等于翻开自己的家谱。这样读书，对于一个青年的身心潜移默化的影响，定是不可限量的。难怪一般的少年，他瞧不上眼。他是一个贵族。不但在族望上，便论德行和智慧，他知道，也应该高人一等。所以他的朋友，除了书本里的古人，就是几个有文名的老前辈。要他同一般行辈相等的庸夫俗子混在一起，是办不到的，看看这一段文字，便可想见当时那不可一世的气概：

性豪业嗜酒，嫉恶怀刚肠；
脱略小时辈，结交皆老苍；
饮酣视八极，俗物皆茫茫。

子美所以有这种抱负，不但因为他的血缘足以使他自豪，也不仅仅是他不甘自暴自弃；这些都是片面的，次要的理由。最要紧的，是他对于自己的成功，如今确有把握了。崔尚、魏启心一般的老前辈都比他作班固、扬雄；他自己仿佛也觉得受之无愧。十四五岁的杜二，在翰墨场中，已经是一个角色了。

这时还有一件事也可以增长一个人的兴致。从小摆不脱病魔的纠缠；如今摆脱了。这件事竟许是最足令人开心的。因为毕竟从前那种幽闭的书斋生活不大自然，只因一个人缺欠了健康，身体失了自由，什么都没有办法。如今健康恢复了，有了办法，便尽量地追回以前的积欠，当然是不妨的，简直是应该的。譬如院子里那几棵枣树，长得比什么树都古怪，都有精神，枝子都那样剑拔弩张地挺着，仿佛全身都是劲。一个人如今身体强了，早起在院子里走走，往往也觉得混身是劲，忽然看见它们那挑衅的样子，恨不得拣一棵抱上去，和它摔一跤，决个雌雄。但是想想那举动又未免太可笑了。最好是等八月来，枣子熟了，弟妹们只顾要枣子吃；枣子诚然好吃，但是当哥哥的，尤其筋强力壮的哥哥，最得意的，不是吃枣子，是在那给弟妹们不断的供应枣子的任务。用竹篙子打枣子还不算本领。哥哥有本领上树，不信他可以试给他们看看。上树要上到最高的枝子，又得不让枣刺扎伤了手，脚得站稳了，还不许踩断了树枝；然后躲在绿叶里，一把把的洒下来；金黄色的，朱砂色的，红黄参半的枣子，花花剌剌地洒将下来，得让孩子们抢都抢不赢。上树的技术练高了，一天可以上十来次，棵棵树都要上到。最有趣的，是在树顶上站直了，往下一望，离天近，离地远，一切都在脚下，呼吸也轻快了，他忍不住大笑一声；那笑里有妙不可言的胜利的庄严和愉快。便是游戏，一个人的地位也要站得超越一点，才不愧是杜甫。

健康既经恢复了，年龄也渐渐大了，一个人不能老在家乡守着，他得看看世界，并且单为自己创作的前途打算，多少通都广邑，名山大川，也不得不瞻仰瞻仰。

二

大约在二十岁左右，诗人便开始了他的飘流的生活。三十五以前，是快意的游览（仍旧用他自己的比喻），便像羽翮初满的雏凰，乘着灵风踏着彩云，往濛濛的长空飞去，他胁下只觉得一股轻松，到处有竹实，有醴泉，他的世界是清鲜，是自由，是无垠的希望，和薛雷的云雀一般，他是

An unbodied joy whose race is just begun.

三十五以后，风渐渐尖峭了，云渐渐恶毒了，铅铁的穹窿在他背上逼压着，太阳也不见了，他在风雨雷电中挣扎，血污的翎羽在空中缤纷地旋舞，他长号，他哀呼，唱得越急切，节奏越神奇，最后声嘶力竭，他卸下了生命，他的挫败是胜利的挫败，神圣的挫败。他死了，他在人类的记忆里永远留下了一道不可逼视的白光；他的音乐，或沉雄，或悲壮，或凄凉，或激越，永远，永远是在时间里颤动着。

子美第一次出游是到晋地的郇瑕（今山西猗氏县），在那边结交的人物，我们知道的，有韦之晋。此后，在三十五岁以前，曾有过两次大举的游历：第一次到吴、越，第二次到齐、赵。两度的游历，是诗人创作生活上最需要的两种精粹而丰富的滋养。在家乡，一切都是单调，平凡，青的天笼盖着黄的地，每隔几里路，绿杨藏着人家，白杨翳着坟地，分布得驿站似的呆板。土人的生活也和他们的背景一样的单调。我们到过中州的人都知道那是个什么样的去处；大概从唐朝到现在是不会有多少进步的。从那样的环境，一旦踏进山明水秀的江

南，风流儒雅的江南，你可以想象他是怎样的惊喜。我们还记得当时和六朝，好比今天和昨日；南朝的金粉，王谢的风流，在那里当然还留着够鲜明的痕迹。江南本是六朝文学总汇的中枢，他读过鲍、谢、江、沈、阴、何的诗，如今竟亲历他们歌哭的场所，他能不感动吗？何况重重叠叠的历史的舞台又在他眼前，剑池，虎丘，姑苏台，长洲苑，太伯的遗庙，阖闾的荒冢，以及钱塘、剡溪、鉴湖、天姥——处处都是陈迹、名胜，处处都足以促醒他的回忆，触发他的诗怀。我们虽没有他当时纪游的作品，但是诗人的得意是可以猜到的。美中不足的只是到了姑苏，船也办好了，都没有浮着海。仿佛命数注定的今番只许他看到自然的秀丽，清新的面相；长洲的荷香，镜湖的凉意和明眸皓齿的耶溪女……都是他今回的眼福；但是那瑰奇雄健的自然，须得待四五年后游齐赵时，才许他见面。

在叙述子美第二次出游以前，有一件事颇有可纪念的价值，虽则诗人自己并不介意。

唐代取士的方法分三种——生徒、贡举、制举。已经在京师各学馆或州县各学校成业的诸生，送来尚书省受试的，名曰生徒；不从学校出身，而先在州县受试，及第了，到尚书省应试的，名曰贡举。以上两种是选士的常法。此外，每多少年，天子诏行一次，以举非常之士，便是制举。开元二十三年（736），子美游吴越回来，挟着那“气劘屈贾垒，目短曹刘墙”的气焰应贡举，县试成功了，在京兆尚书省一试，却失败了。结果没有别的，只是在够高的气焰上又加了一层气焰。功名的纸老虎如今被他戳穿了。果然，他想，真正的学问，真正的人才，是功名所不容的。也许这次下第，不但不能损毁，反足以抬高他的身价。可恨的许只是落第落在名职卑微的老功郎手里，未免叫人丧气。当时士林反对考功郎主试的风潮酝酿得一天比一天紧，在子美“忤下考功第”的明年，果然考功郎吃了举人的辱骂，朝廷从此便改用侍郎主试。

子美下第后八九年之间，是他平生最快意的一个时期，游历了许多名胜，结交了许多名流。可惜那期间是他命运中的朝曦，也是夕照，那几年的经历是射到他生命上的最始和最末的一道金辉；因为从那以后，世乱一天天的纷纭，诗人的生活一天天的潦倒，直到老死，永远闯不出悲哀、恐怖和绝望的环攻。但是末路的悲剧不忙提起，我们的笔墨不妨先在欢笑的时期多留连一会儿，虽则悲惨的下文早晚是要来的。

开元二十四五年之间，子美的父亲——闲——在兖州司马任上，子美去省亲，乘便游历了兖州、齐州一带的名胜，诗人的眼界于是更加开扩了。这地方和家乡平原既不同，和秀丽的吴越也两样。根据书卷里的知识，他常常想见泰山的伟大和庄严，但是真正的岱岳，那“造化钟灵秀，阴阳割昏晓”的奇观，他没有见过。这边的湍流、峻岭、丰草、长林都另有一种他最能了解，却不曾认识过的气魄。在这里看到的，是自然的最庄严的色相。唯有这边自然的气势和风度最合我们诗人的脾胃，因为所有磅礴郁结在他胸中的，自然已经在这景物中说出了；这里一丘一壑，一株树，一朵云，都能引起诗人的共鸣。他在这里勾留了多年，直变成了一个燕赵的键儿；慷慨悲歌，沉郁顿挫的杜甫，如今发现了他的自我。过路的人往往看见一行人马，带着弓箭旗枪，驾着雕鹰，牵着猎狗，往郊野奔去。内中头戴一顶银盔，脑后斗大一颗红缨，全身铠甲，跨在马上的，便是监门胄曹苏预（后来避讳改名源明）。在他左首并肩而行的，装束略微平常，双手横按着长槊，却也是英风爽爽的一个丈夫，便是诗人杜甫。两个少年后来成了极要好的朋友。这回同着打猎的经验，子美永远不能忘记，后来还供给了《壮游》诗一段有声有色的文字：

> 春歌丛台上，冬猎青邱旁；
> 呼鹰皂枥林，逐兽云雪岗；
> 射飞曾纵鞚，引臂落鹙鸧，
> 苏侯据鞍喜，忽如携葛强。

原来诗人也学得了一手好武艺！

这时的子美，是生命的焦点，正午的日曜，是力，是热，是锋棱，是夺目的光芒。他这时所咏的《房兵曹胡马》和《画鹰》恰好都是自身的写照。我们不能不腾出篇幅，把两首诗的全文录下来：

胡马大宛名，锋棱瘦骨成，
竹批双耳峻，风入四蹄轻；
所向无空阔，真堪托死生。
骁腾有如此，万里可横行。

——（《房兵曹胡马》）

素练风霜起，苍鹰画作殊，
㧐身思狡兔，侧目似愁胡，
绦镟光堪擿，轩楹势可呼。
何当系凡鸟，毛血洒平芜！

——（《画鹰》）

这两首和稍早的一首《望岳》，都是那时期里最重要的代表作品，实在也奠定了诗人全部创作的基础。诗人作风的倾向，似乎是专等这次游历来发现的；齐赵的山水，齐赵的生活，是几天的骄阳接二连三地逼成了诗人天才的成熟。

灵机既经触发了，弦音也校准了，从此轻拢慢撚，或重挑急抹，信手弹去，都是绝调。艺术一天进步一天，名声也一天大一天。从齐赵回来，在东都（今洛阳）住了两三年，城南首阳山下的一座庄子，排场虽是简陋，门前却常留着达官贵人的车辙马迹。最有趣的是，那一天门前一阵车马的喧声，顿时老苍头跑进来报道贵人来了。子美倒屣出迎；一位道貌盎然的斑白老人向他深深一揖，自道是北海太守李邕，久慕诗人的大名，特地来登门求见。北海太守登门求见，与诗人相干吗？世俗的眼光看来，一个乡贡落第的穷书生家里来了这样一位阔客人，确乎是荣誉，是发迹的吉兆。但是诗人的眼光不同。他知道的李邕，是为追谥韦巨源事，两次驳议太常博士李处和声援宋璟、弹劾谋反的张昌宗弟兄的名御史李邕——是碑版文字，散满天下，并且为要压倒燕国公的“大手笔”，几乎牺牲了性命的李邕——是重义轻财，卑躬下士的李邕。这样一位客人来登门求见，当然是诗人的荣誉；所以“李邕求识面”可以说是他生平最得意的一句诗。结识李邕在诗人生活中确乎要算一件有关系的事。李邕的交游极广，声名又大，说不定子美后来的许多朋友，例如李白，高适诸人，许是由李邕介绍的。

三

写到这里，我们该当品三通画角，发三通擂鼓，然后提起笔来蘸饱了金墨，大书而特书。因为我们千年的历史里，除了孔子见老子（假如他们是见过面的），没有比这两人的会面，更重大，更神圣，更可纪念的。我们再逼紧我们的想象，譬如说，青天里太阳和月亮走碰了头，那么，尘世上不知要焚起多少香案，不知有多少人要望天遥拜，说是皇天的祥瑞。如今李白和杜甫——诗中的两曜，劈面走来了，我们看去，不比那天空的异端一样的神奇，一样的有重大的意义吗？所以假如我们有法子追究，我们定要把两人行踪的线索，如何拐弯抹角，时合时离，如何越走越近，终于两条路线会合交叉了——统统都记录下来。假如关于这件事，我们能发现到一些翔实的材料，那该是文学史里多么浪漫的一段掌故！可惜关于李杜初次的邂逅，我们知道的一成，不知道的九成。我们知道天宝三载三月，太白得罪了高力士，放出翰林院之后，到过洛阳一次，当时子美也在洛阳。两位诗人初次见面，至迟是在这个当儿，至于见面时的情形，在什么时候，什么地方，也许是李邕的筵席上，也许是洛阳城内一家酒店里，也许……但这都是可能范围里的猜想，真确的情形，恐怕是永远的秘密。

有一件事我们却拿得稳是可靠的。子美初见太白所得的印象，和当时一般人得的，正相吻合。司马子微一见他，称他“有仙风道骨，可与神游八极之表”；贺知章一见，便呼他作“天上谪仙人”，子美集中第一首《赠李白》诗，满纸都是企羡登真度此的话，假定那是第一次的邂逅，第一次的赠诗，那么，当时子美眼中的李十二，不过一个神采趣味与常人不同，有“仙风道骨”的人，一个可与“相期拾瑶草”的侣伴，诗人的李白没有在他脑中镌上什么印象。到第二次赠诗，说：“未就丹砂愧葛洪”，回头就带着讥讽的语气问：

痛饮狂歌空度日，飞扬跋扈为谁雄？

依然没有谈到文字。约莫一年以后，第三次赠诗，文字谈到了，也只轻轻的两句“李侯有佳句，往往似阴铿”，不是什么了不得的恭维，可是学仙的话一概不提了。或许他们初见时，子美本就对于学仙有了兴味，所以一见了“谪仙人”，便引为同调；或许子美的学仙的观念完全是太白的影响。无论如何，子美当时确是做过那一段梦——虽则是很短的一段；说“苦无大药资，山林迹如扫”；说“未就丹砂愧葛洪”，起码是半真半假的心话。东都本是商贾贵族蜂集的大城，廛市的繁华，人心的机巧，种种城市生活的罪恶，我们明明知道，已经叫子美腻烦，厌恨了；再加上当时炼药求仙的风气正盛，诗人自己又正在富于理想的、如火如荼的浪漫的年华中——在这种情势之下，萌生了出世的观念，是必然的结果。只是杜甫和李白的秉性根本不同：李白的出世，是属于天性的，出世的根性深藏在他骨子里，出世的风神披露在他容貌上；杜甫的出世是环境机会造成的念头，是一时的愤慨。两人的性格根本是冲突的。太白笑“尧舜之事不足惊”，子美始终要“致君尧舜上”。因此两人起先虽觉得志同道合，后来子美的热狂冷了，便渐渐觉得不独自己起先的念头可笑，连太白的那种态度也可笑了；临了，念头完全抛弃，从此绝口不提了。到不提学仙的时候，才提到文字，也可见当初太白的诗不是不足以引起子美的倾心，实在是诗人的李白被仙人的李白掩盖了。

东都的生活果然是不能容忍了，天宝四载夏天，诗人便取道如今开封归德一带，来到济南。在这边，他的东道主，便是北海太守李邕。他们常时集会，宴饮，赋诗；集会的地点往往在历下亭和鹊湖边上的新亭。在座的都是本地的或外来的名士；内中我们知道的还有李邕的从孙李之芳员外和邑人蹇处士。竟许还有高适，有李白。

是年秋天太白确乎是在济南。当初他们两人是否同来的，我们不晓得；我们晓得他们此刻交情是很亲密了，所谓“醉眠秋共被，携手日同行”，便是此时的情况。太白有一个朋友范十，是位隐士，住在城北的一个村子上，门前满是酸枣树，架上吊着碧绿的寒瓜，滃滃的白云镇天在古城上闲卧着——俨然是一个世外的桃源；主人又殷勤；太白常常带子美到这里喝酒谈天。星光隐约的瓜棚底下，他们往往谈到夜深人静，太白忽然对着星空出神，忽然谈起从前陈留采访使李彦如何答应他介绍给北海高天师学道箓，话说过了许久，如今李彦许早忘记了，他可是等得不耐烦了。子美听到那类的话，只是唯唯否否；直等话头转到时事上来，例如贵妃的骄奢，明皇的昏聩，以及朝里朝外的种种险象，他的感慨才潮水般的涌来。两位诗人谈着话，叹着气，主人只顾忙着筛酒，或许他有意见不肯说出来，或许压根儿没有意见。

（本文未完）

（原载《新月》第一卷第六期，十七年八月十日）